Le Silence de Mélodie

Sharon M. Draper

Le Silence de Mélodie

Traduit de l'anglais (États-Unis)
par Maud Desurvire

Michel LAFON
POCHE

Titre original : *Out of My Mind*

Première publication en langue originale par Atheneum Books for Young Reader, une filiale de Simon & Schuster Children's Publishing Division.

118, avenue Achille-Peretti – CS 70024
92521 Neuilly-sur-Seine Cedex

www.lire-en-serie.com

À ma fille adorée, Wendy Michelle Draper

CHAPITRE 1

Des mots.

Des milliers de mots m'entourent. Peut-être même des millions.

Cathédrale. Mayonnaise. Grenade.

Mississippi. Napolitain. Hippopotame.

Soyeux. Terrifiant. Irisé.

Chatouiller. Éternuer. Souhaiter. S'inquiéter.

Depuis toujours, ils tourbillonnent autour de moi comme des flocons de neige et fondent, intacts, dans mes mains, tous aussi délicats et différents les uns des autres.

Ils s'amoncellent au fond de moi comme d'énormes congères. Des montagnes d'expressions, de phrases et d'associations d'idées. Des formules bien trouvées. Des blagues. Des chansons d'amour.

Toute petite déjà, quand j'avais peut-être à peine quelques mois, ils me faisaient l'effet d'un délicieux bonbon liquide que je buvais comme de la limonade. J'en percevais presque le goût. Ils donnaient de la consistance à mes pensées et mes émotions désordonnées. Mes parents m'ont toujours bercée de conversations. Ils bavardaient et babillaient. Mon père me chantait des chansons, ma mère me chuchotait tout son courage à l'oreille.

J'ai assimilé, classé et mémorisé tous les mots qu'ils ont prononcés à mon attention ou à mon sujet. Tous, sans exception.

J'ignore comment, mais très tôt et naturellement, j'ai réussi à démêler le mécanisme complexe des paroles associées aux idées. Quand j'ai eu deux ans, tous mes souvenirs avaient des mots et tous mes mots, un sens.

Mais seulement dans ma tête.

Je n'ai jamais prononcé un seul mot. J'ai bientôt onze ans.

CHAPITRE 2

Je ne peux ni parler, ni marcher, ni manger, ni aller aux toilettes toute seule. Pas cool.

Mes bras et mes mains sont plutôt raides, mais j'arrive à enfoncer les touches de la télécommande, et à déplacer mon fauteuil roulant grâce à des poignées sur les roues. Je suis incapable de tenir une cuillère ou un crayon sans les faire tomber. Quant à mon équilibre, il est quasiment nul. Un Culbuto serait plus stable que moi.

Quand on me regarde, j'imagine qu'on voit une brune aux cheveux courts et bouclés, sanglée dans un fauteuil roulant rose. Soit dit en passant, un fauteuil roulant rose n'a rien de mignon, rose ou pas, ça ne change rien.

Une brune, donc, avec des yeux marron foncé qui brillent de curiosité, excepté qu'un des deux part légèrement de traviole.

Sa tête oscille un peu.

Parfois elle bave.

Elle est vraiment toute petite pour une fille de dix ans trois quarts.

Ses jambes sont très maigres, sans doute car elles n'ont jamais servi.

De temps en temps, son corps, qui a tendance à n'en faire qu'à sa tête, la pousse à envoyer des coups de pied inopinés et à faire des moulinets avec les bras, heurtant tout ce qui se trouve à proximité : pile de CD, bol de soupe, vase rempli de roses.

C'est pas vraiment sous contrôle, tout ça.

Quand les gens ont fini de dresser la liste de mes problèmes, ils prennent peut-être le temps de remarquer que j'ai un sourire assez joli et de larges fossettes – elles sont plutôt cool, mes fossettes.

Je porte de minuscules boucles d'oreilles en or.

Parfois on ne me demande même pas mon prénom, comme si ça n'avait pas d'importance. Pourtant ça compte.

Je m'appelle Mélodie.

Je me souviens de l'époque où j'étais toute petite. Bien sûr, difficile de distinguer mes propres souvenirs des vidéos que mon père a tournées avec son Caméscope. Je les ai visionnées des milliers de fois.

Maman qui me ramène de la maternité, le visage souriant mais le regard inquiet.

Mélodie repliée dans une minuscule baignoire pour bébé. Mes bras et mes jambes avaient l'air vraiment maigrichons. Je ne barbotais pas et n'agitais pas les pieds.

Mélodie enveloppée dans des couvertures sur le canapé du salon, l'air contente d'être là. Je ne pleurais pas beaucoup, bébé. C'est maman qui le dit.

Ma mère qui me masse avec de la lotion, après un bain – je me rappelle encore son parfum de lavande – puis qui m'emmitoufle dans une serviette douillette avec une petite capuche en pointe.

Papa a fait des vidéos de moi quand on me donnait à manger, quand on me changeait et même quand je dormais. Je suppose que plus je grandissais, plus il attendait que je me retourne, que je m'asseye et que je marche toute seule. Ça n'est jamais arrivé.

En revanche, j'ai tout assimilé. J'ai commencé à reconnaître les bruits, les parfums et les saveurs. Le *blong* et le *zoum* de la chaudière qui se mettait en marche chaque matin. La forte odeur que dégageait la poussière à mesure que la maison se réchauffait. La sensation d'un éternuement coincé au fond de ma gorge.

Et la musique aussi. Certaines chansons qui flottaient dans l'air m'ont marquée. Le soir, j'emportais dans mon sommeil un doux mélange de berceuses et d'odeurs associées à l'heure du coucher. Les sons harmonieux me donnaient le sourire. La musique, c'est comme entendre le son des couleurs et sentir le parfum des images. La bande-son de ma vie est faite de couleurs, de parfums et d'images.

Ma mère adore le classique. De grandes symphonies de Beethoven retentissent à fond de son lecteur de CD à longueur de journée. Elles sont presque toujours bleu vif, avec une odeur de peinture fraîche.

Mon père, lui, a un faible pour le jazz, et à la moindre occasion il retire en vitesse le disque de Mozart de maman en me lançant un clin d'œil, et glisse à la place un CD de Miles Davis ou de Woody Herman. Cette musique a des nuances de marron et de cuir clair, et une odeur de terre mouillée. Maman, le jazz, ça la rend folle. C'est sans doute pour ça que papa s'amuse à en mettre.

– Ça me donne de l'urticaire ! proteste-t-elle, les sourcils froncés, quand cette musique retentit dans la cuisine.

Mon père s'approche en lui grattant doucement les bras et le dos, puis il l'enlace et elle se détend. Néanmoins, dès qu'il quitte la pièce, elle remet du classique.

Pour une raison que j'ignore, j'ai toujours adoré la country, cette musique bruyante de cœurs brisés qui grattent de la guitare. La country, c'est comme du citron : non pas acide, mais sucré et piquant. Comme un glaçage au citron ou de la limonade fraîche ! Du citron, du citron, du citron ! J'adore ça.

Quand j'étais toute petite, je me souviens qu'un jour, tandis que j'étais assise dans la cuisine et que maman me faisait prendre mon petit déjeuner, j'ai hurlé de joie en entendant un morceau démarrer à la radio :

Elvira, Elvira
My heart's on fire, Elvira
Giddy up oom poppa oom poppa mow mow
Giddy up oom poppa oom poppa mow mow…

Comment connaissais-je déjà les paroles et le rythme de cette chanson ? Alors là, aucune idée. Elle avait dû s'incruster je ne sais comment dans ma mémoire, suite à une émission radio ou télé peut-être. Bref, j'ai failli en tomber de mon fauteuil. J'ai grimacé en me contorsionnant nerveusement pour essayer d'indiquer la radio du doigt. Je voulais réécouter la chanson. Mais maman s'est contentée de me regarder comme si j'étais cinglée.

Comment vouliez-vous qu'elle devine que j'adorais la célèbre chanson country *Elvira* des Oak Ridge Boys, alors que moi-même, j'avais du mal à comprendre mon emballement ? Je n'avais aucun moyen de lui expliquer qu'en l'entendant je percevais une odeur de citron fraîchement coupé et des notes de musique aux couleurs d'agrumes.

Ah, si j'avais un pinceau... ça ferait un sacré tableau !

Ma mère a juste secoué la tête en continuant de me donner de la compote de pommes à la petite cuillère. Il y a tant de choses qu'elle ignore.

J'imagine que c'est une bonne chose d'avoir une mémoire d'éléphant, ça me permet de garder tous les moments de ma vie entassés dans ma tête. Mais c'est aussi très frustrant. Je ne peux rien partager ni effacer.

Je me souviens de trucs idiots comme la sensation d'un grumeau de porridge collé à mon palais ou le goût du dentifrice mal rincé sur mes dents.

L'arôme du café au petit matin est un incontournable, un souvenir associé au fumet du bacon et aux papotages des présentateurs de la matinale en bruit de fond.

Cependant, ce sont surtout les mots que je mémorise. Très tôt, j'ai compris qu'il en existait des millions. Autour de moi, tout le monde arrivait à les prononcer sans problème.

Que ce soit les vendeurs du téléachat : *pour un produit acheté, deux offerts ! Attention, offre d'une durée limitée.*

Le facteur à la porte : *'Jour m'dame Brooks. Comment va la p'tite ?*

La chorale de l'église : *alléluia, alléluia, amen.*

La caissière de l'épicerie : *au revoir et merci de votre visite !*

Tout le monde utilise des mots pour s'exprimer. Sauf moi. Et je parie que la plupart des gens n'ont pas conscience de leur véritable pouvoir. Moi si.

Les pensées ont besoin de mots, et les mots, d'une voix.

J'adore l'odeur des cheveux de ma mère juste après qu'elle les a lavés.

Et j'adore le contact rugueux du menton de mon père juste avant qu'il se rase.

Mais je n'ai jamais pu le leur dire.

CHAPITRE 3

Je crois que j'ai compris que j'étais différente petit à petit. Vu que je n'ai jamais eu de problème d'apprentissage, je dois dire que j'ai été un peu surprise de constater que j'étais incapable d'accomplir certaines choses. Un peu surprise et assez en colère.

Quand j'étais toute petite – je n'avais pas un an, j'en suis sûre –, mon père m'a rapporté un petit chat en peluche. Un chaton blanc tout doux, pile de la bonne taille pour être attrapé par des petits doigts potelés. J'étais installée par terre, harnachée dans un de ces fameux transats pour bébé depuis lequel je contemplais le tapis frisé vert et le canapé assorti qui composaient mon univers, quand maman m'a mis la peluche dans les mains. J'ai souri.

– Tiens, Mélodie. Papa t'a rapporté un beau joujou, a-t-elle gazouillé de cette voix aiguë que les adultes prennent avec les tout-petits.

Allons bon, c'était quoi, un « joujou » ? Comme si ce n'était pas assez compliqué d'assimiler les vrais mots, maintenant il fallait en plus que je déchiffre leur charabia !

Toutefois, la douceur et la légèreté de ma petite peluche m'ont tout de suite plu. C'est alors qu'elle est tombée par terre. Papa me l'a remise dans les mains. J'avais vraiment envie de la tenir serrée contre moi mais rebelote, elle est tombée. Je me souviens que j'ai piqué une crise et me suis mise à pleurer.

– Essaie encore, ma puce, a soufflé mon père d'un ton un peu triste. Tu peux y arriver.

Mes parents me l'ont remise je ne sais combien de fois dans les mains. Mais mes petits doigts étaient incapables de l'agripper, et systématiquement, elle retombait par terre.

Moi-même, j'ai fait pas mal de roulés-boulés sur ce tapis, c'est sans doute pour ça que j'en garde un souvenir si vif. Vu de près, il était très vert et très moche. Je crois que les tapis à poils longs étaient démodés avant même que je naisse. Comme j'étais étalée là, à attendre que quelqu'un me redresse, j'ai eu largement l'occasion de décortiquer la manière dont étaient tressées ses mèches. Et vu que je n'arrivais pas à me retourner tant que personne ne volait à mon secours, je restais seule avec mon agacement, le tapis à poils longs et l'odeur aigre du lait caillé sous le nez.

Quand je n'étais pas dans le transat, mes parents me calaient par terre entre des coussins. Seulement, si j'apercevais un rayon de soleil à travers la fenêtre et que je tournais la tête pour contempler les petits grains de poussière qui flottaient dans sa trajectoire, *patatras*, je m'étalais tête la première. Je hurlais, l'un des deux venait me ramasser et me consoler, puis il essayait de me stabiliser davantage au milieu des coussins. Mais en vain, je retombais en un rien de temps.

Dans ces cas-là, mon père faisait le clown, par exemple en essayant de sauter comme une grenouille, et ça me faisait rigoler. Et alors je retombais. Je ne le faisais pas exprès ! Ce n'était pas ma faute. Je n'avais aucun équilibre, *zéro*.

À l'époque je ne comprenais pas, mais mon père, si. Il me hissait sur ses genoux en soupirant et me serrait contre lui en tenant devant moi la peluche ou n'importe quel autre jouet qui semblait me plaire afin que je puisse le caresser.

Contrairement à ma mère, et même si parfois il inventait son propre vocabulaire, mon père n'utilisait jamais de langage enfantin avec moi. Il me parlait toujours comme à une adulte, en utilisant des vrais mots et en partant du principe que je comprenais. Il avait raison.

– Tu ne vas pas avoir la vie facile, ma petite Mélodie, disait-il doucement. Si je pouvais prendre ta place, je le ferais sans hésiter. J'espère que tu le sais ?

Je me contentais de cligner des yeux, mais j'avais saisi. De temps en temps, il avait les joues baignées de larmes. Le soir, il m'emmenait dehors et me parlait à voix basse des étoiles, de la lune et du vent.

– Tu vois les étoiles là-haut ? Elles se donnent en spectacle rien que pour toi, racontait-il. Regarde comme elles scintillent, c'est incroyable ! Et tu sens cette brise ? Elle essaie de te chatouiller les doigts de pied.

Parfois, la journée, il ôtait toutes les couvertures dans lesquelles ma mère tenait absolument à m'envelopper, pour que je sente la chaleur du soleil sur mon visage et mes jambes.

Il avait installé une mangeoire sur notre véranda et on restait assis là tous les deux tandis que les oiseaux arrivaient un par un comme des flèches pour picorer des graines.

– Le petit, là, c'est un cardinal et l'autre, là-bas, un geai bleu. Ils ne s'apprécient pas beaucoup tous les deux, m'expliquait-il en riant.

Ce que mon père aimait faire, surtout, c'était me chanter des chansons. Le timbre clair de sa voix semble fait pour des morceaux comme *Yesterday* et *I Want to Hold Your Hand*. Il est fan des Beatles. Non, mais les parents et leurs goûts… ne cherchez pas à comprendre.

J'ai toujours eu une bonne oreille. Je me souviens que j'écoutais le bruit de la voiture de mon père quand il arrivait en bas de la rue, se garait dans l'allée et farfouillait dans sa poche pour trouver ses clés de maison. Il les jetait au pied de l'escalier, puis j'entendais la porte du réfrigérateur s'ouvrir. Deux fois de suite. La première, pour attraper une boisson fraîche. La seconde, pour se prendre un gros morceau de munster. Mon père raffole du fromage. Mais ça ne lui réussit pas trop côté digestion. Il faut savoir que mon père émet les pets les plus bruyants et les plus fétides de la terre. Je ne sais pas comment il fait pour se retenir au bureau, ni même s'il se retient, d'ailleurs, mais en tout cas quand il rentrait, il se lâchait. Ça commençait dans l'escalier.

Première marche, *prout.*

Deuxième marche, *prout.*

Troisième, *prout*, etc.

Il arrivait dans ma chambre plié de rire et se penchait sur mon lit pour m'embrasser. Quand il avait le temps, il me faisait la lecture. J'avais conscience qu'il devait être fatigué et pourtant, sourire aux lèvres, il choisissait un ou deux livres et, grâce à lui, je me plongeais dans les aventures de Max et les Maximonstres ou celles du Chat chapeauté qui mettait la maison sens dessus dessous.

Je connaissais tous les grands classiques par cœur, probablement avant lui. *Bonsoir lune*, *Laissez passer les canards*, et des dizaines d'autres. De tous les livres que mon père a pu me lire, il n'y en a pas un qui ne soit pas gravé à jamais dans ma tête.

Je vais vous dire : je suis incroyablement maligne et presque sûre d'avoir une mémoire photographique. C'est comme si j'avais un appareil photo dans le crâne. Et si je vois ou entends quelque chose, *clic*, je prends un cliché et ça me reste.

Un jour, j'ai vu une émission spéciale sur les enfants précoces. Ces gosses étaient capables de mémoriser des séries de chiffres complexes, de se rappeler les mots et les images dans le bon ordre, et de citer de longs extraits de poèmes. Moi aussi, je sais le faire.

Je retiens le numéro de téléphone de la moindre publicité, ainsi que l'adresse e-mail et le site Web associés. Si jamais j'ai besoin d'un nouveau set de couteaux ou d'un sublime appareil de musculation, j'ai toutes les infos nécessaires dans mes fiches mentales.

Je connais les noms des comédiens et comédiennes de tous les spectacles à l'affiche, l'heure à laquelle démarre telle ou telle émission et sur quelle chaîne, et si c'est une rediffusion ou pas. Je me souviens même de ce qui s'est dit dans chaque émission et des coupures pub.

Parfois j'aimerais avoir une fonction « supprimer » dans ma tête.

J'ai une zappette fixée à mon fauteuil roulant, tout près de ma main droite, et à gauche une télécommande pour la radio. J'ai assez de force dans le poing et les pouces pour enfoncer les touches et changer de chaîne, et *heureusement* : vingt-quatre heures de championnat de catch ou de télé-achat, ça peut vous rendre cinglé ! Je peux ajuster le volume et même regarder des DVD si quelqu'un en a glissé un pour moi dans le lecteur. Très souvent, je regarde les vieilles vidéos que papa a tournées de moi.

Mais j'aime bien aussi les programmes du câble qui parlent de trucs tels que les rois et les royaumes qu'ils ont conquis ou bien les médecins et les maladies qu'ils ont guéries. J'ai vu des reportages sur des volcans, des attaques de requins, des chiens nés avec deux têtes, et aussi sur des momies égyptiennes. J'ai tout retenu. Mot pour mot.

Non que ça m'avance à grand-chose. À part moi, personne ne sait que je connais tout ça. Pas même ma mère, bien qu'elle ait ce fameux « instinct maternel » qui lui fait dire que je comprends certaines choses.

Personne ne pige. *Personne.* Ça me rend dingue.

Alors de temps en temps, je pète un câble, mais alors un *gros*. Mes bras et mes jambes deviennent tout raides et se débattent comme des grosses branches dans la tempête. Même ma figure se fige. Quand ça se produit, j'ai souvent du mal à respirer, pourtant il le faut car j'ai besoin de hurler et de me défouler. Ce ne sont pas des crises. Une crise, c'est médical et ça fait dormir.

Ces pétages de câble – je les appelle mes « éruptions volcaniques » – font partie de moi. Tous les trucs qui ne fonctionnent pas dans mon corps s'amoncellent et se déchaînent d'un coup. Je voudrais bien me retenir et je sais que ça fait flipper les gens, mais c'est plus fort que moi. Je perds tout contrôle. Et parfois ce n'est pas beau à voir.

Un jour, quand j'avais dans les quatre ans, j'étais avec ma mère dans un de ces hypermarchés qui vendent de tout, du lait comme des canapés. J'étais encore assez petite pour tenir dans le siège enfant à l'avant du chariot. Maman venait toujours équipée et me fourrait des coussins de chaque côté pour que je ne bascule pas. Tout se passait bien. Elle lançait du papier toilette, du dentifrice et du détergent dans le Caddie tandis que je profitais de la balade en regardant autour de moi.

Mais au rayon des jouets, je les ai repérées : des boîtes aux couleurs vives de cubes en plastique. Le matin même j'avais justement vu une mise en garde à la télévision à propos de ce jouet ; on le retirait de la vente car les cubes contenaient de la peinture à base de carbonate de plomb. Plusieurs enfants avaient déjà été hospitalisés pour intoxication, disait le reportage. Pourtant ils étaient toujours là, en rayon !

Je les ai pointés du doigt.

– Non, ma puce, tu n'en as pas besoin, a protesté maman. Tu as assez de jouets comme ça.

J'ai continué de les montrer en poussant des cris stridents et en battant des jambes.

– J'ai dit *non*, a répété maman d'un ton plus vigoureux. Tu ne vas pas me faire un caprice !

Je n'en voulais pas, de ces cubes ! Ce que je voulais, c'était la prévenir qu'ils étaient dangereux et qu'elle dise à quelqu'un de s'en débarrasser avant qu'un autre enfant ne tombe malade. Mais je ne pouvais rien faire à part crier et battre des jambes en les pointant du doigt. Ce que j'ai fait, de plus en plus fort.

Maman a poussé le chariot à toute vitesse pour sortir du rayon.

– Ça suffit ! criait-elle.

En vain. Impossible de me calmer. Ça me rendait furax de ne pas pouvoir la prévenir. Si bien que mon volcan s'est réveillé. Mes bras se sont transformés en matraques et mes jambes, en armes de combat. Je lui ai envoyé des coups de pied en hurlant et en pointant obstinément les fameux cubes.

Les gens nous dévisageaient. Certains nous ont montrées du doigt ; d'autres ont détourné les yeux.

Maman a filé vers la sortie, elle m'a extirpée du chariot et l'a abandonné tel quel, avec tous ses articles dedans. Elle était presque en larmes en arrivant à la voiture.

– Mais qu'est-ce qui ne tourne pas rond chez toi ? a-t-elle quasiment hurlé tandis qu'elle m'attachait dans mon siège.

Bon, pour le coup, elle connaissait la réponse, mais elle savait aussi que ce comportement était inhabituel de ma part. Une boule dans la gorge, j'ai reniflé et fini par me calmer, croisant mentalement les doigts pour que les clients du magasin regardent vite les infos.

Quand on est arrivées à la maison, elle a appelé le médecin pour lui raconter mon accès de folie. Il lui a envoyé une ordonnance pour un calmant mais elle ne me l'a pas donné. Mon éruption volcanique était déjà passée.

Ma mère n'a jamais compris ce que j'avais tenté de lui dire ce jour-là.

CHAPITRE 4

Alors, les médecins… par où je commence ? Ils ne comprennent *rien*. Ma mère est infirmière, donc je suppose qu'elle parle le même langage qu'eux, mais une chose est sûre, avec moi, ils ne savent vraiment pas y faire.

Dans ma vie, j'ai rencontré des dizaines de médecins qui ont tous essayé de m'analyser et me cerner. Aucun d'eux n'a de solution à mon cas, donc en général je ne leur prête pas attention, et puisqu'ils me prennent pour une attardée, je joue les attardées. L'œil rivé sur le mur, je prends un air éteint en faisant comme si leurs questions étaient trop difficiles à comprendre. De toute façon, c'est plus ou moins ce qu'ils s'imaginent.

Quand j'ai eu cinq ans, il a été temps de songer à m'inscrire à l'école. Alors ma mère m'a emmenée chez un médecin spécialisé, pour évaluer mon niveau d'intelligence. Elle m'a fait entrer dans son cabinet, elle a bloqué le frein de mon fauteuil et s'est assurée que ma sangle abdominale était bien attachée ; quand elle se défait – et de temps en temps, ça arrive – je glisse de mon fauteuil comme un spaghetti ramolli.

Ce spécialiste était un très gros monsieur. Le dernier bouton de sa chemise s'était défait et son ventre dépassait au-dessus de sa ceinture. Dégueu !

– Je suis le docteur Mastoc, a-t-il annoncé d'une voix tonitruante.

Véridique. Un nom pareil, je ne pouvais pas l'inventer.

– Aujourd'hui on va jouer à un jeu, d'accord ? Je vais te poser des questions pendant que tu joueras avec les jouets qui sont là. Ça va être amusant, hein ?

J'ai compris que le rendez-vous allait être long, trèèès long.

Après avoir sorti une pile de cubes en bois qui avaient déjà bien servi et qui, avec un peu de chance, n'étaient pas bourrés de plomb, il s'est penché si près que je distinguais les pores de son visage. Dégueu aussi.

– Tu veux bien empiler ces cubes par ordre de grandeur ? a-t-il articulé bien fort et lentement comme si j'étais à moitié sourde et complètement idiote.

Mais qui jouait les idiots, là ? Comme s'il ne savait pas que je ne pouvais rien attraper ! Bien sûr que je savais quel cube était plus grand que l'autre. Mais il aurait pu me payer que j'aurais été incapable de les empiler ! Alors je me suis contentée de les faire tous tomber par terre d'un grand geste du bras. Les cubes en bois se sont entrechoqués bruyamment. J'ai essayé de ne pas rire tandis qu'il les ramassait, tout essoufflé.

Ensuite, il m'a montré des grandes fiches cartonnées de différentes couleurs.

– Arrête-moi quand tu vois la couleur bleue, Mélodie, m'a-t-il annoncé d'un ton qui me faisait dire que pour lui cet entretien était une perte de temps.

Quand la fiche bleue est apparue, je l'ai pointée du doigt en baragouinant :

– Beuh !

– Merveilleux ! Fabuleux ! Prodigieux ! s'est-il écrié.

Il m'a encensée comme si je venais de réussir l'examen d'entrée d'une grande école. Si j'avais pu lever les yeux au ciel, je ne me serais pas gênée.

Puis il m'a montré la fiche verte, alors j'ai remué les pieds en bredouillant mais ma bouche était incapable de former le son « ve ». Le toubib a paru déçu.

Après avoir griffonné sur son bloc-notes, il a sorti une autre pile de fiches et dit d'une voix forte :

– Je vais te poser quelques questions, Mélodie. Elles te paraîtront peut-être compliquées mais fais de ton mieux, d'accord ?

Je me suis contentée de le fixer en attendant qu'il étale une première série de fiches devant moi.

– Première question : laquelle de ces fiches est différente des autres ?

Il avait trouvé ses questions dans le *Muppet Show* ou quoi ?

Les quatre fiches en question représentaient une tomate, une cerise, un ballon rouge et une banane. Il espérait sans doute que je réponde « le ballon », je sais, mais ça me paraissait trop facile. Alors à la place, j'ai indiqué la banane du doigt qui, contrairement aux trois premiers, n'était pas ronde et rouge.

Le Dr Mastoc a soupiré en griffonnant une autre note.

– Deuxième question, a-t-il annoncé en étalant trois autres cartes.

Cette fois, c'était une vache, une baleine, un chameau et un éléphant.

– Lequel de ces animaux se mange ?

Vu que je passe mon temps devant la chaîne Animal Planet, je sais de source sûre que tous ces animaux pouvaient être mangés, et pas seulement le bœuf. Moi qui pensais que les médecins étaient des gens intelligents ! Que faire ? D'un geste lent et appliqué, j'ai touché chaque photo une fois, puis j'ai recommencé juste pour être sûre qu'il comprenne. Je crois que ça a raté.

Je l'ai entendu marmonner « c'était le *bœuf* » tandis qu'il prenait d'autres notes. De toute évidence, il commençait à perdre espoir.

J'ai remarqué un exemplaire de *Bonsoir lune* sur son étagère. La version espagnole, je crois, car le volume s'intitulait *Buenas noches, luna*. Ça aurait été sympa de le feuilleter, mais je n'avais aucun moyen de lui faire comprendre que je voulais jeter un œil à ce livre.

Vu que j'ai passé des heures entières devant les chaînes de télévision espagnoles, sous réserve que ça ne parle pas trop vite, je comprenais un peu cette langue, du moins assez pour déchiffrer le titre de ce bouquin. Évidemment, le doc, il ne lui est pas venu à l'idée de me questionner là-dessus.

Je connaissais les paroles et l'air de centaines de chansons, une véritable symphonie qui résonnait dans ma tête sans que personne l'entende à part moi. Mais le toubib ne m'a posé aucune question non plus sur la musique.

Je savais distinguer toutes les couleurs, les formes et les animaux que les enfants de mon âge étaient censés connaître, et bien plus encore. J'étais capable de compter de tête jusqu'à mille, y compris à rebours, et d'identifier à vue des centaines de mots. Hélas, tout ça était coincé dans ma tête.

Le Dr Mastoc est peut-être allé à la fac pendant, genre, un million d'années, mais jamais il ne serait assez malin pour lire dans mes pensées. Alors j'ai fait ma tête d'handicapée et me suis replongée dans mes souvenirs de l'été précédent, quand maman m'a emmenée au zoo. J'avais beaucoup aimé les éléphants, mais bonjour l'infection ! À vrai dire, le Dr Mastoc me faisait un peu penser à eux. Ma mère et lui étaient loin de se douter pourquoi je souriais pendant qu'il rédigeait son rapport. Ça a été vite fait.

Je suis toujours sidérée de voir que les adultes présument systématiquement que je suis sourde. Ils parlent de moi comme si je n'étais pas là, pensant que je suis trop attardée pour saisir. Remarquez, ça me permet d'en apprendre de belles. Sauf que ce jour-là la discussion fut vraiment horrible. Le médecin n'a même pas essayé de ménager ma mère, qui a dû avoir l'impression de passer sous un rouleau compresseur.

Il a commencé par s'éclaircir la voix avant de déclarer :

– Madame Brooks, je suis d'avis que Mélodie est atteinte de graves lésions cérébrales et très handicapée mentalement.

La vache ! Même si je n'avais que cinq ans, j'avais assez regardé le téléthon pour comprendre que c'était grave. Très grave. J'ai senti un gros poids sur l'estomac.

Le souffle coupé, ma mère n'a rien dit pendant une bonne minute. Finalement, elle a inspiré à fond avant d'objecter calmement :

– Pourtant je sais qu'elle est intelligente. Je le vois dans son regard.

– Vous l'aimez. Ce n'est que trop normal de prendre vos désirs pour des réalités, lui a gentiment répondu le Dr Mastoc.

– Non, elle a une étincelle, même plus que ça, une réelle *flamme* d'intelligence. Je le sais, c'est tout, a insisté ma mère d'un ton un peu plus énergique.

– Il faut du temps pour accepter les déficiences d'un enfant qui nous est cher. Elle a une paralysie cérébrale, madame Brooks.

– Je *sais* ce qu'elle a, je connais les termes médicaux, a acquiescé ma mère, glaciale. Mais une personne ne se réduit pas à un diagnostic, docteur !

Bien tenté, maman, ai-je pensé. Mais déjà sa voix perdait de son mordant pour se liquéfier dans la sensiblerie de l'impuissance.

– Elle rit aux blagues, pile au moment de la chute ! a-t-elle soutenu au toubib, son ton glacial maintenant désespéré.

Puis elle s'est tue. Ce qu'elle racontait paraissait ridicule, même à mes yeux, et je voyais bien qu'elle ne trouvait pas les mots pour expliquer ce qu'elle ressentait au fond d'elle-même, à savoir que je n'étais pas si bête que ça.

Le Dr Mastoc nous a regardées tour à tour. Puis il a secoué la tête.

– Vous avez de la chance que Mélodie soit capable de sourire et de rire. Malheureusement, elle ne pourra jamais marcher toute seule ni prononcer une seule phrase. Elle ne pourra pas s'alimenter, veiller à ses propres besoins, ni comprendre plus que des consignes simples. Une fois que vous aurez accepté cette réalité, vous serez en mesure d'envisager l'avenir.

C'était tout simplement *méchant*.

Ma mère ne pleure pour ainsi dire jamais. Mais ce jour-là, elle a pleuré toutes les larmes de son corps. Le Dr Mastoc a été obligé de lui céder une boîte entière de mouchoirs. Pendant ce temps, personne ne me prêtait attention : elle sanglotait dans son coin et lui s'efforçait de la consoler avec des gentillesses. En vain.

Finalement, il lui a fait des propositions.

– Votre mari et vous pouvez décider de garder Mélodie à la maison ou bien l'envoyer dans un établissement scolaire spécialisé pour les « personnes souffrant d'un handicap de développement ». Le choix est limité dans le coin.

Où est-ce qu'ils vont chercher ces formules presque bienveillantes pour décrire les gosses comme moi ?

Maman a laissé échapper un petit cri qui aurait aussi bien pu être un miaulement de chaton. Elle était en train de craquer.

Le toubib a enchaîné :

– Vous pouvez aussi décider de la placer dans un institut où on s'occupera bien d'elle.

Il a sorti une brochure aux couleurs vives, ornée en couverture d'un enfant en fauteuil roulant qui souriait, et il l'a tendue à ma mère. J'ai tremblé quand elle l'a prise.

– Voyons voir, Mélodie a… oh ! déjà cinq ans, l'âge idéal pour s'adapter en douceur à un nouvel environnement ! Avec votre mari, vous pourrez continuer à vivre sans qu'elle soit un fardeau. Avec le temps, ses souvenirs de vous s'effaceront.

J'ai fixé ma mère, affolée. Je ne voulais partir nulle part, moi ! J'étais un fardeau, c'est vrai ? Je n'avais pas ce sentiment. Quoique… effectivement, ce serait peut-être plus facile pour eux sans moi.

Une grosse boule dans la gorge, j'ai senti mes mains se glacer d'un seul coup.

Maman ne me regardait pas. Elle fusillait le Dr Mastoc du regard. Après avoir fait une boule du mouchoir en papier qu'elle tenait, elle s'est levée.

– Permettez-moi de vous dire une chose, docteur : il n'est pas question qu'on envoie Mélodie dans un institut médicalisé, c'est clair ?

J'ai cligné des yeux. C'était bien ma mère, là ? J'ai encore cligné et oui, elle était toujours là, à crier à la figure du Dr Mastoc !

Et elle n'en avait pas fini.

– Vous savez quoi ? a-t-elle sifflé en jetant avec colère la brochure à la poubelle. Je vous trouve froid et insensible. J'espère que vous n'aurez jamais d'enfant avec des difficultés... vous seriez capable de le laisser dehors avec vos ordures !

Le Dr Mastoc a paru choqué.

– Sans compter qu'à mon avis vous avez tout faux ! J'en suis persuadée ! Mélodie a plus de matière grise dans le crâne que vous n'en aurez jamais en dépit de tous ces *grands* diplômes de *grandes* universités que vous avez affichés partout aux murs !

Cette fois, c'est le toubib qui a cligné des yeux.

– Vous avez la belle vie, vous : toutes vos fonctions physiques marchent comme il faut ! Vous n'avez jamais à vous battre rien que pour vous faire comprendre. Vous vous croyez intelligent parce que vous êtes docteur en médecine ?

Le toubib a eu la sagesse de ne pas la ramener et de baisser la tête, honteux.

On ne pouvait plus arrêter ma mère.

– Vous n'êtes pas si malin, monsieur, vous êtes juste veinard ! Tous ceux parmi nous qui ont toutes leurs facultés intactes ont de la *chance*, c'est tout ! Mélodie est capable de comprendre des choses, de communiquer et de se débrouiller dans un monde où *rien* n'est adapté à elle. C'est elle, la plus maligne !

Sur ce, elle est sortie du cabinet, furieuse, en me poussant prestement entre les portes massives. Dans le couloir, on s'est tapé dans la main – enfin, dans la limite de mes capacités. En tout cas, mes mains s'étaient réchauffées.

– Et maintenant : action, réaction ! Je t'emmène de ce pas t'inscrire à l'école primaire de Spaulding Street, a-t-elle annoncé d'un ton déterminé tandis qu'on retournait à la voiture.

CHAPITRE 5

J'ai passé cinq années à Spaulding. C'est une école comme les autres, peuplée d'enfants, exactement comme celles qu'on voit à la télé.

Des enfants qui jouent à chat dans la cour et qui cavalent dans les couloirs en chahutant.

Des enfants qui glissent sur des plaques de verglas en hiver et qui sautent à pieds joints dans les flaques au printemps.

Des enfants qui crient en se bousculant.

Des enfants qui taillent leurs crayons, qui vont au tableau pour résoudre des équations de maths et qui ouvrent leur manuel pour lire un poème.

Des enfants qui écrivent leurs réponses dans un cahier et qui fourrent leurs devoirs dans un cartable.

Des enfants qui se lancent de la nourriture à la figure à la cantine tout en sirotant leur jus de fruits.

Des enfants qui chantent dans la chorale, qui apprennent à jouer du violon et qui prennent des leçons de gymnastique, de danse classique ou de natation après l'école.

Des enfants qui marquent des paniers dans le gymnase et dont les conversations résonnent dans les couloirs tandis qu'ils tirent des plans sur la comète, plaisantent, deviennent amis.

Des enfants qui pour la plupart ne prêtent pas attention aux enfants comme moi.

Le bus réservé aux « élèves en difficulté », comme on dit, est équipé d'une super passerelle amovible intégrée au système d'ouverture des portes, et tous les matins il passe me prendre devant chez moi. Quand on arrive à l'école, les chauffeurs prennent leur temps et veillent à ce que toutes nos ceintures et nos sangles soient bien attachées avant de nous faire descendre un par un sur la passerelle, qu'on soit en déambulateur, en fauteuil, en béquilles ou casqué. Ensuite, un assistant vient nous pousser ou nous aider à marcher jusqu'à une zone d'attente.

Quand le temps est clair et ensoleillé, on peut rester dehors. J'aime bien regarder les enfants « normaux » jouer au ballon en attendant que la sonnerie retentisse. Ils ont l'air de bien s'amuser… Ils s'invitent à jouer entre eux, mais nous, personne ne nous a jamais proposé de participer. Pour le coup, on ne pourrait pas, mais ce serait sympa si l'un d'eux nous disait au moins bonjour. À mon avis, ils pensent qu'on est tellement demeurés qu'on s'en fiche d'être traités comme si on était invisibles.

Le jour où maman m'a inscrite à Spaulding, j'étais surexcitée. Je me disais que tous les jours j'allais apprendre de nouvelles choses, mais surtout, et plus simplement, que ce serait l'occasion pour moi de m'occuper de façon utile et de sortir de la maison. En CP, CE1 et CE2, j'ai sûrement appris plus de choses devant les chaînes Science ou Discovery que sur les bancs de l'école. Mes instituteurs étaient pour la plupart gentils, mais il leur manquait une vision à rayons X comme Superman pour se rendre compte de ce que j'avais dans le crâne.

Je fais partie d'un programme spécifique regroupant d'autres « invalides », qui peuvent avoir jusqu'à trois ans d'écart. Notre « section d'apprentissage » – la bonne blague – n'évolue pas des masses d'une année à l'autre : on refait juste la même chose, mais avec un nouvel instituteur. À la rentrée, on ne change même pas de salle.

Mes camarades de classe sont donc les mêmes depuis le CE1, année où notre institutrice s'appelait Mme Tracy. En CE2, on s'est coltiné Mme Billups, qui aurait pu recevoir le trophée de la pire enseignante de la terre. Notre aile de l'établissement compte six sections indépendantes qui accueillent des enfants souffrant de diverses maladies, certains d'âge préscolaire, d'autres qui devraient déjà être au lycée.

Notre salle de classe, la H-5, plaît peut-être aux bébés, mais moi, je ne peux plus la supporter. Les murs sont jaunes et roses. Sur l'un d'eux est peint un grand soleil au visage souriant entouré d'un immense arc-en-ciel et de dizaines de fleurs qui sourient, elles aussi. Sur l'autre, c'est une joyeuse bande de lapins, de chatons et de chiots. Des oiseaux bleus sillonnent un ciel parsemé de magnifiques nuages blancs. Même eux sourient. J'ai bientôt onze ans et si on m'oblige un jour de plus à regarder des chatons qui planent au firmament, je crois que je vais vomir !

En parlant de ça, Ashley, la plus jeune de notre groupe, vomit assez souvent. Âgée de neuf ans bien qu'elle en paraisse facilement trois, elle a le fauteuil roulant le plus petit que j'aie vu de toute ma vie.

C'est notre top-modèle. Elle est tout simplement ravissante : de grands yeux de biche, des longs cheveux ondulés et un petit nez de lutin. Elle ressemble aux belles poupées de collection qu'on voit au rayon jouets, sauf qu'elle est plus jolie. Chaque jour, sa mère l'habille d'une tenue parfaitement coordonnée. Si son chemisier est rose, son pantalon, ses chaussettes et les deux petits nœuds dans ses cheveux seront roses. Même les petits ongles de ses mains sont vernis d'une couleur assortie.

Quand on pratique ce que les instituteurs et thérapeutes nomment des « activités de groupe », c'est dur pour Ashley de participer. Son corps est très raide et elle a du mal à tendre le bras ou à attraper et tenir quelque chose.

À chaque Noël, ils obligent les élèves de la H-5 à décorer un stupide bonhomme de neige en polystyrène d'un mètre quatre-vingts. Je ne sais pas ce qu'ils sont forcés de faire dans les classes « normales », mais quand notre instit sort ces machins de déco du placard, je comprends que c'est bientôt les vacances.

Mme Hyatt, qui s'occupait des maternelle, adorait cet abominable bonhomme de neige qui se résumait à trois grosses boules de polystyrène jaunissantes, assemblées à l'aide de punaises et de tubes.

– C'est l'heure de s'amuser, les enfants ! lançait-elle de son horrible voix aiguë. Velcro, cure-dents ou colle, utilisez tout ce que vous voulez pour fixer les décorations sur Sydney, notre célèbre bonhomme de neige !

J'ignore quel âge il avait, mais déjà à cette époque ce pauvre Sydney ne tenait plus bien droit. Il penchait comme un ivrogne qui a besoin de s'appuyer à quelque chose pour rester debout.

Mme Hyatt a fait sa distribution.

Des flocons de neige verts. (Pourquoi verts ? Bonne question. Mais c'étaient nous les attardés, alors j'imagine qu'on n'était pas censés s'en poser.)

Des guirlandes marron.

Des étoiles mauves et roses.

– Il te plaît, ce bonhomme de neige, Ashley ? a demandé la prof.

Ashley ne peut presque pas communiquer, tant son corps est tendu. Sur sa « planche de communication », seuls deux mots sont écrits : « oui » et « non ». Elle a tourné légèrement la tête sur la gauche pour lui signifier que non. Je parie qu'elle aurait bien aimé pouvoir démolir Sydney.

Comparé à elle, Carl est un géant. Bien qu'il n'ait que neuf ans, il a un fauteuil roulant spécial qui est extra large et il ne faut pas moins de deux assistants pour l'y installer et l'en extraire. En revanche, comme il est habile de ses mains, il est capable de se déplacer tout seul et de tenir plus ou moins bien un crayon pour écrire son nom. Ou pour le planter dans un bonhomme de neige.

C'est un peu sa passion, enfoncer des crayons et des règles dans le buste de Sydney, et des stylos dans sa tête. Mme Hyatt applaudissait toujours en s'extasiant : « Bravo, Carl ! Quelle créativité ! »

Il se contentait de ricaner. Il parle mais ne lâche que des phrases très courtes, en général en deux temps, et ses opinons sont toujours très tranchées : « Il est débile, ce bonhomme de neige. Complètement débile ! »

Je crois qu'il déteste ce machin autant que moi. Une année, il lui a punaisé des couches sur le tiers inférieur, une devant, une autre derrière. L'institutrice n'a pas bronché. Car Carl s'y connaît en couches.

Quand il se fait caca dessus, ce qui arrive presque tous les jours, toute la salle embaume comme la cage des singes au zoo. Cependant, les assistants sont très patients avec lui. Ils enfilent leurs gants en caoutchouc, le nettoient, changent son pantalon – il porte toujours des joggings – puis le réinstallent dans son fauteuil. Ces assistants mériteraient une médaille. On n'est pas des cadeaux.

Maria, qui est trisomique, a dix ans. Elle *adore* Noël, Pâques, la Saint-Valentin et la Journée internationale de la Terre, tout confondu. Du moment que c'est une date clé, elle est prête à faire la fête. Elle est enrobée, un peu comme notre bonhomme de neige, et c'est une vraie pipelette. On s'amuse bien avec elle, même si elle s'entête à me surnommer « Mélo-Bobo ».

Chaque année, quand vient l'heure de sortir le vieux Sydney, elle trépigne en poussant des cris de joie. Je suis convaincue que c'est la seule de toute la classe qui aime réellement cette activité.

– Place à Sydney ! s'exclame-t-elle. Je peux lui mettre son chapeau ? S'il vous plaît, dites oui ! Et je peux lui mettre mon écharpe rouge ? Il va l'adorer !

Mme Hyatt et tous ses successeurs la laissent toujours se charger du découpage des sucres d'orge et des étoiles en papier d'emballage. Avant de les accrocher avec du Velcro, Maria embrasse chacune de ses créations. Tous les soirs, avant de rentrer chez elle, elle serre Sydney dans ses bras et tous les ans, quand vient l'heure de le ranger, elle pleure.

Bien qu'elle ait du mal à saisir des choses trop compliquées, Maria cerne bien les gens et leurs émotions.

– Pourquoi tu es triste aujourd'hui, Mélo-Bobo ? a-t-elle demandé un matin, il y a de cela deux ans.

Comment pouvait-elle savoir que mon poisson rouge était mort la veille ? Je l'ai laissée me serrer fort dans ses bras et ça m'a réconfortée.

Si Maria est notre Madame Câlin, Gloria, c'est Madame Culbuto. Pendant des heures, elle se balance dans un coin de la salle, sous l'une de ces stupides fleurs qui sourient. Les éducateurs essaient tout le temps de l'amadouer pour qu'elle participe, mais elle serre ses bras contre elle comme si elle avait froid et continue de se balancer. Elle est autiste, je crois. Elle marche tout à fait normalement, parle quand elle a quelque chose à dire, et ce qu'elle dit vaut toujours le coup.

– Ce bonhomme de neige me donne la chair de poule, a-t-elle lâché de but en blanc, un jour où la classe était particulièrement calme.

Puis elle s'est recroquevillée dans son coin sans un autre mot jusqu'à ce qu'il soit l'heure de partir. Elle n'a jamais ajouté la moindre décoration à notre mascotte en polystyrène. En revanche, quand un prof met un CD de chants de Noël, elle relâche les bras et semble se détendre.

Willy Williams – oui, c'est son vrai nom – a onze ans. Je ne sais pas trop quel est le diagnostic le concernant. Il iodle, comme un parfait petit Tyrolien et il fait d'autres bruits aussi : il siffle, il grogne, il crie. Il n'est absolument *jamais* silencieux ou tout à fait immobile. Parfois je me demande s'il fait aussi tous ces bruits et ces gestes quand il dort.

Quand Sydney sort de la boîte dans laquelle il est rangé tout le reste de l'année, le prof doit le tenir à distance, sinon Willy s'empresse de renverser ce pauvre vieux déjà bancal. Non par méchanceté, mais parce que ses bras et ses jambes sont en perpétuel mouvement. Il n'y peut rien.

Mme Hyatt fut la première à assister à l'effondrement de Sydney.

– Si tu ajoutais ce beau nœud papillon rose à notre bonhomme de neige ? avait-elle glapi à Willy cette année-là.

Les bras semblables à des serpentins, Willy a bien essayé, mais ce foutu nœud rose est parti dans un sens et le pauvre Sydney dans l'autre. Chacune des trois boules de polystyrène a roulé de part et d'autre de la salle. Willy a hurlé et sifflé. Mais je crois que je l'ai vu sourire aussi.

Cependant, si Mme Hyatt lui avait confié une balle de base-ball à accrocher, il aurait sûrement été plus délicat. Willy est *dingue* de base-ball.

M. Gross, notre maître en CP, aimait bien jouer aux devinettes. Si les questions portaient sur les papillons ou les bateaux, Willy bafouillait, mais si elles concernaient le base-ball, attention, il hurlait la bonne réponse et se mettait à glapir et brailler.

– Qui fut le premier joueur de base-ball à réussir soixante coups de circuit en une saison ? a un jour demandé M. Gross.

– Babe Ruth !

Suivi d'un cri strident.

– Qui a battu le record de Baby Ruth de sept cent quatorze coups de circuit ?

– Hank Aaron !

Cris de joie.

– Et qui est le roi des coups sûrs de toute l'histoire du base-ball ?

M. Gross semblait impressionné par les connaissances de Willy.

– Pete Rose ! Quatre-deux-cinq-six. AAAH !

– Et qui détient le record de plus beaux essais transformés ?

Silence. Pas même un petit cri. Willy se fiche du football américain. Autant que des bonshommes de neige.

Cela dit, parfois quand je l'observe, j'ai l'impression qu'il aimerait vraiment réussir à se taire et se tenir tranquille. Je le vois bien quand il ferme les yeux en fronçant le nez, concentré. Pendant quelques minutes à peine, il ne dit plus rien. Il inspire à fond comme un nageur remontant à la surface pour respirer, mais quand il rouvre les yeux, le tapage recommence. Et alors il a toujours l'air triste.

Jill se sert d'un déambulateur pour marcher car son pied gauche traîne un peu. Elle est maigre, pâle et très calme. Quand Sydney sort pour les fêtes, son regard est presque vide. Comme si on avait éteint la lumière. Elle pleure beaucoup. M. Gross lui mettait des décorations dans la main pour essayer de l'inciter à participer, mais c'était comme tendre la main à un mannequin de vitrine. J'ai entendu un assistant dire qu'elle avait eu un accident de voiture quand elle était bébé. Aller bien au départ, puis perdre la capacité de faire certaines choses, je trouve ça affreux.

Freddy, qui a presque douze ans, est le plus âgé du groupe. Il est en fauteuil électrique. Et il l'adore, son fauteuil. À la moindre occasion, il lance à qui veut bien l'entendre :

« Attention ! Freddy va mettre les gaz ! » Sourire aux lèvres, il fait mine de mettre un casque puis il enclenche la vitesse maximale de son fauteuil et s'élance dans la salle. Évidemment, il n'y a que deux réglages sur son boîtier, lent et très lent. Mais Freddy se croit sur une piste de Formule 1.

Il zigzague en trombe autour du vieux bonhomme de neige tout dépenaillé et lui jette des étoiles et des grelots en Velcro en lui demandant : « Et toi, le bonhomme de neige, ça *gaze* ? »

Entre Willy qui le faisait valser et Carl qui essayait de lui planter des crayons, disons que la question n'était pas totalement absurde ! Tous les ans, Freddy ajoute sa touche personnelle à Sydney : des autocollants NASCAR et NASA, identiques à ceux collés sur son fauteuil. Si on lui demande quel jour on est, il est incapable de répondre. En revanche, pour savoir qui a remporté la course automobile du Daytona 500, demandez à Freddy.

Et pour finir, il y a moi.

Je déteste ce stupide bonhomme de neige. Mais je fais ce qu'on me demande et lui accroche ses foutues guirlandes ; c'est plus simple qu'essayer de protester.

J'ai une grande planche en Plexiglas qui se fixe aux accoudoirs de mon fauteuil. Elle me sert de plateau pour les repas, ainsi que de tableau pour communiquer. Quand j'étais plus jeune, maman a collé dessus des dizaines de mots mais, aujourd'hui encore, ça se limite à une poignée de noms communs, de verbes et d'adjectifs, quelques noms propres et tout un tas d'émoticônes. Il y a aussi des formules indispensables, comme **il faut que j'aille aux toilettes**, **s'il vous plaît** et **j'ai faim**, mais la plupart des gens – même les enfants – ont besoin de plus de mots pour s'exprimer en l'espace d'une journée. Non mais sérieux !

S'il vous plaît et **merci**, **oui**, **non** et **peut-être** sont tout près les uns des autres à droite sur ma planche. À gauche se trouvent les noms des membres de ma famille, de mes camarades de classe et de mes instituteurs. Sydney ne fait pas partie de la liste.

Tout en haut, il y a une rangée de chiffres qui me permettent de compter, quantifier ou exprimer l'heure. Presque toute ma vie, j'ai dû me débrouiller avec les outils de communication d'un enfant de trois ans. Pas étonnant que tout le monde me prenne pour une attardée.

D'ailleurs, je déteste ce mot. « Attardé. »

À mes yeux, tous les élèves de la H-5 sont sympas et je comprends ce qu'ils vivent mieux que quiconque. Malheureusement je suis bien la seule. J'ai l'impression de vivre dans une cage sans porte ni clé et je n'ai aucun moyen d'expliquer à quelqu'un comment m'en faire sortir.

Oh, mais attendez, j'ai oublié de vous parler de Mme V. !

CHAPITRE 6

Violette Valence est notre voisine. Les fleurs de violette sont violettes et les oranges de Valence, orange, bien sûr ! Mais les oranges violettes, franchement, c'est pas commun – exactement comme elle. C'est une femme très grande, plus d'un mètre quatre-vingts, avec des mains énormes. Gigantesques ! Je parie que même avec un ballon de basket dans chaque paume, elle aurait encore de la place pour tenir autre chose. Disons que si Mme V. était un arbre, à côté, ma mère ferait figure de brindille.

Je devais avoir deux ans quand j'ai commencé à passer du temps chez elle. Au début, mes parents ne me confiaient pour ainsi dire jamais à personne, mais parfois leurs emplois du temps professionnels se chevauchaient et ils avaient besoin d'une tierce personne en renfort. Maman m'a raconté que Mme V. avait été la toute première visite qu'ils aient reçue à son retour de la maternité, et la première personne qui m'ait prise dans ses bras normalement, comme n'importe quel nourrisson. Beaucoup d'amis de mes parents redoutaient de seulement me toucher, mais pas Mme V. !

Elle porte de grandes robes flottantes – il doit y en avoir pour des kilomètres de tissu – aux combinaisons de couleurs hallucinantes. Exemple : rose bonbon, rouge pompier, orange pêche et brun citrouille vif pétant. Sans oublier toutes les nuances de vert et de violet. Elle m'a expliqué qu'elle confectionnait elle-même ses robes. Ça, il fallait s'en douter. Je n'ai jamais vu aucune robe de ce genre au centre commercial. Ni à l'hôpital, d'ailleurs.

Autrefois, ma mère et elle travaillaient ensemble comme infirmières à l'hôpital. Ma mère m'a raconté que les enfants là-bas adoraient Mme V. Elle portait les mêmes tenues bariolées dans le service des prématurés que dans l'unité d'oncologie pédiatrique ou des grands brûlés. « La couleur donne de la vitalité et de l'espoir à ces enfants ! » affirmait-elle en défiant quiconque de la contredire. J'imagine que personne ne s'y est jamais risqué.

La première fois que je l'ai rencontrée, je me souviens qu'on était installés sous son porche. Mes parents semblaient inquiets mais Mme V. me tenait fermement en me faisant sauter sur ses genoux. Elle doit avoir un micro caché sous ses habits amples, car elle a ce genre de voix capable de faire taire n'importe qui et de capter l'attention de tout le monde.

– Bien sûr que je peux garder Mélodie, avait-elle accepté sans hésiter.

– C'est que… Mélodie est une petite fille très spéciale, vous savez, avait précisé papa d'un ton hésitant.

– *Tous* les enfants sont spéciaux, avait rétorqué Mme V. avec autorité. Mais cette petite a des super pouvoirs et je serais ravie de l'aider à les développer.

– Il nous est impossible de vous payer à la hauteur de votre aide si précieuse à nos yeux…

Mme V. avait haussé les épaules en souriant à mon père.

– Je vous serai reconnaissante de ce que vous pourrez me donner, quel que soit le montant.

Il était tout penaud.

– Eh bien… merci. Et je vous finirai cette rampe ce week-end. Il faut juste que je retourne une dernière fois au dépôt de bois.

– Voilà qui me rendrait grand service !

– Mélodie donne parfois du fil à retordre, avait prévenu maman.

Mme V. m'avait soulevée à bout de bras.

– Question fil, je m'y connais. Et c'est pas la poigne qui me manque.

– On aimerait qu'elle s'épanouisse au maximum de son potentiel.

– Oh, arrêtez ! Vous me donnez envie de vomir, avait rouspété Mme V. à la stupeur de mon père. Ne tombez pas dans toutes ces formules mièvres qu'on lit dans les livres sur les gosses handicapés. Mélodie est une petite fille qui a les moyens d'apprendre, et si elle reste avec moi, elle apprendra !

D'abord gêné, mon père lui avait ensuite fait un grand sourire.

– Rendez-la-nous dans vingt ans, dans ce cas.

– Je vais déjà vous la ramener pour le dîner !

C'est ainsi que du lundi au vendredi, je me suis retrouvée presque tous les jours chez Mme Valence durant deux heures jusqu'à ce que mon père ou ma mère soient de retour. Dès que j'ai été en âge, j'y allais de moi-même tous les après-midi après l'école. J'ignore combien ils la payaient, mais ce n'était forcément pas assez.

Dès le début, Mme V. ne m'a accordé aucune compassion. Au lieu de m'installer dans le petit siège spécial que mes parents m'avaient acheté, elle me posait sur le dos sur un grand édredon moelleux étalé au beau milieu de son salon. La première fois, je l'ai dévisagée comme si elle était folle. J'ai pleuré en poussant des hurlements. Ça ne l'a absolument pas démontée. Elle est partie allumer son lecteur de CD et une grosse musique d'orchestre a soudain retenti dans la pièce. Ça m'a plu.

Puis elle est revenue en posant un singe en caoutchouc – mon jouet préféré – à quelques centimètres de ma tête. Je le voulais, ce singe. Il poussait des petits cris quand on appuyait dessus. Mais il aurait été à des milliers de kilomètres de moi que ça n'aurait pas été pire. J'étais coincée sur le dos, comme une tortue. Alors j'ai hurlé encore plus fort.

Mme V. s'est assise sur l'édredon.

– Retourne-toi, Mélodie, m'a-t-elle encouragée doucement.

Parfois elle peut prendre une voix vraiment douce.

Ça m'a coupé le sifflet, littéralement. Elle était cinglée ou quoi ? Comme si elle ignorait que je ne pouvais *pas* me retourner !

Elle m'a essuyé le nez avec un mouchoir.

– Tu peux te retourner toute seule, Mélodie. Je sais que tu comprends tout ce que je dis et que tu peux y arriver. Allez, roule, ma cocotte !

À vrai dire, je n'avais jamais pris la peine de faire de gros efforts pour me déplacer. J'étais tombée deux fois du canapé et je l'avais senti passer, donc en général, même si j'étais mal installée, j'attendais juste que maman ou papa vienne me changer de position.

– Regarde la façon dont tu es allongée : tu es déjà sur le côté, c'est la moitié du chemin ! Sers-toi de toute cette énergie que tu mets dans tes cris pour t'aider à changer de position. Lance ton bras droit, vas-y, concentre-toi !

J'ai obéi. Je me suis démenée en tendant le bras de toutes mes forces. Si fort que j'ai pété ! Mme V. a éclaté de rire. Néanmoins, petit à petit, j'ai senti mon corps pivoter lentement à droite. Et tout à coup, incroyable : *ploc !* Je me suis retrouvée sur le ventre. J'étais si fière de moi que j'ai poussé un cri strident.

– Ah, tu vois ! s'est réjouie Mme V. d'un ton triomphant. Maintenant, attrape-moi ce singe !

Je me suis bien gardée de protester et j'ai tendu le bras vers le singe. Il n'était plus qu'à cinq centimètres de ma main. J'ai essayé de me hisser vers lui, mais mes jambes n'arrêtaient pas de faire le contraire de ce que ma tête leur commandait. Je me suis tortillée en empoignant un bout d'édredon, j'ai tiré et, oh ! le singe s'est rapproché !

– Tu es une petite maligne, toi, m'a félicitée Mme V.

J'ai tiré encore un peu sur l'édredon et finalement, peu à peu, le singe a atterri dans ma main. Quand je l'ai saisi, il a couiné comme s'il était content de me voir. Hilare, je l'ai refait couiner je ne sais combien de fois.

– Bon, tu dois avoir faim après tout cet exercice !

Elle m'a d'abord servi un milk-shake à la vanille, puis mes nouilles aux légumes. Mme Valence sert *toujours* le dessert en premier. Pour autant, je finis toujours mon assiette, les aliments sains comme les plus caloriques. C'est notre petit secret.

Mme V. est la seule personne qui me laisse boire du soda. Coca, Sprite, Schweppes : j'adore cette sensation de chatouilles dans le nez au moment de roter. Mes parents me donnent essentiellement du lait et du jus de fruits. Mon préféré, c'est le Mello Yello, un soda au citron. Mme V. a même commencé à me surnommer comme ça.

Avec elle, j'ai appris à me retourner puis à ramper. Je n'aurais jamais remporté le concours du bébé le plus rapide du monde, mais à l'âge de trois ans je savais traverser une pièce toute seule. Grâce à elle, j'ai compris la technique pour passer sur le dos, et inversement sur le ventre. Elle m'en a fait voir. Elle me laissait tomber de mon fauteuil sur des coussins pour que j'apprenne à me réceptionner du mieux possible.

– Imagine que quelqu'un oublie de t'attacher, grommelait-elle d'une voix qui donnait l'impression qu'elle mâchait du gravier. T'as intérêt à être préparée, sinon tu vas te fracasser le crâne !

Comme je n'avais aucune envie d'avoir le crâne fracassé, on s'est entraînées. Quand elle me raccompagnait chez moi, elle disait à ma mère que j'avais bien mangé et fait un beau caca – ne me demandez pas pourquoi les parents attachent autant d'importance à ce genre de détails – puis elle me faisait un clin d'œil. Elle se sentait comme investie d'une mission secrète avec moi.

Lorsque j'ai commencé l'école, cependant, j'ai pris conscience que j'avais un problème bien plus grave que le simple fait de tomber de mon fauteuil. Il me fallait du vocabulaire. Comment vouliez-vous que j'apprenne, que je réponde ou pose des questions si je n'avais pas de quoi m'exprimer ?

Je connaissais des tas de mots mais ne pouvais pas lire de livres. J'avais des milliers d'idées en tête mais je ne pouvais les partager avec personne. Et par-dessus le marché, au fond personne ne s'attendait vraiment que les gamins de la H-5 apprennent quelque chose. Ça me rendait dingue !

Je devais avoir dans les six ans, pas plus, quand Mme V. a compris ma frustration. Un jour, après l'école et un goûter à base de glace nappée de caramel, elle a zappé sur les chaînes du câble et s'est arrêtée sur un documentaire au sujet d'un certain Stephen Hawking.

Depuis, je m'intéresse à tout ce qui comporte un fauteuil roulant ou presque. Je vous jure ! Même le téléthon de Jerry Lewis, j'aime bien ! Il se trouve que Stephen Hawking souffre de la maladie de Charcot : il ne peut ni marcher ni parler, mais c'est sans doute l'homme le plus intelligent de la terre et *tout le monde* le sait ! C'est trop cool.

Je parie que parfois il est super frustré lui aussi.

À la fin de l'émission, je suis restée très silencieuse.

– Il est un peu comme toi, non ? a hasardé Mme V.

J'ai d'abord pointé du doigt le mot **oui** sur ma planche, puis **non**.

– Je ne te suis pas, s'est-elle étonnée en se grattant la tête.

J'ai montré le mot **besoin** sur ma planche, puis **lire**. **Besoin/lire. Besoin/lire.**

– Je sais que tu sais lire plein de mots, Mélodie.

J'ai de nouveau pointé du doigt sur ma planche. **Encore.** Je sentais les larmes me monter aux yeux. **Encore. Encore. Encore.**

– Mélodie, si tu devais choisir, qu'est-ce que tu préférerais : pouvoir marcher ou parler ?

Parler. J'ai montré ma planche en tapant comme une forcenée sur le mot. **Parler. Parler. Parler.**

J'ai tellement de choses à dire.

Alors Mme V. s'est donné pour nouvelle mission de me doter du langage. Elle a arraché tous les mots sur ma planche de communication pour repartir de zéro et en coller de nouveaux, plus petits cette fois, pour en caser davantage. Le moindre espace libre sur ma planche de communication s'est rempli de noms et de photos de mes proches, de questions que je pourrais avoir besoin de poser, et d'une grande variété de noms, de verbes et d'adjectifs pour me permettre de composer quelque chose qui ressemble réellement à une phrase. Rien qu'en pointant du pouce, je pouvais par exemple demander **où est mon cartable ?** ou dire **joyeux anniversaire, maman.**

J'en profite pour préciser que j'ai des pouces magiques. Ils fonctionnent à merveille. Le reste de mon corps ressemble un peu à un pantin dont les fils sont emmêlés et attachés aux mauvais endroits, mais mes pouces, eux, n'ont aucun défaut, pas le moindre pépin. Uniquement mes pouces. Allez comprendre.

Chaque fois que Mme V. ajoutait des mots, je les apprenais rapidement pour les utiliser, mais je n'étais jamais rassasiée. Je voulais LIRE !

Alors elle m'a fabriqué des fiches.

Roses pour les noms.

Bleues pour les verbes.

Vertes pour les adjectifs.

Des piles entières de mots que j'ai appris à lire. Des petits, tels que « chat », « plat » et « voix ». J'aime bien les mots qui riment, ils sont faciles à retenir. J'ai appris des mots savants, tels que « chenille » et « moustique », et des mots aux règles de prononciation bizarres, tels que « coup » et « mignon ». J'ai appris tous les jours de la semaine, les mois de l'année, les noms des planètes, des océans et des continents. Chaque jour sans exception, j'en apprenais de nouveaux. Je les savourais et les engloutissais comme le clafoutis aux cerises de Mme V.

Ensuite, elle me calait par terre sur un grand coussin, elle étalait les fiches à portée de main pour moi et je les poussais du poing pour former des phrases. C'était comme enfiler des perles sur un collier pour créer un chouette bijou.

Comme j'aimais bien la faire rire, parfois j'alignais des phrases loufoques.

« Le poisson bleu va s'enfuir. Il ne veut pas servir de dîner. »

Elle m'a aussi enseigné des tas de mots pour décrire la musique que j'entendais à la maison. J'ai appris à distinguer Beethoven de Bach, une sonate d'un concerto. Elle choisissait un morceau sur un disque, puis me demandait le nom du compositeur.

Mozart. Je pointais du doigt la bonne réponse parmi l'assortiment de fiches qu'elle avait posé devant moi. Après quoi je lui montrais la couleur bleue sur ma planche.

– Hein ?

Lorsqu'elle passait un morceau de Bach, je lui montrais la bonne réponse pour ce qui était du compositeur, mais ensuite je touchais toujours la couleur bleue sur ma planche. Et la couleur mauve, aussi.

Elle semblait déconcertée. Je me suis creusé la tête pour trouver la meilleure façon d'expliquer ce que je voulais dire et qu'elle comprenne qu'à mes oreilles la musique était colorée. J'ai fini par réaliser que même Mme V. ne pouvait pas capter tout ce qui se passait dans ma tête.

On a poursuivi.

Elle mettait tantôt du hip-hop, tantôt des vieux succès. La musique, ainsi que les couleurs qu'elle propageait, ondoyait autour d'elle aussi naturellement que ses robes.

Mme V. m'a sortie par tous les temps. Un jour, elle m'a même autorisée à rester assise sous la pluie. Il faisait une chaleur étouffante – plus de trente-deux degrés dehors –, j'étais en sueur et à cran. Assises sur sa véranda, on regardait les nuages orageux s'amonceler. Elle m'a expliqué le nom de tous les nuages en leur inventant des histoires. Je savais que par la suite elle me rédigerait des fiches météo.

– Là-haut, c'est ce bon vieux nimbus : un nuage noir et puissant qui peut dégager à lui seul tous ses petits copains du ciel. Il aimerait bien épouser Mlle Cumulus, mais elle est trop douce et trop jolie pour se laisser harceler par une grosse brute comme lui. Alors ça le rend fou et il déclenche des orages, m'a-t-elle raconté.

Finalement, ce bon vieux nimbus s'est effectivement énervé et la pluie s'est abattue autour de nous. Il pleuvait si fort que je ne voyais pas au-delà du porche. Le vent soufflait et la fraîcheur humide de la pluie s'est emparée de nous. Un vrai délice. Une petite fuite dans le toit laissait filtrer des gouttes qui me tombaient sur la tête. J'étais pliée de rire.

Mme V. m'a regardée d'un drôle d'air avant de se lever d'un bond.

– Ça te dirait de sentir *vraiment* la pluie ?

J'ai hoché vigoureusement la tête. *Oh que oui !*

Elle m'a poussée jusqu'en bas de la rampe que papa avait construite ; on était toutes les deux de plus en plus mouillées à chaque seconde. Elle s'est arrêtée devant la pelouse et on est restées là, à se faire saucer. Mes cheveux, mes habits, mes yeux, mes bras, mes mains : trempés jusqu'aux os. C'était génial. La pluie était chaude, presque comme l'eau du bain. Ce que j'ai ri !

Mme V. a fini par me ramener à l'intérieur pour me sécher, me changer et me servir une tasse de chocolat chaud. Elle a essuyé mon fauteuil à fond et, le temps que mon père passe me récupérer, la pluie avait cessé et tout était à nouveau sec.

J'ai rêvé de nuages en chocolat toute la nuit.

CHAPITRE 7

Quand je dors, je rêve. Et dans mes rêves, je peux tout faire. Dans la cour de récréation, c'est moi qu'on choisit en premier pour jouer. Je suis une vraie fusée ! Je fais de la gym sans jamais tomber de la poutre et je danse le quadrille comme une pro. J'appelle mes copines et on papote pendant des heures au téléphone. Je chuchote des secrets. Je chante.

Le matin, au réveil, c'est toujours un peu la déception lorsque je prends conscience de la réalité. Il faut qu'on me donne à manger et qu'on m'habille avant que j'aille encore passer une journée interminable dans la salle rose bonbon de l'école de Spaulding Street.

De même que le nombre des enseignants très variés qui se sont occupés des H-5, je ne compte plus celui des assistants qu'on a eus. Ces derniers, en général un homme pour aider les garçons, une femme pour les filles, ont pour mission, entre autres, de nous accompagner aux toilettes (ou de changer les couches d'élèves comme Ashley et Carl), de nous donner à manger le midi, de nous pousser jusqu'à la destination voulue, d'essuyer nos bouches et de nous réconforter. Leur salaire ne doit pas être mirobolant car ils ne restent jamais très longtemps. Pourtant on devrait les payer une fortune. Leur boulot est très dur et, à mon avis, la plupart des gens ne s'en rendent pas compte.

Même les bons enseignants, on a du mal à les garder. Dans un sens, je comprends qu'ils s'en aillent car, comme je disais, parfois ce n'est pas de la tarte de s'occuper de nous.

Cependant, de temps à autre, on en a un sympa. Après Mme Hyatt et sa voix aiguë en maternelle, puis M. Gross et ses quiz en CP, sont arrivés Mme Tracy et son air désinvolte en CE1.

Comme elle a vite compris que j'aimais lire, elle m'a trouvé des écouteurs et des livres audio. Elle a commencé par des trucs de bébé, genre *Le Grinch* que mon père m'avait déjà lu quand j'avais deux ans, alors après que je les ai jetés plusieurs fois par terre, au lieu de me punir, elle en a déduit qu'il me fallait quelque chose de mieux.

J'ai écouté tous les romans de la série *Le Club des baby-sitters* et ceux de la collection *Chair de poule*. À la fin de chaque bouquin, elle m'interrogeait et je répondais juste. C'étaient des questions du type : « Lequel des trois a permis de résoudre l'énigme ? » Là, elle me montrait un caillou, une étoile de mer et un stylo à encre. Le caillou, bien sûr. Une fois sa liste de questions épluchée, elle me félicitait et me branchait sur un nouveau livre. Cette année-là, je me suis enfilé tous les romans de Beverly Cleary et toute la série des *Enfants du wagon*. C'était génial.

L'année suivante a été une vraie débâcle. Je sais que les enseignants sont censés rédiger des notes à l'attention du collègue qui prendra la relève pour que ce dernier sache à quoi s'attendre, mais soit Mme Tracy a oublié, soit Mme Billups, qui lui a succédé en CE2, ne les a pas lues.

Chaque matin, cette dernière commençait par mettre son disque préféré. Un CAUCHEMAR. *Il était une bergère, Ah ! vous dirais-je maman, L'Araignée Gipsy* : que des comptines interprétées par des enfants qui chantaient comme des casseroles, le genre de musique que les adultes trouvent totalement adorable, alors que c'est atroce !

Tous les matins, sans exception, elle nous passait cette compilation, de préférence à fond et en boucle. Pas étonnant qu'on ait toujours été de mauvaise humeur.

Une fois qu'elle avait lancé sa chorale de casseroles, elle nous faisait réviser l'alphabet. Tous les jours. En *CE2*.

– Bien : les enfants, voici un *A*. Combien parmi vous savent prononcer la lettre *A* ? Bravo !

Elle souriait en nous félicitant alors que personne dans la classe ne lui répondait.

Je me demande si elle aurait enseigné de la même façon avec des CE2 valides. Sans doute que non. Plus j'y pensais, plus ça me mettait en rogne.

– À présent passons à la lettre *B*. La voici. Allez, tous ensemble : *B*. Bravo !

Elle parlait toujours dans le vide mais ça n'avait pas l'air de la déranger. Je jetais des coups d'œil pleins d'envie aux livres audio et aux écouteurs qui avaient été rangés dans un coin.

Un jour, ça a été la goutte d'eau, je crois. Mme Billups ne se contentait plus de réciter les lettres de l'alphabet, elle s'évertuait aussi à reproduire leur son.

– Beuh ! brayait-elle en postillonnant au passage. C'est le son produit par la lettre *B*. Répétons tous ensemble : « Beuh ! »

C'est alors que Maria, d'ordinaire toujours de bonne humeur, s'est mise à lancer des crayons, Willy, à bredouiller, et moi, à beugler.

Je ne suis peut-être pas capable de m'exprimer clairement, en revanche du *bruit*, ça, je sais faire.

J'ai hurlé car je ne supportais plus ces leçons tout simplement débiles et que c'était le seul moyen que j'avais de lui dire de la fermer !

Du coup, j'ai fondu en larmes en réalisant que *jamais* je ne pourrais dire à *quiconque* le fond de ma pensée.

J'ai poussé des cris perçants en pleurant comme un bébé. Il n'y avait plus moyen de m'arrêter.

Mon éruption volcanique a ensuite pris le relais. J'ai agité les bras dans tous les sens et, grosso modo, pété un câble. À un moment, je me suis tellement débattue que mes chaussures ont valsé hors de la sangle de maintien des pieds de mon fauteuil. Ça m'a fait glisser de travers, alors j'ai hurlé de plus belle.

Mme Billups ne savait pas quoi faire. Elle a bien tenté de me calmer mais je n'avais *aucune* envie qu'on me calme. Les assistants n'y sont pas arrivés non plus. Jill et Maria se sont mises à pleurer. Même Ashley, qui était tout en jaune ce jour-là, avait l'air perturbée. Freddy tournait en rond dans son fauteuil en me jetant des petits coups d'œil d'un air craintif. Carl a réclamé son déjeuner en beuglant puis il s'est encore fait dessus. La classe était devenue totalement incontrôlable. Quant à moi, je continuais à pousser des cris perçants.

La prof a fait venir Mme Anthony, la principale, qui a écarquillé les yeux en ouvrant la porte de notre salle. Elle a évalué la situation d'un regard et décrété laconiquement :

– Téléphonez à sa mère.

Elle aurait voulu se défiler plus vite qu'elle n'aurait pas pu.

Un instant plus tard, la prof était en ligne avec ma mère.

– Mme Brooks ? Anastasia Billups, la maîtresse de Mélodie, à l'appareil. Pourriez-vous venir tout de suite ?

Ma mère avait dû paniquer. Est-ce que j'étais malade ? Blessée ? Morte ?

– Non, elle n'est pas malade. Tout va bien, enfin je crois, a expliqué Mme Billups en prenant un ton de maîtresse d'école des plus professionnels. Seulement… elle pousse des cris et personne ne parvient à la calmer. Elle a déclenché un véritable chahut dans la classe.

J'imaginais d'ici ma mère à l'autre bout du fil essayant de comprendre la situation. Heureusement, c'était son jour de repos. Je savais qu'elle serait là en un rien de temps. Alors petit à petit, j'ai décoléré et fini par me taire. Les autres se sont calmés aussi, comme si quelqu'un avait mis l'interrupteur en position « arrêt ».

Il était une bergère jouait encore dans le lecteur.

Ma mère est arrivée incroyablement vite. En la découvrant en jean et sweat-shirt sale, j'ai compris qu'elle avait tout laissé en plan et sauté dans la voiture. Elle s'est précipitée pour me demander ce qui n'allait pas.

J'ai inspiré à fond, frissonnante, puis j'ai montré du doigt les lettres d'un des mots sur ma planche en criant ma frustration à tue-tête.

– C'est à cause de l'alphabet ?

Oui, j'ai pointé du doigt. Puis j'ai tapé sur le mot comme un sourd.

Elle s'est retournée vers Mme Billups.

– Sur quoi travailliez-vous avant qu'elle se mette à pousser tous ces cris ?

De ce ton hautain que les institutrices vêtues d'un beau tailleur rouge peuvent prendre quand elles s'adressent à des mères en tee-shirt sale, Mme Billups a répondu :

– On revoyait l'alphabet, évidemment. Si je me souviens bien, on en était au son de la lettre *B*. Je commence toujours par le b.a.-ba. Ces enfants ont besoin de réviser continuellement car ils ne mémorisent par les informations comme nous autres.

Ma mère commençait à piger.

– Le B.A.-BA, vous dites ?

– Absolument.

– On est en février.

– Je vous demande pardon ?

– L'école a débuté fin août. En six mois, vous n'avez pas dépassé la lettre *B* ?

Ma mère serrait et desserrait nerveusement les poings. Je ne l'ai jamais vue taper sur quoi que ce soit ni personne, mais quand je la vois faire ce geste, je me demande toujours si elle ne va pas passer à l'acte.

– Et de quel droit jugez-vous la façon dont je dirige ma classe ? a lancé l'institutrice, piquée au vif.

– Et vous, de quel droit assommez-vous ces gosses avec des activités bêtifiantes ? a rétorqué ma mère du tac au tac.

– Comment osez-vous !

– J'ose *tout* quand il s'agit de ma fille !

– Vous ne comprenez pas… a commencé Mme Billups.

– Non, c'est vous qui ne comprenez rien ! l'a coupée ma mère.

Apparemment, elle s'est efforcée de se calmer, car elle a ensuite ajouté :

– Écoutez, il ne vous est jamais arrivé de vous dire : « S'ils passent encore une fois cette stupide pub à la télé, je crois que je vais hurler » ?

L'institutrice a hoché lentement la tête.

– Ou encore : « Si je dois rester coincée cinq minutes de plus dans ces embouteillages, c'est simple, j'explose » ?

– Si, sûrement, a-t-elle admis.

– Eh bien, voilà : je crois que c'est ce qu'a ressenti Mélodie. Elle s'est dit : « Si on m'oblige une fois de plus à répéter tout l'alphabet, c'est simple, je hurle. » Alors c'est ce qu'elle a fait. Et franchement, je la comprends, pas vous ?

Mme Billups nous a regardées tour à tour.

– Si, dit comme ça, je comprends mieux, a-t-elle concédé d'un ton désormais aussi calme que celui de ma mère.

– Mélodie connaît l'alphabet par cœur, elle connaît le son de chaque lettre et reconnaît des *centaines* de mots. Elle sait additionner et soustraire des chiffres de tête. Nous avions déjà parlé de tout ça à la dernière réunion parents-profs, non ?

Je voyais bien que ma mère essayait de se contenir.

– Je pensais que vous exagériez, s'est justifiée l'institutrice. Les parents ne sont pas toujours réalistes quand il s'agit de ces enfants.

– Si vous les appelez encore une seule fois « ces enfants », c'est peut-être moi qui vais hurler, a averti ma mère.

– Enfin, Mélodie a tout de même des déficiences mentales et physiques ! a argumenté Mme Billups sans doute pour essayer de la raisonner. Apprenez à l'accepter, à la fin !

Et les hostilités ont repris.

– Mélodie ne peut pas marcher ni parler, mais elle est extrêmement intelligente ! C'est vous qui feriez bien d'accepter *ça* ! a fulminé ma mère.

Mme Billups a légèrement reculé.

– Vous n'avez pas lu son bulletin de l'année dernière ? Mélodie adore écouter des livres audio.

– J'essaie d'aborder chaque enfant sans préjugés et de ne pas me laisser influencer par les autres enseignants. Les bulletins sont rangés quelque part dans un carton.

– Eh bien, vous feriez bien de retrouver ce carton !

– Ça par exemple ! s'est encore indignée Mme Billups.

– Justement, on peut dire que vous n'en êtes pas un, d'exemple ! a raillé ma mère.

Puis elle a penché la tête en se tournant vers le lecteur de CD.

– Une dernière chose : vous permettez que je regarde ce merveilleux CD que vous avez mis ?

– Bien sûr, a murmuré Mme Billups en souriant faiblement. Les enfants l'adorent.

– Vraiment ? a ironisé ma mère.

L'institutrice a tendu la main vers le lecteur.

Il était une bergère et ron et ron et stop.

Willy a poussé un gros soupir.

Maman a pris le disque, elle a fouillé dans son sac pour en sortir un billet de cinq dollars qu'elle a tendu à Mme Billups, puis d'un geste leste elle a cassé net le CD en deux.

– Cette musique était un châtiment inouï et cruel !

Freddy et Maria l'ont acclamée.

– Merci, a chuchoté Gloria.

L'espace d'un instant, j'ai presque eu pitié de Mme Billups. Elle semblait totalement désemparée. C'est simple, elle ne comprenait pas.

Ma mère s'est dirigée vers l'évier de la salle, elle a ouvert le robinet d'eau chaude et en a imbibé une pile de serviettes en papier, puis elle est revenue me tamponner doucement le visage. Je n'avais jamais rien connu d'aussi apaisant. Après quoi elle m'a caressé les cheveux, elle a rajusté mes sangles et m'a serrée rapidement dans ses bras avant de repartir.

Mme Billups a démissionné au printemps, du coup on a terminé l'année en enchaînant les remplaçants. À mon avis, elle s'était imaginé que ce serait facile de travailler avec des personnes plus bêtes qu'elle.

Elle avait tort.

CHAPITRE 8

Pendant longtemps, j'ai vécu seule avec mon père, ma mère et Ollie, mon poisson rouge. On me l'a offert quand j'avais cinq ans et je l'ai gardé presque deux ans avant qu'il meure. J'imagine que c'est assez vieux pour un poisson rouge. À part moi, personne ne savait qu'il s'appelait Ollie, mais ça ne fait rien. On l'avait gagné à une fête foraine à laquelle papa m'avait emmenée et je crois que sa vie était pire que la mienne.

Il vivait dans un petit bocal posé sur la table de ma chambre. Le fond était tapissé de minuscules cailloux roses au milieu desquels était calé un faux rondin en plastique. J'imagine que c'était censé ressembler à un genre de paysage sous-marin, mais je crois qu'il n'existe aucun lac ni océan qui ait réellement des cailloux de cette couleur.

Ollie passait ses journées à nager en rond dans son petit bocal, interrompant son circuit monotone de quelques plongeons sous le faux rondin. Il nageait toujours dans la même direction. Les seuls moments où il changeait de trajectoire, c'était quand maman lui versait des flocons dans son bocal, matin et soir. Je le regardais engloutir sa nourriture puis l'évacuer dans la foulée et recommencer ses rondes sans fin. Il me faisait de la peine.

Moi, au moins, j'avais la possibilité de sortir, d'aller dans les boutiques ou à l'école. Ollie tournait en rond toute la journée, point. J'étais curieuse de savoir s'il lui arrivait de dormir. Mais chaque fois que je m'étais réveillée en pleine nuit, il était toujours là, à barboter, ouvrant et fermant la bouche mécaniquement comme s'il essayait de dire quelque chose.

Un jour, quand j'avais environ sept ans, Ollie a sauté de son bocal. J'étais en train d'écouter de la musique à la radio – maman avait enfin compris que j'aimais bien la station de country – et j'étais de bonne humeur. Les morceaux que j'entendais répandaient des reflets orangés et jaunâtres et on aurait dit qu'un léger parfum d'agrumes flottait dans l'air. Sereine, je regardais Ollie répéter son manège dans son bocal.

Mais tout à coup, pour une raison incompréhensible, il a plongé au fond avant de remonter à toute vitesse à la surface et de jaillir hors de l'eau. Il a atterri en s'affalant sur la table, suffoquant, sûrement stupéfait de ne pas pouvoir respirer. Les yeux globuleux, il agitait ses branchies en vain.

Je ne savais pas quoi faire. Sans eau, il allait mourir en un rien de temps. Alors j'ai crié. Maman devait être en bas ou sortie relever le courrier dans la boîte aux lettres car elle n'est pas venue tout de suite. J'ai crié de nouveau. Plus fort, cette fois. À tue-tête. Puis j'ai hurlé comme une dingue. Ollie continuait de frétiller en s'asphyxiant, l'air de plus en plus désespéré. Il lui fallait à tout prix de l'eau.

J'ai crié encore mais maman ne déboulait toujours pas. Où est-ce qu'elle pouvait bien être ? Consciente que je devais réagir, j'ai tendu le bras vers la table. C'était à peine si j'arrivais à toucher le bocal. Dans ma tête, si je réussissais à mouiller Ollie ne serait-ce qu'un tout petit peu, je parviendrais peut-être à le sauver. J'ai agrippé le bord du bocal et j'ai tiré. L'eau a giclé partout : sur la table, sur le tapis, sur moi, sur Ollie. L'espace de quelques secondes, il a eu l'air de s'agiter un peu moins.

Alors j'ai continué de gémir. Finalement, j'ai entendu ma mère monter l'escalier en trombe. En entrant dans ma chambre, elle a jeté un coup d'œil au désastre et au poisson agonisant et s'est écriée :

– Mais qu'est-ce qui t'a pris de renverser ce bocal, Mélodie ? Tu sais bien qu'un poisson ne peut pas vivre sans eau !

Bien sûr que je le savais, je ne suis pas idiote. À son avis, pourquoi je criais à l'aide depuis dix minutes ?

Elle s'est précipitée au milieu du naufrage pour ramasser Ollie et le replonger délicatement dans son bocal. Puis elle a filé avec dans la salle de bains et je l'ai entendue faire couler de l'eau. Mais je savais qu'il était trop tard.

Soit parce qu'il était resté trop longtemps hors de son élément, soit parce que l'eau du robinet n'était pas à la bonne température, Ollie n'a pas survécu.

Maman est revenue en me grondant une nouvelle fois.

– Ton poisson est mort, Mélodie. Je ne comprends pas pourquoi tu t'en es prise à cette pauvre petite créature. Il était heureux dans son petit monde.

Justement, je me suis demandé s'il l'était vraiment, au fond. Il en avait peut-être ras le bocal de tourner en rond au-dessus de ses petits cailloux. Peut-être qu'il n'en pouvait plus. Moi-même, c'est ce que je ressens, parfois.

Je n'avais aucun moyen d'expliquer à ma mère ce qui s'était passé, à savoir que j'avais tout fait pour venir en aide à Ollie. Alors je me suis contentée de détourner les yeux. Elle était fâchée, mais moi aussi. Si elle n'avait pas été si longue à la détente, mon poisson aurait peut-être survécu. Je ne voulais pas qu'elle me voie pleurer.

Elle a nettoyé le bazar en soupirant et m'a laissée avec ma musique et un coin vide sur ma table. Les reflets colorés avaient disparu.

J'ai mis du temps à être prête à accueillir un nouvel animal de compagnie. Mais le jour de mon huitième anniversaire, mon père a rapporté un grand carton qu'il semblait avoir du mal à porter. Lorsqu'il l'a posé par terre devant moi, un drôle d'asticot au pelage doré a jailli comme une flèche. C'était un chiot ! Un bébé labrador ! J'ai lancé des coups de pied en hurlant de joie. Ça alors, un chiot !

La petite chienne maladroite a galopé dans le salon pour en renifler tous les coins. J'ai observé tous ses faits et gestes, aussitôt sous le charme. Après avoir inspecté tous les pieds de table et les meubles, elle s'est arrêtée en s'assurant que tout le monde la regardait, puis elle s'est ramassée et a fait pipi là, sur le tapis ! Maman a un peu crié, mais pas trop. À ce moment-là, la chienne a compris que c'était elle, la patronne.

Elle a jeté un œil aux orteils dénudés de mon père mais s'est bien gardée d'aller voir ma mère qui essayait d'éponger et nettoyer la flaque sur le tapis. Finalement, la petite chienne a tourné plusieurs fois autour de mon fauteuil, comme si elle essayait de comprendre. Après avoir reniflé les roues, mes jambes, mes pieds, elle m'a regardée un instant puis elle a sauté directement sur mes genoux comme si elle l'avait déjà fait des milliers de fois ! J'osais à peine respirer de peur de la déranger. Ensuite, oh ! là, là ! elle a tourné trois fois sur elle-même avant de s'installer confortablement en faisant, je crois, un bruit semblable à un soupir de satisfaction. Moi, c'est ce que j'ai fait, en tout cas. J'ai caressé son dos et sa tête toute douce aussi délicatement que j'ai pu.

C'est moi qui ai trouvé son nom. Mes parents n'arrêtaient pas de proposer des prénoms idiots du type Fripouille et Café, mais dès que je l'ai vue, j'ai su comment on devait l'appeler. J'ai montré du doigt la corbeille posée sur la table, qui contenait mes bonbons préférés au monde, des caramels au beurre. Ils sont assez mous pour fondre dans ma bouche sans que je sois obligée de mâcher et leur goût est divin !

– Tu veux l'appeler Bonbon ? a cru comprendre mon père.

J'ai fait non de la tête, tout doucement, pour que la petite chienne endormie sur mes genoux ne sursaute pas.

– Boule de gomme ? a hasardé maman.

J'ai encore fait non de la tête.

– Et pourquoi pas Boule puante ? a plaisanté papa.

Avec maman, on s'est contentées de lui lancer un regard noir. J'ai continué à montrer du doigt la corbeille de caramels.

– Je sais ! s'est finalement exclamée maman, tu veux l'appeler Caramel ?

J'aurais bien poussé un cri, mais je me suis retenue. J'ai fait tout mon possible pour ne faire aucun geste susceptible de faire sursauter la chienne.

– Han ! ai-je confirmé à voix basse en continuant de caresser son pelage soyeux.

J'ignorais qu'il existait des petites créatures aussi douces et celle-ci était toute à moi. Ce fut le plus bel anniversaire de ma vie.

Caramel dort au pied de mon lit toutes les nuits. À croire qu'elle a lu le manuel du chien parfait : aboyer uniquement quand quelqu'un qu'elle ne connaît pas sonne à la porte, ne jamais faire pipi ou caca dans la maison (elle a vite résolu ce problème typique des chiots) et faire le bonheur de Mélodie. Elle se moque du fait que je ne lui parle pas, elle sait que je l'aime. Elle le sent, c'est tout.

Un jour, quelques mois après son arrivée, je suis tombée de mon fauteuil. Ça arrive. Maman venait de me faire déjeuner, de m'emmener au petit coin et de me ramener dans ma chambre. Caramel trottinait derrière – jamais dans le passage, mais toujours près de moi. Ma mère a inséré un DVD dans le lecteur et a vérifié que mes mains étaient positionnées comme il fallait pour que je sois en mesure de rembobiner ou avancer le film. Elle n'a pas remarqué que ma ceinture abdominale n'était pas attachée, et moi non plus.

Elle a fait des allers-retours dans l'escalier pour lancer plusieurs charges de linges dans la machine à laver – je suis un vrai danger pour les vêtements propres – et je crois qu'ensuite elle a commencé à préparer le dîner car le puissant arôme de la sauce tomate qui mijote se répandait jusqu'à l'étage. Ma mère sait que je raffole des spaghettis à la bolognaise.

Elle a passé la tête dans ma chambre pour voir si tout allait bien.

– Je vais m'allonger deux minutes, Mélodie. Ça va aller ?

J'ai hoché la tête en tendant le bras vers la porte pour lui dire de ne pas s'en faire et d'y aller. De toute façon, mon film devenait intéressant. Caramel était couchée en boule à côté de mon fauteuil ; elle était devenue trop grande pour dormir sur mes genoux. Alors maman m'a envoyé un baiser avant de fermer la porte.

Je regardais un film que j'avais déjà vu des dizaines de fois : *Le Magicien d'Oz.* À mon avis, la plupart des gens sur terre sont capables d'en citer une réplique – pas besoin d'être un génie – car ce film fait partie des plus rediffusés sur les chaînes du câble. La différence, c'est que moi, je connais *toutes* les répliques de A à Z. Je sais ce que Dorothy va dire avant même qu'elle ouvre la bouche. « Toto, j'ai l'impression que nous ne sommes plus au Kansas ! » Ça me fait sourire. Je ne suis jamais allée au Kansas ni à Oz, ni à plus de quelques kilomètres de chez moi.

J'avais beau m'y attendre, quand est arrivée la scène où l'Homme de fer-blanc se met à danser, raide comme un piquet, sur l'air de *Si seulement j'avais un cœur*, j'ai éclaté de rire. Si fort que j'ai basculé brusquement en avant et me suis retrouvée étendue face contre terre.

Caramel a aussitôt bondi pour me renifler et vérifier que je n'étais pas blessée. Non, rien de cassé, j'allais bien, sauf que j'étais incapable de remonter dans mon fauteuil. Pire, j'allais rater la scène où le Lion peureux reçoit une tape de Dorothy sur la truffe. Restait plus qu'à voir combien de temps allait durer la sieste de ma mère.

Je n'ai pas crié comme la fois où Ollie a sauté de son bocal. Je n'étais pas inquiète, juste un peu mal à l'aise. J'ai tenté de me retourner, mais la position dans laquelle j'avais atterri m'en empêchait. Si j'avais pu voir l'écran de télé de l'endroit où j'étais, ça ne m'aurait pas dérangée de rester par terre un petit moment. Caramel fait un excellent coussin.

Sauf que Caramel est partie au pied de la porte fermée et s'est mise à gratter. J'entendais ses griffes labourer le bois. Mon père n'allait pas être content en voyant ça. Mais ma mère n'est pas venue. Alors ma chienne a aboyé : d'abord deux petits glapissements timides, puis plus fort et de façon plus insistante. Elle a fini par sauter et se jeter de tout son poids contre la porte dans un gros bruit sourd. Et rebelote, elle aboyait et se jetait contre la porte. *Ouaf, boum. Ouaf, boum.* Avec tout ce vacarme, impossible que ma mère n'entende pas.

Je suis sûre que ça n'a duré que quelques minutes mais ça m'a paru une éternité. Maman est arrivée, l'air groggy, les cheveux en bataille.

– Qu'est-ce qui se passe ici… ? a-t-elle commencé.

Et puis elle m'a vue.

– Oh, Mélodie, ma puce ! Ça va ?

Elle a couru s'asseoir par terre pour me hisser sur ses genoux

Elle m'a examinée sous toutes les coutures, les bras, les jambes, le dos, le visage, le cuir chevelu et même la langue. J'aurais bien voulu la rassurer. Pour ça, il suffisait qu'elle me remette dans mon fauteuil. Mais il a fallu qu'elle joue les mères poules et revérifie encore.

– Caramel, tu es vraiment un bon chien ! a-t-elle souri en caressant la chienne et en me serrant fort contre elle. Double ration de croquettes pour toi ce soir !

Je parie que Caramel aurait préféré un bon gros os à ronger, mais elle non plus, elle ne parle pas, alors toutes les deux, on prend ce qu'on nous donne. Maman m'a soigneusement réinstallée dans mon fauteuil et a vérifié que ma ceinture était correctement attachée. Caramel s'est couchée en boule juste à mes pieds, sans doute pour amortir ma chute si jamais je glissais encore. Cette chienne est incroyable.

Maman a remis le film depuis le début mais, étrangement, la fameuse route de briques jaunes avait un peu perdu de sa magie. En réalité, personne ne voit ses souhaits exaucés par le Magicien d'Oz.

Tout en regardant distraitement le film, je me suis demandé quel vœu je formulerais si c'était moi et Caramel qui étions emportées dans une tornade au pays d'Oz.

Voyons voir…

Un cerveau ? Le mien est bien rempli.

Du courage ? Caramel n'a peur de rien !

Un cœur ? Les nôtres sont gros comme ça.

Alors qu'est-ce que je demanderais ? J'aimerais pouvoir chanter comme le Lion peureux et danser comme l'Homme de fer-blanc. Aucun des deux n'était très doué dans son domaine, mais ça me suffirait amplement.

CHAPITRE 9

Quand j'ai eu huit ans, les choses ont changé.

Je crois qu'avant même qu'elle le découvre, j'ai su que maman était enceinte. Elle dégageait une odeur différente, comme du savon neuf. Sa peau était plus douce et plus chaude.

Un matin, en me sortant du lit, elle a failli me laisser retomber sur le matelas.

– Punaise, tu deviens sacrément lourde, Mélodie ! s'est-elle exclamée. Je vais devoir me mettre aux haltères !

Son front s'était mis à transpirer.

À mon avis, je n'avais pas pris de poids. C'était plutôt ma mère qui avait changé. Elle s'est assise deux minutes sur la chaise près de mon lit et, tout à coup, elle est sortie de la pièce en courant. Je l'ai entendue vomir dans la salle de bains. Quelques instants plus tard, elle est revenue, l'air blême. Son haleine sentait le bain de bouche.

– J'ai dû manger un truc bizarre, a-t-elle marmonné tout en m'habillant.

Mais je pense qu'elle s'en doutait déjà. Et je parie qu'elle était morte de trouille.

Quand elle en a eu la confirmation, elle s'est assise près de moi pour m'annoncer la nouvelle.

– J'ai quelque chose de merveilleux à te dire, Mélodie !

Je me suis efforcée de paraître intriguée.

– Tu vas très bientôt avoir un petit frère ou une petite sœur !

Affichant un grand sourire, j'ai fait de mon mieux pour avoir l'air à la fois surprise et enthousiaste. J'ai tendu les bras pour la serrer contre moi, puis j'ai frotté doucement son ventre en me désignant du doigt. Elle a compris le sous-entendu.

– On va croiser les doigts pour que ce petit bout soit un gros bébé joufflu et en pleine forme, a-t-elle assuré en me regardant droit dans les yeux. Tu sais qu'on t'aime comme tu es, Mélodie. Mais on espère que cet enfant ne sera pas confronté aux mêmes défis que toi.

Je l'espère aussi.

Dès lors, elle a chargé mon père de me soulever. Et bien qu'elle n'en ait jamais reparlé devant moi, je savais qu'elle se faisait du souci. Elle engloutissait d'énormes gélules de vitamines vertes, dévorait des tonnes d'oranges et de pommes, et elle avait pris l'habitude de toucher son ventre arrondi en murmurant une prière. Je voyais bien que mon père avait la trouille lui aussi, mais son inquiétude se manifestait de drôles de façons, comme ces gros bouquets d'iris violets qu'il rapportait à maman, sa fleur préférée, ou bien ces litres de jus de raisin et ces assiettes gargantuesques de grappes noires qu'il lui préparait. J'ignore pourquoi, mais maman était accro à tout ce qui était violet.

Plutôt que de regarder Discovery Channel pendant des heures, je me suis surprise à rester simplement dans ma chambre, à réfléchir en silence devant un écran de télé éteint.

J'étais consciente que l'arrivée d'un bébé nécessitait une grosse organisation et que j'étais *moi-même* très accaparante. Où mes parents allaient-ils trouver le temps de s'occuper de nous deux ?

C'est là qu'une pensée atroce m'a traversé l'esprit. Et s'ils décidaient d'étudier la proposition du Dr Mastoc ? À partir de là, impossible d'effacer la question de mon esprit.

Un samedi après-midi, quelques mois avant que le bébé naisse, je somnolais, pelotonnée sur le canapé. Maman avait calé plein de coussins autour de moi pour être sûre que je ne tombe pas. Caramel roupillait à proximité et la station de jazz préférée de mon père diffusait un morceau de saxophone soporifique. Assis sur l'autre canapé, plus petit, mes parents discutaient tranquillement. Ils devaient croire que je dormais.

– Et si jamais… ? a balbutié ma mère d'une voix tendue.

– Ça n'arrivera pas, ma chérie. Le risque est vraiment *infime*, a affirmé mon père quoiqu'il ne semblât pas très sûr de lui.

– Je ne le supporterais pas, ce serait *trop*, a prévenu ma mère.

– Tu trouverais la force, a-t-il contesté doucement. Mais ça n'arrivera pas. Il y a une chance sur…

– Mais *si* ça arrive ?

Et pour la seconde fois à ma connaissance, ma mère a fondu en larmes.

– Ça va bien se passer, a soutenu mon père pour essayer de la calmer. Il faut qu'on reste optimistes.

– Tout ça, c'est ma faute...

J'ai dressé l'oreille pour écouter plus attentivement.

– Pourquoi dis-tu ça, Diane ?

– C'est ma faute si Mélodie est comme elle est.

Maman pleurait à présent à chaudes larmes. C'est tout juste si j'arrivais à comprendre ce qu'elle disait.

– N'importe quoi ! Je t'interdis de culpabiliser comme ça. Ce sont des choses qui arrivent.

Je voyais bien que mon père s'efforçait de rester objectif.

– Non, c'est *moi* la mère ! C'était à *moi* de mettre au monde cette enfant en bonne santé et j'ai tout bousillé ! Toutes les femmes sur terre sont capables de mettre au monde un bébé normal. Il y a *forcément* quelque chose qui cloche chez moi !

– Tu n'y es pour rien, ma chérie. *Rien* du tout, a répété mon père.

Et je l'ai entendu attirer ma mère contre lui.

– Chuck, j'ai tellement peur que ce bébé ait un problème aussi ! a-t-elle soufflé dans un frisson.

– Je t'en prie, arrête. N'y pense même pas, a chuchoté mon père. Statistiquement, quels sont les risques d'avoir deux enfants qui...

Et soudain, je n'ai plus rien entendu, assourdie par tout un tas de pensées qui résonnaient dans ma tête sans que je puisse m'en défaire.

J'aurais voulu dire à ma mère que j'étais désolée qu'elle soit si triste et effrayée.

Ce n'était pas sa faute.

J'étais comme j'étais, point. Elle n'y était pour rien.

Ma plus grande souffrance, c'était de ne pas pouvoir lui dire tout ça.

Cependant, durant toute sa grossesse, l'attention de mes parents à mon égard n'a jamais faibli, même si, je l'avoue, je craignais le contraire. À mesure que la date présumée d'accouchement approchait, mon père s'est activé davantage. Il s'est chargé de quelques lessives, de la plupart des repas et de tous les moments où il fallait me soulever et me porter. Tous les matins j'arrivais à l'heure à l'école, tous les soirs on me lisait une histoire, et le temps a passé tandis que nous attendions tous les trois en croisant les doigts, pleins d'espoir.

Mais à sa naissance, Penny était un bébé parfait au joli teint cuivré comme son prénom. Dès la maternité, elle s'est révélée être un petit bout de chou très joyeux. Maman avait ramené un vrai rayon de soleil à la maison.

Toutefois, un nouveau-né, c'est dur pour tous les parents, j'imagine, surtout quand ils doivent en plus s'occuper d'une gosse comme moi. Parfois, ils se disputaient. Je les entendais à travers le mur de ma chambre.

– J'ai besoin que tu m'aides un peu plus, Chuck, lançait ma mère en s'efforçant de ne pas élever la voix.

– Mais tu fais plus attention au bébé qu'à moi !

– Si tu m'aidais davantage, j'aurais plus de temps à te consacrer ! Avec deux enfants, dont une comme Mélodie, c'est pas facile !

– Je travaille, je te signale !

– Mais moi aussi ! C'est pas une excuse. Sans compter que je me lève deux fois par nuit pour allaiter le bébé !

– Je sais, tu as raison. Excuse-moi, Diane.

Papa s'adoucissait toujours pour la laisser gagner.

– Tu comprends… je suis tout le temps fatiguée, ajoutait ma mère d'une voix étouffée.

– Je suis désolé, je vais faire des efforts, promis. Je vais prendre une journée de congé demain pour m'occuper des filles. Si tu en profitais pour aller au ciné ou pour inviter Violette à déjeuner ?

Le calme revenait mais quand même, d'une certaine manière, je finissais toujours par me sentir un petit peu coupable. C'est sûr que la vie aurait été plus simple pour eux s'ils n'avaient eu qu'un seul enfant, en l'occurrence un enfant en état de marche.

Un jour, pour Noël, on m'avait offert une poupée électronique. Si on appuyait sur les bons boutons, elle était censée parler, pleurer et remuer les bras et les jambes. Mais quand on a ouvert la boîte, un des bras s'était déboîté, et quel que soit le bouton sur lequel on appuyait, tout ce que la poupée savait faire, c'était pousser des petits cris. Ma mère l'avait rapportée à la boutique et s'était fait rembourser.

Je me demande si elle n'aurait pas aimé qu'on la rembourse aussi pour moi.

Penny, elle, était vraiment un bébé de rêve ! Au bout d'à peine quelques mois, elle faisait ses nuits, et elle souriait à longueur de journée. Elle s'est tenue assise à l'âge précis où les nourrissons sont censés le faire, elle s'est retournée pile à l'heure et s'est mise à quatre-pattes au bon moment. Incroyable. Et ça semblait si facile ! Bien sûr, elle se prenait quelques gamelles, mais une fois qu'elle avait pigé le truc, elle était lancée.

Penny filait dans tous les sens comme un petit jouet mécanique. Elle a découvert que c'était très rigolo de patauger dans la cuvette des W.-C., que les petits pois avaient un drôle de goût et que les lampes tombaient si on tirait sur le fil. Elle a aussi compris qu'un labrador n'était pas un poney, que les mouches mortes par terre, c'est non-non-non, mais que les bonbons, c'est drôlement bon. Elle se marrait tout le temps. Elle s'est rendu compte que sa grande sœur Mélodie n'avait pas les mêmes capacités qu'elle, mais ça n'avait pas l'air de la déranger. Alors, j'ai essayé de suivre son exemple.

Papa était sur ses talons avec son Caméscope comme un paparazzo avec une rock star ! On a des centaines de séquences de Penny, craquante, qui s'amuse de façon adorable. Mais bon, je reconnais que certains jours j'en avais un peu marre de voir une nouvelle vidéo chaque fois qu'elle faisait un progrès. Regarder un bébé accomplir tout ce qu'on rêverait de faire, c'est un peu déprimant.

Penny qui tient son biberon toute seule.

Penny qui picore des minuscules Cheerios étalés sur la tablette de sa chaise haute.

Penny qui babille « ma-ma » et « pa-pa » exactement comme les bébés du *Muppet Show*.

Penny à quatre pattes qui poursuit Caramel.

Penny qui tape dans ses mains.

Comment son petit cerveau a-t-il fait pour l'inciter à se mettre debout et à se cramponner au canapé pour garder l'équilibre ? Comment a-t-elle trouvé la technique pour tenir debout toute seule ? Il lui arrivait de tomber, mais elle se relevait de suite d'un bond. Jamais elle n'est restée étalée par terre, coincée comme une tortue sur le dos.

Le soir, au coucher, mon père continuait de nous faire la lecture, mais désormais, c'était Penny qui se pelotonnait sur ses genoux. J'étais trop grande et trop difficile à maintenir en équilibre, alors je restais assise dans mon fauteuil, ma chienne à mes pieds, tandis qu'ils lisaient ces histoires que je connaissais par cœur. Caramel dormait toujours exclusivement dans ma chambre. C'était un réconfort.

Ça me faisait vraiment plaisir de savoir que Penny découvrait tous ces livres que moi-même j'adorais. Je me demandais si elle les mémorisait. Sans doute que non. Elle n'en avait pas besoin.

Je crois que le troisième mot qu'elle a prononcé fut « Di-di ». « Mélodie », elle n'y arrivait pas, mais elle avait retenu la dernière syllabe ! Un moment que j'aimais particulièrement, c'était le matin, quand, après lui avoir donné son bain, maman recouchait Penny avec moi. Ma petite sœur s'agrippait à moi en me couvrant le visage de bisous mouillés qui sentaient bon le talc. « Di-di ! » répétait-elle à tue-tête.

À un an, Penny savait déjà marcher. Elle parcourait la maison en vacillant sur ses petites jambes potelées. Elle tombait beaucoup, notamment sur les fesses, et chaque fois ça la rendait hilare. Ensuite elle se remettait debout et repartait.

Voilà une sensation que je ne connaîtrai jamais.

Avec deux enfants à la maison, les routines de la famille avaient changé. Le matin, tout le monde mettait deux fois plus de temps à se préparer. Maman veillait à ce que Penny porte de jolies petites tenues tous les jours, même si elle allait simplement à côté, chez Mme V.

Mes tenues n'étaient pas mal, mais ces derniers temps, je trouvais qu'elles étaient plus pratiques que jolies. Maman semblait les choisir en fonction de ce qui serait plus facile à m'enfiler. C'était un peu déprimant, cependant j'avais conscience d'être de plus en plus lourde à soulever, donc plus compliquée à habiller.

Il faut sans doute signaler que me donner à manger n'est pas une mince affaire. Comme je ne mâche pas très bien, en général on me sert des aliments mous tels que des œufs brouillés, du porridge ou de la compote de pomme. Et étant donné que je suis incapable de tenir une fourchette ou une cuillère toute seule – j'ai beau essayer, je les fais toujours tomber –, il faut qu'on me mette la nourriture dans la bouche, une cuillerée à la fois. C'est laborieux.

Une cuillerée, on avale.

Et ainsi de suite.

Le contenu des cuillères tombe souvent par terre. Ce qui n'est pas pour déplaire à Caramel, qui fait office d'aspirateur canin.

Boire est tout aussi galère. Comme je ne peux ni tenir un verre ni aspirer à la paille, il faut que quelqu'un porte un verre à mes lèvres avec d'infinies précautions, et me verse un peu de liquide dans la bouche. S'il y en a trop, j'avale de travers, je tousse et il faut tout recommencer. C'est toute une affaire de me faire avaler un repas complet. Ça prend du temps et, bien entendu, j'ai horreur de ça.

De plus, certains matins étaient vraiment stressants.

Exemple :

– Chuck ! Tu peux m'apporter le tee-shirt rose de Mélodie qui se trouve dans le panier de linge propre ? Elle a renversé du jus de fruits sur tout son chemisier ! a crié maman au pied de l'escalier.

– M’enfin, Diane, tu ne lui as pas mis de bavoir ? s’est étonné mo?n père. Tu sais bien qu’elle se tache facilement ! Pourquoi tu n’attends pas qu’elle ait mangé pour l’habiller ?

– Tu veux peut-être qu’elle mange toute nue ? Discute pas et apporte-moi ce tee-shirt ! Et aussi une couche pour Penny. Elle nous a fait un truc carabiné.

– À deux ans, il serait peut-être temps qu’elle apprenne à aller sur le pot, non ? a lancé papa en descendant l’escalier, un tee-shirt bleu devenu trop petit pour moi dans une main et une couche dans l’autre.

– C’est ça. Je lui apprendrai ce soir… quand j’entamerai la vingt-cinquième heure de ma journée !

Papa a pris Penny dans ses bras.

– *Pffiou*… En effet, il est costaud, celui-ci ! a-t-il commenté, le nez froncé. Tu lui as encore donné des patates douces hier soir ? Je croyais qu’on arrêtait parce que ça lui file toujours la diarrhée ?

– Eh bien, si tu étais passé chez l’épicier comme je te l’avais demandé, j’aurais pu lui donner autre chose ! Et ce tee-shirt est bleu, pas rose, et il est trop petit pour Mélodie !

Maman a quitté la cuisine et monté les escaliers en fulminant.

– Désolé, les filles, a soufflé mon père.

Il s’est mis à siffloter en changeant la couche de Penny, menaçant d’appeler au secours la brigade de déminage. C’était marrant.

Ensuite il a fini de me donner le petit déjeuner sans se soucier de voir mon porridge dégouliner sur mon chemisier taché de jus de fruits.

– Qu'est-ce que ça peut faire ? Autant te salir à fond et que ça vaille tout ce stress ! a-t-il justifié en riant.

Je lui ai souri en étalant du porridge sur ma tablette.

Maman est redescendue coiffée, remaquillée, un sourire de façade sur les lèvres et mon tee-shirt rose à la main. Papa et elle se sont étreints en respirant à fond et, en fin de compte, on a réussi à partir à temps de la maison.

Les journées démarraient souvent comme ça.

CHAPITRE 10

Tous les matins à son réveil, Penny réclame son Gribouille, une petite peluche marron à mi-chemin entre le singe et l'écureuil, tellement déglinguée que personne ne peut affirmer avec certitude de quel animal il s'agit. Penny le traîne partout. Qu'il soit pris dans ses couvertures ou juste à côté d'elle, il faut qu'elle l'appelle. « Gribouille ! » Évidemment, dans sa bouche, ça donne plutôt « Gui-bouiiille ! ». Papa, ça le fait mourir de rire.

Le matin, je souris toujours en l'entendant s'approcher de ma porte. Des grands pas et des petits. Ma mère et Penny. Sans oublier Gribouille, bien sûr. Certains jours, mes jambes et mes bras sont engourdis à force d'être restés dans la même position toute la nuit, d'autres, j'ai des picotements dans les orteils. La porte de ma chambre s'ouvre en grinçant – papa ne trouve jamais le temps d'arranger ça.

Ma mère me caresse la joue du doigt. Peut-être pour vérifier que je respire toujours. C'est le cas. J'ouvre les yeux. J'aimerais bien pouvoir lui dire « bonjour », mais à défaut je me contente de sourire. Elle me sort du lit et me serre contre elle, prenant désormais rarement le temps de s'asseoir dans le fauteuil à bascule, et elle m'emmène en hâte dans la salle de bains car en général, dès que je suis levée, j'ai une envie pressante.

Penny nous suit, un énorme chapeau rouge et blanc sur la tête identique à celui du Chat chapeauté – cette petite fait une grosse fixette sur les chapeaux – et toujours accompagnée de son Gribouille. Caramel n'est jamais très loin. Elle laisse Penny l'affubler de chapeaux et trouve le moyen de supporter ses câlins qui s'apparentent parfois davantage à une technique d'étranglement. J'en ai subi quelques-uns ! Et si Penny s'aventure trop près d'une prise ou de la porte d'entrée, elle aboie pour alerter mes parents.

Notre salle de bains, peinte en bleu océan, est suffisamment grande pour accueillir Penny, Caramel, maman et moi – fauteuil roulant compris – sans qu'on se sente à l'étroit. Heureusement car on y passe beaucoup de temps. Avec Penny, on met une sacrée pagaille. Mais moi, au moins, je n'ai pas besoin de couches. C'est déjà assez pénible d'être dépendante de quelqu'un pour m'asseoir sur les toilettes, alors des couches ? Beurk, non merci !

Bien que les médecins aient affirmé que ce serait impossible, quand j'avais trois ans ma mère m'avait déjà appris à aller sur le pot comme n'importe quel enfant de mon âge. J'avais horreur de rester dans mes couches sales et elle, de les changer, alors j'ai trouvé le moyen de la prévenir quand j'avais envie et elle se dépêchait de m'emmener aux toilettes.

Parfois, avec maman, on arrive à communiquer sans parler. Je lui montre le plafond et, bizarrement, elle comprend si je parle du ventilateur, de la lune, ou de la tache sombre faite par la pluie durant le dernier orage. Si je suis triste, elle le sait d'instinct, quand j'ai besoin d'un câlin, elle le sent, et quand je suis tendue et contrariée, elle me frotte le dos pour m'apaiser. Quelquefois, quand papa n'écoute pas, elle se moque gentiment de lui et on éclate de rire.

Un matin, tandis qu'elle me préparait pour l'école, j'ai pointé son ventre du doigt puis je me suis caché les yeux comme si cette vision était insoutenable. C'était peu de temps après la naissance de Penny et elle n'avait pas encore perdu ses kilos de grossesse.

– Tu es en train de me dire que je suis grosse ? s'est-elle étonnée en faisant mine d'être vexée.

J'ai ri doucement en acquiesçant d'un « hou », qui est ce que je peux faire de mieux en matière de « oui ».

– Retire ce que tu viens de dire ! a-t-elle rigolé en me chatouillant les pieds.

Mais j'ai plutôt écarté les bras comme si je décrivais un immense cercle en riant de plus belle. *Énorme ! Comme un éléphant !* Je voyais bien qu'elle lisait dans mes pensées.

Après un bon fou rire, elle m'a serrée fort dans ses bras. J'aimerais tant pouvoir lui dire que je l'aime.

Ma mère sait quand j'ai faim ou soif, et si j'ai envie d'un verre de lait ou juste d'eau. Elle voit bien si je suis réellement malade ou si je fais semblant, car oui, il m'arrive de simuler juste pour rester à la maison. Elle sait si j'ai de la fièvre rien qu'en me touchant le front ; elle n'utilise le thermomètre que pour vérifier qu'elle a raison.

Moi aussi, je peux plus ou moins lire dans ses pensées. Le soir, après qu'elle a travaillé toute la journée à l'hôpital, préparé le dîner, baigné Penny et qu'elle m'a couchée, je vois bien qu'elle est un peu vidée. Elle souffle, le front luisant.

Parfois je tends le bras pour lui effleurer la main. Je sens qu'elle se détend et elle me caresse la joue du bout des doigts, exactement comme elle le fait le matin, puis elle me souhaite bonne nuit en m'embrassant.

Le samedi matin, après m'avoir donné à manger, elle lit le journal en buvant son café pendant que Penny écrase sa banane sur la tablette de sa chaise haute. Caramel n'aime pas les fruits mais elle reste à proximité au cas où quelqu'un laisserait tomber un bout de bacon. Maman ne travaille pas le week-end, donc elle en profite pour se détendre. Quelquefois elle me lit des articles ou me parle des derniers évènements dans le monde – ouragan, insurrection ou bombardement.

– Recrudescence d'affrontements au Moyen-Orient, raconte-t-elle.

J'ai vu ça aux infos. Des bombes, des larmes, des visages apeurés.

Puis elle agite le journal.

– Un nouveau *Superman* va bientôt sortir sur les écrans. On pourra peut-être attraper une séance du matin ?

J'adore les super héros. Je crois que mon préféré, c'est Superman, car il peut voler. Si *ça*, ce ne serait pas génial !

Elle me lit aussi les BD du jour. J'aime bien *Garfield*.

– Garfield triche encore sur son régime, commente-t-elle. Il a mangé les lasagnes de Jon et les boulettes de viande d'Odie.

Je ris en pointant ses hanches du doigt.

– Vous êtes encore en train de me dire que je suis grosse, mademoiselle Di-di ? Tout ça parce que j'ai terminé vos spaghettis hier soir ?

Je souris.

– Vous rirez moins, le jour où je déciderai de vous servir de la laitue tous les midis !

Et alors on rit de bon cœur. Maman est loin d'être grosse, mais j'aime bien la taquiner.

Pour mon dixième anniversaire, j'ai reçu toute une anthologie d'albums de *Garfield* en cadeau. Trop fort ! Papa a dû me les lire je ne sais combien de fois. Garfield est un chat qui n'a pas la langue dans sa poche et tout ce qu'il dit est écrit dans des petites bulles au-dessus de sa tête. Il ne parle pas vraiment, bien sûr, c'est un chat !

Seulement, parfois, j'ai l'impression d'être comme lui. Je veux dire, ce serait cool si quelqu'un écrivait mes paroles pour que les gens sachent ce que je pense, non ? Ça ne me dérangerait pas de vivre avec des grosses bulles en suspens au-dessus de la tête qui parleraient pour moi.

Ce qui serait génial, ce serait que quelqu'un invente une machine à bulles parlantes avant la rentrée en CM2 dans deux semaines. Le rêve !

Quand j'essaie de parler, les mots fusent dans ma tête, mais au moment d'ouvrir la bouche, ce ne sont plus que des sons et des petits cris dénués de sens. Penny sait dire des tas de mots ou des bribes de mots. Mais contrairement à elle, mes lèvres ne veulent pas s'articuler pour former ne serait-ce que de simples sons, donc la majorité de mes propos se résume à des voyelles. Je sais dire « hou » et « ah » assez distinctement et, si je m'applique, de temps en temps j'arrive à sortir un « beuh » ou un « heu ». Mais ça s'arrête là.

En général, mes parents arrivent à deviner ce que je veux moyennant juste une écoute attentive. Pour les personnes extérieures, je dois plutôt ressembler à une enfant sauvage élevée par des loups. Quant à ma planche de communication, même avec toutes les améliorations que Mme V. y a apportées, bah... elle est un peu pourrie.

Par exemple, un après-midi au début de cet été, j'étais bien tentée par un Big Mac et un milk-shake. Vanille, le milk-shake. J'adore le fast-food. Ma mère était absente, et réussir à me faire comprendre par mon père, parfois ce n'est pas simple. Je lui ai montré sa photo du doigt, puis les mots **aller** et **manger**, et un smiley pour évoquer Ronald McDonald. C'est tout ce que j'avais sous la main pour m'exprimer. Je dois reconnaître qu'il s'est démené. Il m'a posé un millier de questions pour que je puisse répondre par **oui** ou par **non**.

– Tu as faim ?

Oui.

– OK, je vais te préparer une salade de thon.

Non. J'ai martelé ma tablette.

– Mais je croyais que tu avais faim ? Tu préfères des spaghettis ?

Non, cette fois en tapant plus doucement.

– Alors qu'est-ce que tu veux ?

Pas de réponse. Rien sur ma planche ne pouvait décrire mon envie. J'ai désigné une nouvelle fois le mot **aller**.

– Tu veux que j'aille te cuisiner un petit plat dans la cuisine ?

Non.

– Que j'aille chez le traiteur ?

Non. De plus en plus contrariée, j'ai encore martelé ma planche du pouce droit.

– Je ne comprends pas. Je croyais que tu voulais que j'aille te chercher quelque chose à manger ?

Oui. Rebelote : j'ai pointé sa photo du doigt, **aller** et **manger**, et le smiley.

Prise d'une nouvelle éruption volcanique, je me suis mise à agiter violemment les pieds, et mes bras se sont raidis. Ça me rendait *dingue* de ne pas pouvoir lui demander un foutu Big Mac !

– Du calme, mon cœur, a dit mon père d'une voix douce.

J'avais l'impression d'avoir des barreaux en acier à la place de la mâchoire. J'étais consciente que je soufflais bruyamment et que ma langue s'obstinait malgré moi à sortir de ma bouche. J'ai tapé une nouvelle fois sur ma planche sans viser aucun mot en particulier et crié à tue-tête :

– *Argwk !*

– Je suis désolé, Mélodie, je n'arrive pas à comprendre ce que tu veux me dire. Je vais te préparer des coquillettes au fromage. Ça t'ira ?

J'ai poussé un soupir et capitulé en montrant le **oui** du doigt. Pendant qu'il cuisinait, je me suis détendue. Les pâtes étaient plutôt bonnes.

Deux semaines plus tard, j'étais avec mon père en voiture quand on est passés devant un McDonald's. J'ai hurlé en lançant des coups de pied et pointé du doigt comme si Godzilla venait de débouler dans la rue. Mon père a dû me prendre pour une cinglée.

– Ça te ferait plaisir qu'on passe te prendre un Big Mac et un milk-shake pour le dîner de ce soir ? a-t-il finalement proposé.

– Hou ! ai-je crié aussi fort que j'ai pu, folle de joie, en continuant d'agiter les pieds tandis qu'il s'engageait dans la file du drive-in.

Il n'a jamais fait le rapprochement entre cet arrêt au fast-food et ma requête deux semaines auparavant, mais ça ne fait rien. Bien qu'il nous ait fallu une heure pour en venir à bout, c'était un des meilleurs hamburgers de ma vie.

CHAPITRE 11

Cela fait quelques semaines que j'ai démarré le CM2, et deux trucs sympas se sont déjà passés. Bon, je n'ai rien trouvé qui émette des bulles parlantes au-dessus de ma tête façon Garfield. En revanche, on m'a offert un fauteuil électrique, et notre école a lancé un genre de programme baptisé « classe pour l'inclusion scolaire ». Je trouvais ça bizarre. On ne m'avait jamais intégrée dans rien. Toutefois, ces cours sont censés donner la possibilité aux gosses comme moi d'être en contact avec ce que tous les autres appellent les élèves « normaux ». Mais sans blague, c'est quoi, la normalité ?

Comparer mon nouveau fauteuil à l'ancien revient à comparer une Mercedes à un skateboard. Les roues ressemblent à des pneus de voiture, ce qui rend la conduite fluide comme si je roulais sur des oreillers. Je ne vais pas très vite mais je peux me propulser jusqu'au bout du couloir d'un simple coup de manette sur l'accoudoir. Et si j'actionne le bouton pour passer en mode manuel, on peut toujours me pousser si nécessaire.

La première fois que Freddy l'a vu, il a hurlé comme s'il venait de remporter les Cinq Cents Miles d'Indianapolis.

– Hi ha ! Mély va mettre les gaz, maintenant ! On fait la course ? m'a-t-il défiée, surexcité, en me tournant autour dans son fauteuil.

Je suis sûre qu'il pouvait me battre, même à la vitesse subatomique à laquelle nos fauteuils sont réglés.

Le nouveau est beaucoup plus lourd que l'ancien, et il est presque impossible à soulever pour mes parents.

– Le jour où tu décideras de passer au vaisseau spatial pour tes déplacements, il faudra que t'embauches Superman pour le charger dans la voiture ! a plaisanté mon père au début en se frottant le dos.

J'ai souri ; mais je sais que mon regard empli de gratitude ne lui a pas échappé.

Alors il a acheté un assortiment de rampes amovibles qui se plient et se rangent à l'arrière de notre 4 x 4. Grâce à ça, il peut faire rouler mon nouveau fauteuil jusque dans le coffre sans se ruiner totalement le dos.

Pour moi, c'est une question de liberté. Désormais je n'ai plus besoin d'attendre quelqu'un pour me rendre à l'autre bout de la pièce. J'y vais, c'est tout. Chouette ! Alors quand ils ont décidé de commencer à nous intégrer dans la vie scolaire « normale », le fauteuil électrique s'est révélé vraiment utile.

Notre institutrice de CM2 me fait penser à une grand-mère de série télé. Mme Shannon est grassouillette, elle met de la crème pour le corps parfumée à la lavande tous les jours sans exception, et à mon avis elle est originaire du Sud, car elle parle d'une grosse voix traînante. D'une certaine manière, tout ce qu'elle raconte paraît plus intéressant avec cet accent.

Voilà ce qu'elle nous a sorti le premier jour :

– J'vais me donner un mal de chien pour être sûre que vous r'tiriez le maximum de cette année scolaire, d'accord ? On va lire, s'instruire et s'épanouir. Pour moi, chacun d'entre vous a du potentiel et on va essayer de le révéler tous ensemble.

Je l'aimais bien, cette instit. Elle apportait des piles de nouveaux livres pour nous faire la lecture, ainsi que des jeux, de la musique et des films. Contrairement à Mme Billups, Mme Shannon avait dû lire nos dossiers car elle a épousseté la paire d'écouteurs et m'a même rapporté d'autres livres audio.

– Prêt pour une leçon de musique, tout l'monde ? nous a-t-elle lancé un matin. C'est parti pour la classe d'inclusion !

J'ai bondi d'excitation. Tandis que les assistants nous aidaient à remonter le couloir jusqu'à la salle de musique, je me suis demandé si je pourrais m'asseoir à côté d'un élève « normal ». Et si je me ridiculisais ? Si Willy iodlait ou que Carl pétait ? Il y avait des chances pour que Maria fasse une remarque loufoque. Est-ce qu'aujourd'hui serait une occasion unique ? Et si on la gâchait ? J'avais du mal à me contenir. On allait être dans une classe *normale* !

Mme Lovelace, la professeure de musique, avait été la première à proposer de nous intégrer à son cours. La salle de musique était immense, presque deux fois plus grande que la nôtre. Mes mains sont devenues moites.

Les élèves qui participaient étaient aussi, pour la plupart, en CM2. Ils auraient sans doute été étonnés de savoir que je connaissais le prénom de chacun d'entre eux. Cela faisait des années que je les observais dans la cour pendant le déjeuner et à la récré. Avec mes camarades de la H-5, on prend toujours l'air à l'ombre d'un arbre pendant que les autres élèves jouent au foot ou à chat, donc je connais chacun d'entre eux et leurs petites manies. En revanche, je doute qu'eux sachent comment *nous*, on s'appelle.

Bon, toute cette aventure a failli tourner au fiasco. Probablement troublé et inquiet de se retrouver dans une nouvelle salle, Willy s'est mis à brailler. Alors Jill a commencé à pleurer. Cramponnée aux poignées de son déambulateur, elle a refusé de franchir la porte. J'avais envie de rentrer sous terre.

Tous les élèves « normaux » présents dans la salle de musique – une trentaine à vue de nez – se sont retournés en les dévisageant. Certains ont gloussé ; d'autres, détourné les yeux. Mais une fille assise au dernier rang a croisé les bras sur sa poitrine en jetant un regard mauvais à ses camarades qui faisaient les idiots.

Molly et Claire – deux filles que toute l'école connaissait car elles étaient odieuses avec presque tout le monde à la récré – ont imité Willy en faisant bien en sorte de rester hors du champ de vision de la prof. Mais je les ai vues. Et Willy aussi.

– Hé, Claire ! Regarde, je suis une attardée ! a raillé Molly en tortillant les bras au-dessus de sa tête et en se contorsionnant pour que son corps ait l'air tout tordu.

Elle s'est étranglée de rire, la morve au nez.

Claire, qui était tout aussi pliée, a alors laissé un filet de bave couler lentement au coin de sa bouche.

– Deuh beuh weuh beuh, a-t-elle bégayé en louchant et en faisant semblant de glisser de sa chaise.

Mme Lovelace a fini par remarquer leur manège.

– Claire, debout, s'il te plaît, a-t-elle exigé d'un ton sévère.

– Mais j'ai rien fait ! a protesté Claire.

– Toi aussi Molly, debout, a ajouté la prof.

– On blaguait, c'est tout, a justifié Molly sur la défensive.

Néanmoins, elle s'est exécutée comme sa copine.

Mme Lovelace a pris leurs chaises respectives et les a poussées contre le mur.

– Mais qu'est-ce que vous faites ? s'est écriée Claire en signe de protestation.

– Vous avez une bonne constitution et des jambes en état de marche. Servez-vous-en, a ordonné la prof.

– Vous pouvez pas nous obliger à rester debout durant toute l'heure ! a râlé Claire.

– D'après le conseil d'établissement, je suis tenue de vous enseigner la musique. Rien dans le règlement ne stipule que vous soyez forcément assises pendant que je fais cours. Maintenant, tenez-vous tranquilles, sinon je vous envoie chez le proviseur pour avoir manqué de respect à nos invités.

Elles sont restées là, debout au beau milieu du troisième rang, alors que tous les autres étaient confortablement assis.

Cette prof était géniale !

Après cet incident, les choses se sont mieux déroulées. Jill, qui pleurait toujours, avait été ramenée dans notre salle par une des aides. Le reste de notre groupe s'est installé tranquillement au fond de la salle.

Mme Lovelace a débuté une nouvelle fois son cours.

– Prenons un instant pour rassembler nos esprits, les enfants, ça nous fera du bien.

Après s'être assise à son piano, elle a entamé *Moon River*, avant de passer à la chanson de la bande originale d'un de ces récents films de vampires. On peut dire qu'elle savait nous prendre par les sentiments. Quand j'ai commencé à voir les couleurs, j'ai su qu'elle était douée. Vert sapin, vert-jaune, vert émeraude.

J'ai jeté un coup d'œil à Gloria. Au lieu d'être toute recroquevillée sur elle-même comme à son habitude, elle tendait les bras comme si elle essayait d'attraper la musique pour la faire venir à elle. Son visage était presque rayonnant. Elle s'est mise à osciller en rythme.

Ensuite, Mme Lovelace a changé totalement de tempo en jouant les premières notes entraînantes de *Take Me Out to the Ball Game*. Willy a tapé frénétiquement des mains.

Pour finir, la professeure s'est mise à jouer *Boogie Woogie Bugle Boy*. Mon père aurait adoré. Des élèves ont commencé à se trémousser sur leur chaise. Maria s'est même levée pour danser et battre la mesure, enfin, à un rythme bien à elle.

À la fin de ce morceau, Mme Lovelace a fait une pause.

– La musique exerce un grand pouvoir, jeunes gens, a-t-elle expliqué. Elle peut faire rejaillir des souvenirs, influencer notre humeur et nos réactions face aux problèmes qui se présentent parfois à nous.

Elle a jeté un regard en coin à Claire et Molly qui étaient toujours plantées là, à la place vide qu'occupaient précédemment leurs chaises.

Je voulais dire à Mme Lovelace que moi aussi, j'aimais la musique, et savoir si elle connaissait la chanson *Elvira* ou si elle nous apprendrait à composer nos propres morceaux. J'ai tenté de lever la main mais elle ne s'en est pas aperçue. Mon geste a dû se noyer dans la masse de mouvements hasardeux que les gosses comme moi semblent esquisser mécaniquement. Toutefois, j'avais le sentiment que Mme Lovelace était quelqu'un qui prendrait le temps d'essayer de me cerner.

Elle a repris :

– Avant de poursuivre, faisons de ce cours une véritable expérience d'intégration. Nos amis de la H-5 aimeraient peut-être s'asseoir avec nous au lieu d'être agglutinés au fond ?

Freddy ne se l'est pas fait dire deux fois. Il a démarré son fauteuil et foncé à l'avant de cette salle immense en criant :

– Moi c'est Freddy ! J'aime bien la musique et je vais vite !

La classe a rigolé. Je sais différencier les gens qui se moquent de ceux qui sont gentils. Freddy aussi, alors il a ri avec eux. Mme Lovelace a eu l'air très surprise un instant, puis elle s'est approchée de Freddy et lui a serré la main en lui souhaitant la bienvenue dans son cours. Elle l'a installé au premier rang, à côté d'un garçon qui s'appelle Rodney. Les deux nouveaux voisins se sont salués en se tapant dans la main et ont échangé un sourire. D'accord, j'avoue, j'étais jalouse.

Mme Lovelace a demandé à un assistant de faire venir Gloria devant, près du piano. Une fille du nom d'Élisabeth a lancé un regard nerveux à Gloria, mais elle ne s'est pas écartée quand son fauteuil a été installé à côté d'elle.

La meilleure amie d'Élisabeth est une fille prénommée Jessica. À la récré, elles s'assoient ensemble près de la barrière et se partagent des barres de céréales. J'ai toujours été curieuse de savoir de quoi elles discutaient à voix basse. De plus, j'ai remarqué que quoi qu'Élisabeth fasse, Jessica essaie toujours de faire mieux. Exemple : si elles font la course jusqu'à la barrière et qu'Élisabeth gagne, Jessica insiste pour qu'elles recommencent afin qu'elle aussi puisse gagner. Ou bien, si Élisabeth arrive avec un nouveau cartable, le lendemain Jessica en a un nouveau aussi.

Alors quand Élisabeth a commencé à parler à Gloria qui avait l'air terrifiée, Jessica a levé la main pour demander si un des élèves de la H-5 pouvait venir s'asseoir à côté d'elle.

Maria a parfois du mal à saisir certaines choses, mais c'est une personne foncièrement gentille.

– Moi, je veux bien m'asseoir avec la fille en bleu, a-t-elle décrété.

Elle s'est avancée d'un pas lourd jusqu'à Jessica et s'est posée à côté d'elle. Puis elle s'est relevée d'un bond pour la serrer dans ses bras, ainsi que tous les élèves à proximité. Hormis l'un d'eux qui s'est raidi à son contact, à ma grande surprise, la majorité s'est laissé faire. Vu qu'elles étaient punies, Molly et Claire n'ont pas eu le choix.

– Oh, beurk ! a murmuré Claire.

– Fais gaffe, elle a la gale ! a répliqué Molly tout bas.

Mme Lovelace a haussé un sourcil avant de s'éclaircir la voix.

– Puisque vous avez l'air d'aimer être debout, vous resterez comme ça jusqu'à la fin de la semaine.

– J'y crois pas ! Ça craint ! ai-je entendu Claire ronchonner.

Molly a eu la sagesse de ne pas la ramener.

Maria, elle, ne s'est rendu compte de rien. Elle a même embrassé Claire sur la joue. C'était drôle.

Willy a atterri à côté d'un grand costaud sympathique, prénommé Connor.

Comme Ashley et Carl étaient absents ce jour-là, il ne restait plus que moi au fond de la salle. Dans la classe, on n'entendait plus un bruit. Soudain, j'ai eu froid, comme si on avait monté la climatisation au maximum. J'avais la chair de poule.

La professeure a parcouru la salle du regard d'un air plein d'attente, sans doute dans l'espoir que quelqu'un se propose pour me faire une petite place. À cet instant, j'aurais donné n'importe quoi pour être de retour dans notre salle aux oiseaux bleus au lieu d'être là, face à trente paires d'yeux braqués sur moi.

Finalement, une fille s'est levée et s'est dirigée vers moi. Elle s'est accroupie en me regardant dans les yeux. Puis elle a souri. C'était celle qui avait croisé les bras sur sa poitrine en jetant un regard mauvais à ses camarades qui se moquaient.

– Je m'appelle Rose, s'est-elle présentée d'une voix douce.

Je lui ai rendu son sourire en me retenant tant bien que mal de battre du pied, grogner ou laisser entendre un bruit improbable qui aurait risqué de la faire fuir. Retenant mon souffle, j'ai pensé à des choses paisibles, comme les vagues dans la mer. Ça a marché. J'ai respiré à fond, lentement, et pointé du doigt un mot sur ma planche : **merci**. Rose a compris.

Je lui ai montré que je pouvais faire rouler mon fauteuil de façon autonome et je me suis élancée vers la place où elle était installée. On est restées ensemble jusqu'à la fin du cours. Et je ne me suis pas une seule fois ridiculisée ! L'heure de cours est passée trop vite.

Depuis ce jour, chaque mercredi, notre petite bande de parias participe au cours de musique de Mme Lovelace. C'est génial !

Jill, Ashley et Carl ont fini par se joindre à nous. Chacun s'était vu attribuer un « copain » avec qui s'asseoir et échanger.

Une fois qu'elles ont fait sa connaissance, toutes les filles se sont battues pour devenir la copine attitrée d'Ashley. À mon avis, pour elles, c'est un peu comme jouer avec une jolie petite poupée, mais Ashley a l'air d'apprécier.

Claire et Molly ont fini par récupérer leur chaise mais, pour l'instant, elles n'ont choisi d'être la copine de personne. Tant mieux.

Élisabeth et Jessica sont restées avec Gloria et Maria. Jill est ravie de sa place à côté d'une prénommée Aster Cheng. Et même pendant la récré, Rodney vient discuter avec Freddy ; parfois il pousse son fauteuil en le faisant rouler super vite, au grand bonheur de Freddy.

Quant à moi, tous les mercredis, je suis à côté de Rose. La veille, je ne dors presque pas tellement je trépigne. Le mercredi matin, je demande à maman de sortir mes plus beaux habits – des tenues cool, comme celles que portent les autres – et je pousse des cris stridents jusqu'à ce qu'elle me propose la combinaison parfaite. Après je veille à ce qu'elle me brosse bien les dents pour que je n'aie pas mauvaise haleine.

Je pense tout le temps à Rose. J'ai peur qu'elle change d'avis et ne m'apprécie plus. Cependant, elle s'exprime de manière que je comprenne et, inversement, elle s'efforce toujours de déchiffrer ce que je dis. Un jour, j'ai pointé du doigt sur **nouveau**, **chaussures** et **joli** puis j'ai désigné ses pieds, sous-entendu j'avais remarqué ses nouvelles baskets et je les trouvais très chouettes. Au début, elle a paru surprise que je sois capable de faire ça. Surtout sachant que parfois je mets beaucoup de temps à exprimer mes pensées de façon logique avec cette planche. Un autre jour, j'ai désigné le mot **musique** puis **nul**, et je me suis mise à rire. Rose n'a pas saisi tout de suite. Alors je lui ai remontré les mots, puis Mme Lovelace qui nous faisait écouter un CD de jazz. Je suis comme ma mère : pas très fan du genre ; ça me perturbe qu'il n'y ait pas de mélodie.

Rose a fini par piger.

– Tu n'aimes pas le jazz, c'est ça ? Moi non plus !

On a ri si fort que la prof a été obligée de porter un doigt à ses lèvres pour nous faire taire. De toute ma vie, aucun professeur ne m'avait jamais réprimandée car je bavardais en classe ! Je n'avais jamais rien ressenti d'aussi génial, l'impression d'être une élève comme les autres !

Quelquefois, Rose me confie des secrets. Je sais qu'elle se ronge les ongles et déteste le lait. Elle va à la messe tous les dimanches, mais roupille tout du long. Comme moi. Et elle a une petite sœur, elle aussi. Même qu'elle aime bien la musique country ! Parfois elle me raconte ses virées au centre commercial avec ses copines.

Ce serait trop cool si je pouvais l'accompagner un jour.

CHAPITRE 12

À la fin du mois d'octobre, le dispositif d'inclusion s'était déjà ouvert à d'autres classes. Maria et Jill vont désormais en dessin et en gym, Freddy et Willy, en sciences. Quant à moi, c'est la première fois de ma vie que j'ai l'occasion de changer de classe au gré des matières !

À présent, quand la sonnerie retentit, au lieu de me demander ce qui se passe dans les couloirs, je suis au cœur de la mêlée. C'est génial. Je fends la cohue dans mon fauteuil électrique, telle une tondeuse à gazon dans les hautes herbes.

Parfois, des élèves me font signe ou me lancent un : « Salut, Mélo, quoi de neuf ? » De temps en temps, quelqu'un m'accompagne même jusqu'au cours suivant. C'est top.

Mais « inclusion » ne signifie pas « élève » à part *entière*. En général, on m'installe au fond de la salle et je reste là à ronger mon frein car je connais les réponses aux questions posées mais n'ai personne à qui les transmettre.

– Que veut dire le mot « dignité » ? a demandé une de mes enseignantes il y a quelques jours.

Je le savais, bien sûr, alors j'ai levé la main, mais elle n'a pas remarqué le seul petit geste que je sais faire. Et quand bien même elle me donnerait la parole, qu'est-ce que je ferais ? Je ne peux pas dire la réponse. C'est très frustrant.

Au début du mois, durant la réunion mensuelle avec les parents, les miens sont venus rencontrer Mme Shannon et les autres enseignants participant au programme d'inclusion. Plutôt que de me laisser toute seule dans un coin, Mme Shannon m'a fait venir à leurs côtés. Elle est vraiment formidable !

Elle a tapoté sur l'accoudoir de mon fauteuil en souriant.

– Cette enfant a une sacrée jugeote ! Elle va devenir la vedette de ce programme.

Comme à mon habitude, j'ai poussé des cris en agitant les pieds. Si j'avais pu, je crois que je l'aurais embrassée, mais j'imagine que ça aurait donné un gros baiser baveux.

– Eh bien, il est grand temps que quelqu'un se rende compte de ce que nous savons depuis toujours, a répondu mon père. Nous vous sommes très reconnaissants de lui donner l'occasion de démontrer ses capacités.

Ma mère fut particulièrement ravie d'apprendre qu'on m'avait assigné une « aide aux déplacements », c'est-à-dire un assistant rien que pour moi.

– Enfin ! s'est-elle exclamée avec soulagement. Ça fait des années qu'on le demande.

– La faute à une paperasserie excessive. C'est une procédure interminable qui marche à la persévérance au lieu du bon sens. Je suis vraiment désolée, a expliqué Mme Shannon en secouant la tête. J'essaie d'obtenir pour tous les élèves de la H-5 le soutien dont ils ont besoin. J'ai fait passer la demande d'un assistant pour Mélodie en priorité, donc on verra comment ça se passe. Je pense que cette année scolaire sera formidable !

J'ai tapé doucement sur ma planche. **Trop. Cool.**

Un *assistant personnel*. La vache ! Cette personne aurait pour mission de m'emmener en cours, de rester avec moi en classe et de m'aider à participer. Je me demandais bien de quoi elle aurait l'air. À moins que ce ne soit un homme ? Serait-ce un jeune mignon ou un vieux grognon ?

Dès le lendemain, ma nouvelle assistante était déjà en salle H-5 en train de s'entretenir avec Mme Shannon lorsque nous sommes arrivés progressivement dans nos fauteuils. Elle est tout de suite venue me voir et m'a pris la main.

– Bonjour, Mélodie. Je suis heureuse de te rencontrer. Je m'appelle Catherine. Je suis étudiante à l'université et je vais devenir ton bras droit au quotidien.

Elle m'a parlé comme si j'étais une élève ordinaire et non une gamine en fauteuil roulant. Je me suis efforcée de ne pas envoyer de coups de pied, mais j'avais du mal à contenir mon enthousiasme.

– Chouette tee-shirt, a-t-elle commenté en avisant le Titi jaune qui figurait sur le nouveau haut bleu lavande que maman m'avait offert.

Merci, ai je indiqué sur ma planche.

– Quelle est ta couleur préférée ? a-t-elle alors questionné.

J'ai d'abord désigné **violet**, puis très vite j'ai glissé mon pouce jusqu'à **vert** en lui faisant un grand sourire.

– Tu es une rapide, Mélodie. Je constate qu'on a les mêmes goûts. On va bien s'entendre !

Catherine portait des tennis violets avec des collants verts, une jupe en daim mauve surmontée du pull vert le plus laid que j'aie vu de toute ma vie.

Je l'aurais bien taquinée, mais je n'avais pas envie de passer pour une fille méchante. Après tout, on venait à peine de se rencontrer. J'ai cherché partout sur ma planche une façon marrante de me moquer gentiment de sa tenue, mais en vain. Alors j'ai laissé tomber. Certains trucs sont *vraiment* difficiles à exprimer.

Désormais, c'est donc Catherine qui m'aide à prendre mon déjeuner pour que je ne m'en mette pas partout. Et c'est aussi elle qui lit pour moi les réponses que je lui montre sur ma planche ; elle y a ajouté d'autres mots et expressions. Sans compter qu'elle a aidé Mme Shannon à commander des livres que je voulais lire. Elle veille même à ce que les écouteurs ne tombent pas de mes oreilles.

Mlle Gordon, la prof de littérature des CM2 « normaux », n'est pas tellement plus âgée que Catherine. Elle déborde d'énergie et avec elle, l'étude de romans ressemble à un jeu de rôles grandeur nature. Elle monte sur les tables, parfois elle chante, d'autres fois elle laisse la classe mimer certains passages du récit et, quelquefois elle invente même des jeux à partir des bouquins.

– Bingo lexical ! a-t-elle annoncé un matin. Tournée de beignets pour l'équipe gagnante !

Mes camarades se sont échinés à trouver les bonnes définitions, ils criaient leurs réponses et ronchonnaient quand ils se trompaient. En seulement trente minutes, chaque élève présent a appris une vingtaine de nouveaux mots de vocabulaire. L'équipe perdante a aussi eu droit à des beignets, mais les gagnants ont eu ceux qui étaient glacés au chocolat.

Je connaissais toutes les définitions, mais les autres allaient trop vite pour moi. C'est pas grave, le chocolat aurait sali mes vêtements.

Cette semaine, un jour où il faisait exceptionnellement chaud, Mlle Gordon a apporté des éventails et des brumisateurs et elle nous a laissés manger des glaces en classe ; orange, les glaces, bien sûr, en l'honneur de Halloween. Pendant ce temps, elle a lu des poèmes qui parlaient de citrouilles et de fantômes. Catherine m'a tenu ma glace ainsi qu'une serviette en papier sous mon menton. On n'en a pas renversé une goutte !

Mlle Gordon a plein d'autres bonnes idées. Comme le jour où elle a décidé qu'on allait lire l'histoire d'Anne Frank et où elle a demandé à tour de rôle aux élèves d'aller se glisser dans un petit coin qu'elle avait agencé sous une table pour qu'ils comprennent ce qu'avait pu ressentir la narratrice. Je n'ai pas pu participer, mais j'ai saisi l'idée.

De plus, elle nous a donné d'excellents livres à lire ce semestre. Je suis en pleine lecture – ou plutôt, en pleine écoute – de *Shiloh* de Phyllis Reynolds Naylor, et du *Passeur* de Lois Lowry. Il y en a un autre, aussi, *La Source enchantée*, de Natalie Babbitt : l'histoire d'un gosse qui ne vieillit jamais. Rester toute sa vie un enfant n'est pas aussi cool qu'on le croit.

En fait, grâce à Mme V., je pouvais *lire* ces livres. Sauf que, la plupart du temps, les caractères sont très petits et que mes yeux ont du mal à rester sur la bonne ligne. Et comme personne n'a encore trouvé de technique imparable pour que je garde un bouquin en main sans le faire tomber douze mille fois par terre, en général je préfère le livre audio à la version papier.

Désormais, je fais même les interros ! Catherine me lit le questionnaire et j'indique du doigt les réponses sur la feuille qu'elle place sur ma tablette. Je réussis tous les contrôles et elle ne m'aide absolument pas. J'obtiendrais sûrement vingt sur vingt à chaque examen si certaines questions n'exigeaient pas de longues réponses que je ne suis pas en mesure de fournir avec les quelques mots que contient ma planche.

Un jour, pendant une dictée de Mlle Gordon, tandis que Catherine notait les lettres que je lui montrais sur une frise alphabétique nouvellement ajoutée sur ma planche, Claire et Molly, qui passent leur temps à m'épier, on dirait, ont commencé à se plaindre.

– C'est pas juste ! s'est écriée Claire en agitant la main pour attirer l'attention de la prof.

– Catherine écrit pour elle ! a ajouté Molly.

Mais qu'est-ce qu'elles ont, toutes les deux ? Elles sont jalouses de moi ou quoi ? C'est le monde à l'envers !

Et puis je me suis rendu compte qu'elles croyaient réellement que je me la coulais douce. Alors ça, c'était la meilleure.

Lundi matin, la semaine dernière, Mlle Gordon a fait une annonce en classe :

– Comme certains d'entre vous le savent peut-être, car j'organise ça tous les ans pour les CM2, notre projet de fin d'année aura pour thème les biographies. Nous lirons celles de diverses personnalités, vous rédigerez un compte-rendu sur celle de votre choix, et chacun devra ensuite écrire son autobiographie.

– Bah, ça va être vite vu ! On n'a pas le temps de faire grand-chose en onze ans ! a lancé Connor, le grand costaud.

Tout le monde a gloussé.

– Te connaissant, Connor, tu trouveras plein de choses à dire, même un peu trop à mon avis, a répliqué la prof.

– Je peux faire ma rédac sur le type qui a inventé les hamburgers ? a relancé Connor, provoquant d'autres rires.

– Je doute qu'on sache qui est à l'origine du premier burger, par contre tu peux tout à fait étudier la biographie du fondateur de McDonald's. Il a fait fortune grâce aux hamburgers et aux frites.

– Génial. C'est le genre de types que j'aime ! a acquiescé Connor.

Rose a levé la main. Je suis ravie car elle est dans toutes mes classes d'inclusion.

– Quand devra-t-on vous rendre tout ça, mademoiselle Gordon ?

Rose est le genre d'élèves qui prend toutes sortes de notes dans un agenda à spirale rouge vif et qui n'oublie jamais un seul devoir.

– Pas de panique, Rose. On a jusqu'à fin mai et je vous guiderai pas à pas pour chaque partie. Demain, nous aborderons les différentes méthodes pour rédiger vos mémoires.

Rose a paru satisfaite, mais j'ai remarqué qu'elle avait noirci presque toute une page de notes dans son cahier. Je donnerais n'importe quoi pour pouvoir en faire autant. Mais bosser sur des devoirs donnés par les profs des classes « normales », c'est déjà génial.

Le cours d'histoire est encore mieux que celui de littérature, bien que M. Dimming, le prof, n'ait pas ce grain de folie qui caractérise Mlle Gordon. Cet homme grassouillet à la calvitie naissante enseigne à Spaulding depuis plus de vingt ans et il paraît qu'il n'a jamais été absent, pas même une fois. De toute évidence, il adore son métier. Sa voiture est déjà dans le parking quand notre bus arrive le matin, et elle est encore là quand on repart en fin de journée. Il s'habille comme un pasteur de télévision : costume trois-pièces avec gilet presque tous les jours. Je ne l'ai jamais vu autrement qu'en chemise blanche impeccable et cravate de couleur vive. Je me demande si c'est sa femme qui les choisit pour lui ; certaines sont vraiment chics.

Dimming est un passionné d'histoire. Il peut citer des évènements, des dates, des guerres et des généraux comme un candidat de jeu télévisé. Je parie qu'il pourrait gagner à *Questions pour un champion*.

Les autres élèves n'ont pas l'air de l'apprécier beaucoup. Ils le surnomment « Dimming le Débile » dans son dos. Je trouve ça un peu dur car ce prof est brillant ; la preuve, c'est lui qui dirige l'équipe du quiz interscolaire.

Quand il a abordé le sujet des présidents américains, j'ai assuré ! Il nous a donné la liste de tous les présidents et vice-présidents en nous annonçant qu'il y aurait un contrôle dans une semaine. Catherine m'a relu plusieurs fois leurs noms.

– Il y en a certains dont je n'ai jamais entendu parler, m'a-t-elle avoué la première fois qu'elle a examiné la liste. Hannibal Hamlin fut le premier vice-président d'Abraham Lincoln. Qui l'eût cru ?

Je les ai tous mémorisés.

Le jour du contrôle, il m'a suffi de pointer les bonnes réponses du doigt. M. Dimming a vérifié que Catherine ne m'aidait pas. J'ai même terminé avant certains camarades.

Pendant qu'il rendait les copies, le prof nous a accordé quelques minutes de pause pour qu'on taille nos crayons, qu'on s'étire ou bavarde. J'ai été étonnée de voir Rose s'approcher.

– Tu as eu quelle note à l'interro, Mélodie ? Moi, je n'ai eu que seize.

Elle semblait déçue.

J'avais obtenu dix-huit sur vingt, mais j'étais tellement folle de joie qu'elle soit venue me parler que je me suis emmêlée les pinceaux. Résultat : j'ai montré un 8 puis un 20 sur ma planche en oubliant la dizaine.

Elle m'a touché le bras d'un air compatissant.

– T'inquiète pas, tu feras mieux la prochaine fois.

Elle a dit ça tout haut devant Claire, Molly et tous les autres. Il n'était pas question que je corrige le tir pour lui donner ma vraie note.

J'ai essayé de trouver un truc à dire pour qu'elle reste un peu. **Joli** et **tee-shirt** furent les seuls mots que je réussis à aligner à l'aide de ma planche minable. Bien sûr, j'aurais préféré utiliser une autre formule du genre « Sympa, ta tenue », mais bizarrement Mme V. l'avait oubliée, celle-là.

Toutefois, le visage de Rose s'est épanoui en un large sourire.

– Toi aussi, tu es toute jolie aujourd'hui !

Pas trop, non. Je portais un sweat bleu décoloré et un jogging assorti. Ces derniers temps, ma mère ne me mettait pratiquement que ça. Pourtant j'ai *horreur* des joggings. Si ça ne tenait qu'à moi, je porterais un jean bleu brodé de strass, avec un chemisier aux boutons fantaisie et un gilet !

Mais comme je n'avais aucun moyen d'expliquer ça à Rose, je me suis contentée de répondre **merci**. Chose incroyable, elle m'a encore touché le bras, puis elle est repartie s'asseoir avec ses amis.

Ensuite la sonnerie a retenti, le cours a pris fin et j'ai dû retourner en H-5. Plus d'inclusion ni de Rose, et encore quatre heures d'école à tirer. Même Catherine est partie. L'après-midi, elle avait des cours à la fac alors elle devait se dépêcher pour arriver à temps.

Ce jour-là, Mme Shannon s'était fait porter pâle, alors je suis restée tranquillement assise avec Ashley, Maria, Carl et Willy à regarder *Le Roi lion*. Encore. Je l'ai vu je ne sais combien de fois et je connais certaines répliques par cœur. Après quoi le remplaçant nous a donné un cours de maths. Des additions. *Encore*. Quand est-ce que je pourrais résoudre des divisions à plusieurs chiffres ?

J'ai pensé à Rose, à ce qu'elle faisait à cet instant. L'après-midi m'a paru interminable.

CHAPITRE 13

– Penny, reviens ici ! s'écrie Mme V.

Traînant Gribouille derrière elle, Penny a filé par la porte d'entrée de chez Mme V. et dévalé la moitié de la rampe qui descend du porche.

– Au' voi' ! lance-t-elle, dissimulée sous sa casquette de base-ball verte.

Caramel, qui était dans notre jardin, aurait piqué une crise de chien si elle avait vu Penny essayant de se sauver.

C'était une de ces journées de début novembre qui aurait sûrement plu à un peintre. Des feuillages rouge mordoré. Un soleil lumineux. Un arrière-goût d'été. Je comprends que Penny ait eu envie de s'évader.

Mme V. l'a ramassée en vitesse et ramenée à l'intérieur.

– Mais ze vais au t'avail, a dit Penny en faisant la moue.

– Pas aujourd'hui, mon chou, a répondu fermement Mme V. en fermant la porte d'entrée à clé.

Penny adore porter des chapeaux et se déguiser. Ma mère s'achète rarement des chapeaux sophistiqués, mais pour Penny elle a déniché un chapeau de paille farfelu avec des nœuds et des rubans.

À la maison, ma petite sœur passe un temps fou à s'admirer dans le miroir de l'entrée avec deux colliers en plastique de maman qui lui tombent presque jusqu'aux pieds, un sac à main à chaque bras et un chapeau enfoncé de biais sur la tête.

– Où est-ce qu'elle a vu quelqu'un partir au travail dans une tenue pareille ? s'étonne maman tandis qu'on éclate tous de rire.

– Elle n'a que deux ans ! Je n'aurai plus les moyens de suivre quand cette gosse sera en âge d'aller faire les boutiques toute seule, ajoute toujours mon père en dégainant son portable pour immortaliser toutes les poses adorables qu'elle prend.

Au moment où Mme V. la repose par terre, Penny jette Gribouille d'un air boudeur et croise les bras sur sa poitrine. Je rigole. J'aimerais bien avoir assez de coordination pour faire ma mauvaise tête, moi aussi !

– Tiens, Penny, viens plutôt t'asseoir ici pour me faire un beau dessin, suggère Mme V. en s'empressant de lui mettre une boîte de crayons de couleurs sous le nez.

Renonçant à bouder, Penny en attrape une poignée et se met aussitôt à gribouiller partout sur son livre de coloriage, ainsi que sur la table de Mme V.

Si seulement je savais tenir un crayon… Je dessinerais une rose avec des pétales rouges soyeux et une tige verte aux feuilles vert citron. Je la distingue dans ma tête comme si je l'avais sous les yeux, mais, évidemment, quand je coince un crayon ou un feutre entre mes fichus doigts tout raides, tout ce que j'arrive à faire, ce sont des gribouillages qui ne ressemblent en rien à une rose, loin de là.

C'est pour Rose que j'aimerais la dessiner. Il y a des motifs de roses sur son agenda et son cartable. Je ne sais pas comment fait sa mère pour trouver des accessoires aussi chouettes. Rose porte vraiment bien son nom : c'est une fille jolie, gracieuse et agréable. Si elle a des épines comme la fleur, personnellement je ne les ai jamais remarquées.

Pendant que Penny est occupée avec ses crayons, Mme V. relève son courrier. Après avoir ouvert plusieurs enveloppes, elle s'interrompt soudain, le souffle coupé.

– Devinez quoi, les filles ? J'ai remporté un concours !

Je lui lance un regard intrigué. Penny, elle, continue à gribouiller en nous ignorant royalement.

– Je me suis inscrite à un concours d'essai littéraire dans une librairie du centre commercial, m'explique-t-elle. Le sujet portait sur l'importance des poissons dans l'écologie mondiale.

Un petit sourire narquois aux lèvres, je pointe le mot **manger** sur ma planche.

– Mais non, andouille, plaisante-t-elle en tendant le bras pour me chatouiller. J'ai écrit un texte sur les océans et l'équilibre de la nature – honnêtement, je ne me souviens plus de ce que j'ai raconté – et j'ai gagné le premier prix : une excursion pour six personnes au nouvel aquarium du centre-ville. Tous frais payés. C'est formidable !

J'ai vu les spots publicitaires pour cet aquarium à la télé, il y aurait des requins, des tortues, des pingouins et des tas d'autres créatures marines. J'ai pointé un mot sur ma planche : **aller ?**

– Eh bien, à part moi, je ne vois pas qui va pouvoir en profiter, répond-elle en se grattant la tête avec un sourire en coin.

Je lance un coup de pied si brusque que la sangle de mon cale-pieds se défait. Je voudrais crier : « Moi ! Moi ! » À défaut, je me désigne du doigt.

– Voyons voir… qui pourrait m'accompagner ? me taquine Mme V. en parcourant la cuisine du regard.

Je vois bien qu'elle fait de gros efforts pour ne pas éclater de rire.

Je me montre encore du doigt : *Moi ! Moi !*

– Mais bien sûr que je vais t'emmener, ma puce ! acquiesce-t-elle enfin en souriant. Imagine un peu tous les nouveaux mots qu'on va réunir. Je noterai les noms de tous les poissons pour que tu les apprennes !

Je me tape le front en faisant mine d'être contrariée.

– Donc si on y va avec Penny, tes parents, toi et moi, ça fait cinq. À qui je pourrais proposer d'autres ? réfléchit-elle à voix haute en fronçant le nez.

Aussitôt, je sais : Rose ! Elle pourrait venir avec nous ! J'épèle son prénom : **R-O-S-E.** Deux fois de suite : **R-O-S-E.** Puis je montre **s'il te plaît**.

– Rose… ton amie de l'école ?

Je m'agite en lançant des coups de pied, tout excitée.

– C'est une très bonne idée, Mélodie. Je demanderai la permission à tes parents et aux siens, et si elle est partante, on passera une merveilleuse journée.

Je ne peux plus m'arrêter de remuer les pieds !

Mon père et ma mère n'ont pas de samedi de congé en commun avant plusieurs semaines, mais le week-end prolongé de Thanksgiving finit par mettre tout le monde d'accord. La veille, j'ai un mal fou à m'endormir. D'après ce que j'ai perçu en écoutant ma mère parler avec eux au téléphone, les parents de Rose ont l'air très sympas. Je n'en revenais pas qu'elle ait envie de venir ! Rose était d'accord pour m'accompagner, moi, la fille en fauteuil roulant !

À l'école, elle m'a parlé de cette future sortie à voix basse, exactement comme j'avais vu faire des élèves quand ils se confient un secret. J'avais l'impression d'être une vraie fille.

Le fameux samedi enfin arrivé, nous voilà tous entassés dans notre 4 x 4 au petit matin. Bien que le temps se soit pas mal rafraîchi, j'ai veillé à ce que maman me mette une jolie tenue, à savoir un jean sympa et pas un jogging. Rose n'a encore fait aucun commentaire sur mes habits, par contre elle n'arrête pas de s'extasier sur Penny.

– Ta petite sœur est à croquer, Mélodie !

Je lui souris en faisant oui de la tête.

Penny tend ses petites mains potelées vers elle en les tapant l'une contre l'autre.

– 'Oz ! 'Oz !

– Je crois qu'elle vient de dire mon prénom ! s'exclame Rose. En plus d'être adorable, ta petite sœur est un génie !

En chemin, elle bavarde avec mes parents et Mme V. comme si elle les connaissait depuis toujours. J'observe la scène sans faire de bruit, songeant que ça va forcément être le plus beau jour de ma vie.

Quand on arrive à l'aquarium, mon père décharge mon fauteuil et m'y glisse en douceur pendant que ma mère sort la poussette de Penny et l'attache dedans. Rose pousse Penny tandis que maman me pousse afin qu'on puisse avancer côte à côte.

L'endroit est bondé, sans doute car c'est un week-end prolongé. Personne ne fait attention à moi et ça m'arrange bien. J'en oublie presque ma différence.

À l'intérieur, les aquariums vont du sol au plafond. Je repense à Ollie : il aurait pu être heureux ici. Dans l'un d'eux, des requins défilent au-dessus de nos têtes comme si on les regardait depuis le fond de l'océan. OK, bon... Ollie aurait peut-être été *moins* heureux dans cet aquarium-là.

Je n'ai jamais vu autant de poissons, et encore moins issus des quatre coins de la planète. Certains ont des piquants et des mouchetures, d'autres, des taches si belles qu'on croirait qu'elles ont été peintes.

Penny tape sur la vitre chaque fois que l'un d'eux s'approche.

– Des possons ! Enco' des possons !

Comme promis, Mme V. a noté les noms des espèces et pris des photos pour que je les reconnaisse une fois rentrée à la maison. Mes parents se parlaient au creux de l'oreille comme des ados. Je ne les ai jamais vus aussi détendus.

On s'est arrêtés devant chaque aquarium. J'adore les méduses, ça me fait penser à un défilé d'étoffes scintillantes, et aussi les poissons-lions qui, effectivement, ressemblent un peu à des petits lions volants. Devant l'aquarium des hippocampes, Rose nous fait observer qu'ils oscillent d'avant en arrière. Elle a l'air de bien s'amuser.

Soudain, au détour d'un couloir, arrivent les deux personnes que j'aurais préféré ne surtout pas croiser : Molly et Claire. Mêlées à une troupe de scouts, elles font semblant de se bousculer sans trop prêter attention à la cheftaine qui révèle au groupe le pourcentage du sel contenu par l'océan.

Vêtues exactement pareil, d'un jean, tee-shirt à manches longues et chemisette de scout, elles lancent un regard étonné à Rose.

– Salut Rose ! Tu es venue avec ta mère ? lance Claire.

– Euh, non, répond Rose d'un ton évasif en s'éloignant un peu pour se rapprocher d'elles.

– Avec ton père alors ? suppose Molly en me toisant comme si je sentais mauvais.

Sans compter qu'elle fait comme si mes parents étaient invisibles.

– Je suis venue avec Mélodie et sa famille, marmonne Rose.

– Exprès ? s'écrie Claire.

Molly et elle se mettent à pouffer bruyamment.

– C'est pas si mal, se défend Rose tout bas.

Mais j'ai entendu.

Ma mère commence à intervenir mais mon père la tire par le bras.

– Ce sont des ados, lui souffle-t-il. Laisse-les régler ça entre elles.

Elle les fusille du regard, de ce regard assassin qu'elle décoche aux gens qui disent des idioties sur moi, mais elle garde son calme… les poings serrés.

En revanche, il ne faut pas compter sur Mme V. pour prendre sur elle. Du haut de son mètre quatre-vingts, elle se campe devant Molly et Claire.

– Dis donc, toi, la petite avec l'appareil dentaire !

Claire lève les yeux vers elle, stupéfaite.

– Oui, m'dame ? a-t-elle la sagesse de répondre.

– À ton avis, pourquoi tes parents dépensent une fortune pour soigner tes dents ?

– Quoi ?

Claire a l'air piteuse. Molly, elle, s'est discrètement fondue dans son groupe de scouts.

– Ta dentition était imparfaite, alors tes parents t'ont fait mettre des bagues. Un jour, quand ton cavalier viendra te chercher pour le bal de fin d'année, tu les remercieras ! tempête Mme V.

Toute la troupe de scouts, ainsi que des visiteurs de l'aquarium, s'arrêtent pour l'écouter.

– Certains portent des appareils sur les dents, d'autres, des prothèses sur les jambes. Mais pour certains, ces appareillages ne suffisent pas, alors il leur faut un fauteuil roulant, un déambulateur, ou quelque chose de ce genre. Tu as de la chance d'être née juste avec des dents de travers. Tâche de ne jamais l'oublier.

– Oui, m'dame, répète Claire avant de se sauver auprès de ses copines.

Rose revient vers nous, un peu gênée, je crois.

– Parfois Claire est un peu nulle, me chuchote-t-elle.

Sans blague ?

Quelques aquariums plus loin, Penny, qui commence à fatiguer, se met à chouiner, alors on s'en va sans même avoir vu les pingouins. Au moment où on la dépose chez elle, Rose ne manque pas de nous remercier en affirmant qu'elle s'est beaucoup amusée.

Mais j'ai comme un doute.

CHAPITRE 14

Le mardi suivant Thanksgiving, j'arrive un peu en avance au cours de Mlle Gordon avec Catherine. On dirait que ce n'est pas de sitôt que Rose me dira ce qu'elle a réellement pensé de notre sortie à l'aquarium, car visiblement elle est occupée à des choses plus palpitantes.

Un attroupement s'est formé autour de sa table.

– Génial !

– J'adore la couleur. Je savais pas qu'il existait en vert citron !

– La vache, il déchire !

– Tu as téléchargé combien de morceaux dessus ?

– C'est quoi, ta nouvelle adresse mail ?

– Tu as Skype ?

– Il a une caméra ? Mortel !

– J'aimerais trop que ma mère m'achète un portable comme celui-là !

Je m'approche dans mon fauteuil. Rose est en train d'exhiber un ordinateur portable flambant neuf.

– Je peux faire des recherches pour l'école sur Internet et rédiger tous mes devoirs dessus, raconte-t-elle à sa petite cour. J'ai déjà téléchargé des photos de mon chien et je me suis créé un profil sur Facebook !

Je m'en tiens à secouer la tête tandis que Catherine me ramène à ma place habituelle au fond de la salle. Un ordinateur portable. Alors que j'en suis encore à montrer du doigt des mots et des expressions que Mme V. et ma mère ont collés sur une planche fixée à mon fauteuil roulant, Rose a Internet – autrement dit, le monde entier – à portée de main.

Les yeux fermés, je me retiens de pleurer en imaginant l'ordinateur de mes rêves, spécialement conçu pour moi. Première caractéristique : ce serait un ordinateur qui parle. Les gens seraient obligés de me demander de la boucler ! Ensuite, il aurait la place de mémoriser *tous* les mots que je voudrais, et pas seulement les plus courants qu'on m'a collés sur cette maudite planche en Plexi.

Le clavier comporterait des grosses touches sur lesquelles je n'aurais pas de mal à appuyer avec les pouces, l'ordi serait connecté à mon fauteuil et il ne serait pas nécessairement vert citron.

Je rouvre les yeux en sursaut. Il existe *forcément* une machine de ce genre, non ? Ou qui s'en rapproche, peut-être ?

J'agrippe Catherine par le bras en montrant l'ordinateur de Rose et en martelant **moi aussi** sur ma planche.

– Tu veux le même ordinateur qu'elle ? devine Catherine en jetant un œil au portable de Rose. C'est vrai qu'il est beau. Même le mien n'est pas aussi moderne.

Je secoue la tête en pointant **non** du doigt.

– Ah, tu ne veux pas de portable, en fait ? s'étonne-t-elle, perplexe.

J'ai appris à être patiente avec les gens. Une fois de plus, je lui montre le portable de Rose puis **moi aussi**. Mais j'ai beau chercher sur ma planche de communication, « mieux », « plus beau » et « plus cool » n'apparaissent nulle part. Alors à l'aide de ma frise alphabétique, j'épèle du doigt **P-L-U-S** et lui montre le mot **bien**. **Plus bien.** J'ai l'air d'une andouille.

– Ah ! Tu en veux un *mieux* que celui de Rose ? comprend enfin Catherine.

Oui ! Je tape comme une folle. Puis je pointe du doigt **pour** et **moi**.

– J'ai saisi ! Tu veux un modèle spécifiquement adapté pour toi ! C'est une idée de génie, Mélodie !

J'épelle une réplique du doigt : **B-A-H oui !** Et on rit de bon cœur.

Après quoi, Mlle Gordon commence le cours en rappelant à tout le monde la date à laquelle le projet de biographie doit être rendu.

– Demain, on se retrouvera tous à la médiathèque afin que vous choisissiez de façon définitive la personnalité sur laquelle vous écrirez, annonce-t-elle. Et la semaine prochaine, on commencera à établir le plan de votre autobiographie. Des questions ?

Connor, toujours prêt à faire le pitre, lève la main.

– J'ai découvert que le type qui avait inventé la chasse d'eau s'appelait Thomas Crapper[1]. Je peux faire ma rédaction sur lui ?

La classe est pliée en deux. Rodney rit si fort que son visage devient rouge écrevisse.

---

1. « Chiottes » en anglais argotique. *(NdT)*

Mlle Gordon le fait taire ainsi que les autres.

– Navrée, Connor. Celle-là, on me la fait tous les ans. Mais sache qu'en réalité la chasse d'eau fut inventée en 1596 par un monsieur au nom beaucoup plus banal : John Harington. Tu veux quand même faire ton exposé sur lui ?

Connor semble aussitôt découragé.

– Nan, je crois que je vais plutôt rester sur le gars qui a fondé McDonald's. Si je dois passer des heures à faire des recherches, autant que ce soit sur les hamburgers et les frites plutôt que sur les toilettes.

Alors que Rodney s'apprête encore à glousser, Mlle Gordon le fait taire d'un regard.

– Tu sais sur quelle personnalité tu vas écrire ? me glisse Catherine tandis que la prof se promène dans la classe en dissertant sur le projet.

Je ne réfléchis pas plus de cinq secondes avant d'épeler ma réponse : **S-T-E-P-H-E-N H-A-W-K-I-N-G.**

Je veux savoir comment il se débrouille pour accomplir des gestes ordinaires comme manger et boire. Après tout, c'est un adulte et il a des enfants. Est-ce que sa femme l'aide à s'asseoir sur les toilettes ? Comment gère-t-il son rôle de père ?

Et puis je veux tout savoir de ses dispositifs et ses ordinateurs super cool qui lui permettent de parler et de résoudre des problèmes de maths hyper durs comme identifier des trous noirs dans l'espace.

Je transmets la question à Catherine : **ordinateur pour moi ?**

– Aucune idée ! Mais on va regarder ça, répond-elle.

CHAPITRE 15

Le lendemain matin, les premières chutes de neige font leur apparition. De gros flocons épais balaient les vitres de la salle H-5.

Freddy fonce à la fenêtre.

– C'est beau, s'émerveille-t-il, une main posée sur le carreau.

Mme Shannon approche nos fauteuils pour nous permettre d'admirer la neige qui s'amoncelle sur la pelouse et les arbres. C'est vrai que c'est beau. Même Jill semble se détendre.

– On va jouer dans la neige ? s'emballe Maria.

– Non, il fait trop froid dehors. Mais tu sais quoi ? C'est bientôt Noël !

Maria frappe dans ses mains, toute contente.

– Il paraît qu'il y a une tradition ici qui consiste à décorer ce vieux bonhomme de neige en polystyrène, poursuit Mme Shannon en sortant la tête de Sydney de son carton avec une moue sceptique.

Maria esquisse un geste pour le prendre et le serrer contre elle mais l'institutrice l'interrompt.

– À Noël, je suis plutôt adepte de l'odeur des pins fraîchement coupés, des vrais sucres d'orge et des guirlandes en pop-corn. Demain, j'apporterai un vrai sapin qu'on va rendre sublime !

Freddy et Carl se tapent dans la main avec enthousiasme. Au début, Maria semble un peu déçue, mais en voyant Mme Shannon distribuer un carré de chocolat à chacun, elle oublie vite Sydney et finit même par le ranger sagement dans son carton.

Pendant que l'enseignante explique aux autres la technique pour fabriquer des flocons en papier, Catherine et moi nous installons devant l'imposant et unique ordinateur de la classe pour lancer une recherche Web sur les dispositifs de communication. Cette machine est d'une lenteur ! À force de mouliner, il arrive qu'elle plante, alors on est forcé de la réinitialiser et de recommencer à zéro. C'est toujours aux H-5 qu'on refile les vieux ordinateurs mastoc en rabe dont les autres classes ne veulent plus.

Avec l'aide de Catherine, je me documente sur toutes sortes d'appareils de communication électronique spécifiquement conçus pour les personnes comme moi. Beaucoup semblent aussi volumineux et encombrants que l'ordinateur sous nos yeux, d'autres paraissent très compliqués à utiliser, et tous coûtent cher, pour ne pas dire une fortune. Certains sites n'indiquent même pas les prix !

Les machines équipées de claviers standards ne conviendraient pas car je serais incapable d'appuyer sur les touches. Il me faut un truc dont je pourrai me servir juste à l'aide des pouces.

On trouve des ordinateurs adaptés, des planches de communication qui lisent les mots à voix haute, des systèmes de boutons-poussoirs et même des dispositifs qui fonctionnent aux battements de paupières ou aux hochements de tête. Finalement, on en trouve un, appelé Medi-Talker. Il possède deux trous assez larges pour que j'y insère mes pouces, ainsi qu'un million de mots et de locutions intégrés !

Sur le site, je regarde la vidéo d'un garçon de mon âge qui en fait la démonstration, et bien qu'il soit apparemment privé de voix, ce petit boîtier lui permet de raconter son dernier goûter d'anniversaire dans les moindres détails ! Mon enthousiasme est si violent que je me mets malgré moi à battre des bras et des jambes dans tous les sens, si bien que j'ai l'air d'une sorte d'hélicoptère humain en détresse.

Catherine imprime les informations nécessaires et range les documents dans le sac accroché au dossier de mon fauteuil.

– Bonne chance ! me chuchote-t-elle à l'oreille au moment de s'en aller.

À la descente du bus après l'école, comme toujours, Mme V. est là pour m'accueillir. Je me dévisse presque sur mon siège pour tenter de lui montrer mon sac et lui faire comprendre qu'il y a quelque chose d'important à l'intérieur.

– Minute papillon ! s'amuse-t-elle. Depuis quand es-tu pressée de faire tes devoirs ? Pourquoi es-tu dans tous tes états aujourd'hui ?

Je me contente de faire un grand sourire en agitant le pied. Après un goûter à base de caramels (en premier) et de sandwich au thon nappé de fromage fondu (en second), et d'une compote de pommes pour Penny qui venait de se réveiller de sa sieste, Mme V. sort *enfin* les documents de mon sac à dos.

– C'est exactement ce qu'il te faut ! conclut-elle en flanquant les feuilles sur la table une fois qu'elle a tout lu. Pas étonnant que tu sois si enthousiaste !

Oui ! Oui ! Oui ! Puis, un par un, je lui montre d'autres mots à toute vitesse : **Parler. À. Maman. Et. Papa. Parler. Parler. Parler.**

– Compte sur moi, Mélodie. Je leur en parle dès qu'ils rentrent du travail, promet Mme V.

Je trépigne d'impatience. Pendant que Penny regarde Macaron le Glouton engloutir des carottes au lieu de cookies dans *1, rue Sésame*, je m'imagine parler, parler, parler.

Lorsque ma mère passe nous chercher, non seulement Mme V, fidèle à sa promesse, lui montre les documents, mais elle a même ouvert son ordinateur à la page du site Web commercialisant le Medi-Talker. Assise sur les genoux de maman, Penny n'arrête pas d'appuyer sur le clavier et de changer la page affichée à l'écran, ce qui me tape sur les nerfs. Toutefois, ma mère prend le temps de regarder la vidéo de démonstration sur laquelle on peut voir des personnes qui discutent, plaisantent et suivent même des cours à la fac grâce à ce dispositif.

Mme V. explique que c'est pile ce qu'il me faut, et au lieu de se montrer pragmatique, raisonnable et économe comme à son habitude, ma mère semble partager son avis.

– Apparemment, l'assurance peut prendre en charge la moitié des frais, commente-t-elle d'un ton songeur en naviguant sur le site. Je vais en parler à Chuck. Cela fait trop longtemps qu'on en rêve pour elle.

Je lui montre ma planche : **Ce soir ?**

– Absolument ! Dès ce soir ! acquiesce ma mère en me serrant dans ses bras.

Sauf que dans mon monde, rien n'arrive tout de suite.

Le lendemain, ma mère remplit en ligne le formulaire de demande pour le dispositif et le transmet. J'attends.

Ensuite, on doit solliciter mon médecin pour qu'il nous délivre une prescription écrite. Je connaissais les ordonnances pour des antibiotiques, mais pour un appareil électronique ? Ça paraît dingue. Qui voudrait de cette machine à moins d'en avoir réellement besoin ? J'attends.

Après, il faut qu'on obtienne l'accord de notre compagnie d'assurances. Encore de la paperasse, des coups de téléphone, des questions et des réponses. J'attends.

Puis une attestation de garantie financière doit être fournie par les parents. Mais c'est une blague ! Pourquoi ils compliquent tout comme ça ? J'attends.

Comme il manquait une signature sur le questionnaire médical, on doit le soumettre une nouvelle fois. J'attends.

Pour finir, un dernier formulaire d'agrément doit être fourni par un représentant scolaire. J'attends.

Et je me rends compte qu'en fait j'attends ça depuis toujours.

Enfin, *enfin*, le mercredi avant Noël, le Medi-Talker arrive. Ce cadeau seul me suffit.

À mon retour de l'école, Mme V. me raconte qu'elle s'est précipitée en voyant la camionnette UPS se garer dans notre allée. Elle a signé le reçu et rapporté le colis chez elle pour le garder en lieu sûr. Le gros carton marron est posé là, bien fermé par du Scotch. Et il est libellé à mon nom !

Je gesticule en poussant des cris et insiste pour qu'elle l'ouvre sans plus attendre, sentant que le volcan en moi ne va pas tarder à se réveiller. *En avant pour Spasmoville !*

– Du calme, Mello Yello, chuchote Mme V. en posant une main sur mon épaule.

Mais en vain. Tendue comme un arc, je martèle ma planche : **Ouvre ! Ouvre ! Ouvre !**

– Ta mère savait que tu ne tiendrais pas en place ! Quand je l'ai appelée pour la prévenir qu'il était arrivé, elle m'a dit qu'on pouvait l'ouvrir, si on voulait.

Rien qu'à la regarder ouvrir minutieusement les pans du carton, j'ai l'impression que je vais avoir une crise cardiaque. Elle me laisse retirer le papier marron à l'intérieur, puis, sous une épaisse couche de papier bulle, il apparaît enfin : le Medi-Talker. C'est une tablette pas plus grande que celle fixée à mon fauteuil mais son design est épuré, brillant, délicat. On dirait un papillon prêt à déployer ses ailes.

Oh ! là, là ! J'ai vraiment hâte de l'essayer.

Mme V. branche l'appareil pour charger la batterie puis sort l'*énorme* mode d'emploi.

– Ben dis donc ! Il va nous falloir un siècle pour lire et comprendre tout ça.

Elle s'affale dans un gros fauteuil en prenant Penny sur ses genoux et entame sa lecture.

Et c'est reparti pour l'attente.

Je patiente donc je ne sais combien de temps, et finalement, au moment où je sens que je vais exploser, je roule jusqu'à la table sur laquelle est posé le Medi-Talker.

À l'école, j'en ai vu jouer à des jeux vidéo qu'ils ne connaissaient pas ou régler les paramètres de leurs téléphones et de leurs ordinateurs sans ouvrir un seul mode d'emploi. Alors je me sers de mon pouce droit pour enclencher le bouton « marche ». La tablette s'illumine dans un ronronnement et un message d'accueil apparaît à l'écran.

Alors que j'appuie sur une autre touche, une voix qui me fait penser à un Anglais très enrhumé lance brusquement :

– **Bienvenue sur le Medi-Talker !**

Mme V. sursaute dans son fauteuil et je pousse un cri de joie.

– On dirait que tu as une grosse avance sur moi, Mélodie ! Ce qui ne m'étonne pas, d'ailleurs.

Elle pose Penny par terre.

– Bien, voyons voir de quoi cet appareil est capable !

J'ai l'impression d'être Christophe Colomb tombant sur l'Amérique. Si ce continent existait depuis toujours, Colomb fut le premier Européen à le découvrir. Je me demande si son cœur a battu aussi fort que le mien à cet instant.

Très vite, on découvre que le Medi-Talker possède plus d'une dizaine de fonctions, toutes facilement accessibles à l'aide d'une simple touche. Alors, pour la première, on enregistre les noms de toutes les personnes que je connais en commençant par le mien, puis tous les membres de ma famille, les élèves et les profs de l'école, mes médecins, les voisins, les amis de mes parents et, bien entendu, Mme V. Dans la deuxième catégorie, Mme V. insiste pour qu'on intègre les mots de vocabulaire qu'on a réunis sur nos fiches cartonnées multicolores.

Taper, enregistrer. Taper, enregistrer. Les doigts de Mme V. s'activent sur le clavier tandis qu'elle copie sans s'arrêter. Nombreux sont les mots de notre lexique qui apparaissent déjà dans la mémoire de l'appareil, mais elle en ajoute d'autres. Encore. Plus.

Des noms, des verbes, des adverbes et des adjectifs – par centaines ! – tous reliés à un super générateur de phrases situé dans une autre catégorie. On peut former à l'avance des centaines d'énoncés et de formules, et les atteindre d'un simple contact du doigt.

Tu connais leur dernier morceau ?

Trop fort !

Tu as réussi la dictée ?

Des mots courants. Une conversation normale. Je n'ai jamais connu ça. C'est génial.

Désormais je pourrai faire des maths, car la catégorie suivante est dédiée aux chiffres et contient même une calculette ; mais ça, je ne le dirai peut-être pas au prof.

Il y a un programme truffé de blagues éculées et d'expressions idiotes, avec un espace vierge si on veut en rajouter, et un autre encore qui joue de la musique ! Je peux relier l'appareil à un ordinateur et télécharger toutes les chansons que je veux. J'ai hâte d'explorer le catalogue d'iTunes. Je n'aurais qu'à demander à Rose quels sont les dernières chansons à la mode, peut-être ?

Rose ! Dorénavant je pourrai réellement lui parler !

Au bout d'un moment, on fait une pause. Il faut changer la couche de Penny et l'occuper un peu. Mais je suis bien trop excitée pour en rester là.

Alors une fois que Mme V. a installé ma sœur avec sa maison de poupée au pied du canapé, on se remet à enregistrer des mots et des locutions.

– Tu veux faire un essai ? finit-elle par proposer, s'arrêtant de taper.

La pièce est parfaitement silencieuse. Je caresse le bord de l'appareil avant d'appuyer sur deux touches.

– **Merci madame V.**, énonce la voix de robot.

Mme V. cligne des yeux très vite et moi aussi. Elle attrape un mouchoir. On en a toutes les deux besoin.

Elle le range ensuite dans sa poche et reprend sa lecture du mode d'emploi.

– Tiens, écoute ça : si tu veux écrire des textes plus longs, comme des histoires ou des poèmes, tu peux aussi les enregistrer sur l'ordinateur grâce à ce câble de connexion !

– **Super**, commente la machine.

Mme V. acquiesce de la tête.

– Ça va être très amusant. Mais il va falloir sacrément t'entraîner pour lui faire dire ce que tu veux, ma petite.

Elle n'a pas tort.

Plusieurs catégories ont été laissées vides pour que les utilisateurs entrent leurs données personnelles telles que des mots, des phrases, des numéros de téléphone, voire des photos. On peut saisir ces informations directement sur l'appareil ou bien les télécharger depuis un ordinateur. Je me sens un peu dépassée.

– On peut programmer l'appareil pour qu'il soit à *ton* image, Mélodie, explique Mme V. Ce sera *ton* univers, alors prenons notre temps pour en faire exactement ce que tu veux.

Je suis si heureuse que j'en serrerais presque le Medi-Talker dans mes bras mais j'aurais l'air ridicule. Alors je décide plutôt de lui donner un nom. C'est sans doute un peu idiot, mais parfois c'est bien d'avoir un truc à soi, un secret que personne d'autre ne connaît à part nous. Je ne vais pas entrer le nom dans l'appareil car c'est personnel, mais dans ma tête, le Medi-Talker s'appellera Elvira, en l'honneur de cette chanson que j'adore. Car, comme ils disent dans le refrain : « Mon cœur brûle pour Elvira. »

Pendant que Mme V. joue un peu avec Penny, je continue d'explorer les capacités d'Elvira. Une des premières modifications que je veux apporter, c'est ce message de bienvenue et la voix qui le prononce. La phrase générée par le logiciel sonne vraiment faux. Mais l'appareil propose plusieurs voix féminines ainsi qu'un tas de langues au choix.

Je sélectionne la voix prénommée « Trish ». Elle ressemble vraiment à celle d'une petite fille et non d'une adulte. Ça ne me dérangerait pas d'avoir sa voix, si je pouvais parler.

Bienvenue, dit Trish en français, puis ***willkommen*** quand je sélectionne l'allemand. J'entends même un truc qui ressemble à ***foon ying*** en appuyant sur le chinois.

Je m'arrête un instant en fixant la tablette. Il ne m'est jamais venu à l'esprit qu'en Allemagne, en Chine et en France il existe des enfants comme moi qui ont besoin d'une machine pour les aider à parler.

Mme V. revient me voir et me donne un coup de main pour changer le message d'accueil d'origine et passer du très robotique **bienvenue chez Medi-Talker** à la voix de Trish annonçant : **Bonjour ! Je m'appelle Mélodie. Parlez avec moi !** J'ai hâte de l'apporter à l'école et de montrer *à mon tour* mon nouveau bijou de technologie à tout le monde. Je suis curieuse de voir la réaction de Rose.

Ma mère et mon père ont déjà appelé pour savoir comment ça allait et si on avançait bien. Tous deux sont impatients de rentrer et de découvrir cette merveille par eux-mêmes, alors en les attendant, Mme V. suggère qu'on continue de programmer et d'intégrer toujours plus d'éléments. D'après elle, je devrais m'exercer une quinzaine de jours avant de l'emporter à l'école. Je n'ai pas trop envie d'attendre, mais je dois admettre qu'elle a raison : il va me falloir un peu de temps avant de le maîtriser. Je veux savoir parfaitement m'en servir afin de parler comme une enfant normale. Ou presque.

Alors on se remet au vocabulaire, car il y a encore des milliers de mots que je veux intégrer : *Cahier. Feutre. Devoirs. Exercices. Interro. Note. Favorable. Défavorable. Ongles. Vernis. Tenue. Sac à dos. Sac à main. Inquiet. Excité. Pourpre.*

Puis on ajoute des centaines de locutions : *au centre commercial, de loin, au milieu de, par conséquent, la raison pour laquelle.*

En dernier lieu, on s'attaque aux phrases, par dizaines : *Quelle heure est-il ? Comment ça se fait ? Tu me fais trop rire. J'ai vraiment hâte.* Soudain un coup de sonnette retentit.

Mes parents arrivent pour nous récupérer, mon père armé de son Caméscope, les mains un peu tremblantes.

– Montre-nous comment ça marche, ma puce !

Je n'arrive pas à croire qu'il tourne une vidéo de moi parlant pour la première fois. C'est presque comme quand il a filmé les premiers mots de Penny... enfin non, pas vraiment.

Très appliquée, je tape une phrase et appuie sur une touche pour faire parler la machine.

– **Bonjour papa, bonjour maman. Je suis super heureuse.**

Aussitôt, maman a les larmes aux yeux et son nez devient rouge. Elle me contemple d'un air tout attendri et gâteux.

À la réflexion, je me rends compte que, de toute ma vie, je n'ai jamais rien dit directement à mes parents. Alors après avoir tapoté sur trois autres touches, la machine prononce ces mots que je n'ai jamais pu leur dire avant :

– **Je vous aime.**

Maman craque pour de bon. En pleurs, elle s'agrippe à mon père qui renifle, caché derrière son objectif. Je le soupçonne de retenir quelques larmes aussi.

Néanmoins, il a tout filmé.

CHAPITRE 16

J'attends la rentrée des vacances de Noël pour apporter Elvira en classe. Tous les jours, sans exception, je me suis entraînée avec Mme V. J'ai appris à naviguer entre les touches sans me tromper, à passer en douceur d'une catégorie à une autre et à utiliser des formes contractées. Il a fallu que j'apprenne à taper « n'est pas » au lieu de « ne est pas » ou « c'est » au lieu de « cela est ». Ça a été laborieux. Au début je me trompais tout le temps, mais Mme V. ne m'a pas laissée me décourager. Et de toute façon, je n'en avais pas l'intention.

C'est ainsi qu'en ce lundi de rentrée, Elvira, star du jour, fait de moi le centre de l'attention. Et pour une fois, ce n'est pas parce que je me suis ridiculisée en m'étranglant ou en renversant mon assiette, mais pour une raison très cool et positive. Je n'en reviens pas !

Même les enseignants ont l'air épatés.

– Attention, tout le monde ! se réjouit Mme Shannon en m'apercevant dans le couloir. Mélodie va vous en mettre plein la vue !

Tout sourire, j'appuie sur une touche qui lance le début d'une chanson extraite de la dernière comédie musicale pour ados.

– Quelle classe, mademoiselle ! De la musique, carrément !

Mme Shannon remonte le couloir en se déhanchant au rythme du morceau. J'éclate de rire.

En H-5, Maria me colle toute la matinée en répétant sans arrêt : « C'est super, Mélo-Bobo. Super. Je peux jouer, dis ? » Elle veut toucher les icônes et les touches lumineuses, mais Mme Shannon intervient et détourne son attention avec un nouveau jeu qu'elle a téléchargé sur l'ordinateur de la salle.

Lorsque Catherine arrive, juste avant la sonnerie pour le cours de littérature, je suis prête à l'accueillir. Elle porte un chemisier écossais vert, une jupe bleue et des chaussettes hautes orange. Comme je savais déjà quelle était la première chose que je voulais lui dire en la revoyant, Mme V. et moi avions enregistré la phrase à l'avance. J'appuie sur une touche en souriant.

– **Si on allait faire du shopping ?**

Catherine pousse d'abord un petit cri de surprise, puis elle rit si fort qu'elle a presque du mal à reprendre son souffle. Alors elle se jette à mon cou en me serrant contre elle.

– Je suis si contente pour toi, Mélodie ! Il te fallait cet appareil à tout prix ! Et c'est d'accord, on va se fixer un jour pour que tu me donnes quelques leçons de mode.

– **Y a urgence !**

Je pète le feu.

– Tu es sans pitié ! rigole Catherine. Pour l'instant, allons déjà exhiber ce nouveau bijou dans ta classe d'inclusion !

J'en frissonne d'excitation. Au moment où j'entre dans la salle de Mlle Gordon, comme d'habitude, personne ne lève les yeux, excepté Rose qui me lance un sourire.

Alors je monte le volume assez fort et appuie sur une touche :

– **Salut tout le monde. J'ai un nouvel ordinateur.**

Des visages se tournent et des messes basses se font entendre :

– Ça existe, les ordis pour handicapés ?

– Il parle ? Le mien ne fait pas ça.

– Mais toi, t'en as pas besoin, banane !

– C'est bizarre.

– Pas pire que toi.

– De toute façon, qu'est-ce qu'elle peut bien avoir à dire ?

Toutefois, Connor se lève, une mèche blonde hirsute lui balayant les yeux.

– C'est génial, Mélodie ! approuve-t-il haut et fort.

Et à mon avis, comme c'est un des élèves populaires et sans doute le plus grand et le plus fort de tous les CM2, sa prise de position incite finalement les autres à ne pas en rajouter.

Du moins, pour la plupart. Claire, qui avait été la première de la classe à posséder un ordinateur personnel et qui veille à ce que tout le monde le sache quand elle fait l'acquisition d'un téléphone ou d'un jeu vidéo dernier cri, lâche d'un air méprisant :

– Il est bizarre, cet ordinateur ! Mais bon, j'imagine que c'est parfait pour une fille comme toi.

Avec sa copine Molly, elles échangent un regard. Décidément, elles me croient aveugle !

Mlle Gordon, qui a l'air d'avoir envie de l'étrangler comme un vieux tube de dentifrice vide, s'interpose :

– Je ne tolérerai aucune impolitesse dans mon cours, Claire. Maintenant assieds-toi, je ne veux plus t'entendre !

Toutefois, même Claire n'arrivera pas à troubler ma bonne humeur. J'appuie sur une autre touche pour lancer une phrase que j'ai préparée à l'avance avec Mme V. D'une certaine manière, je savais qu'elle me serait utile !

– **Désormais je peux parler à tout le monde, même à Claire !**

Je la vois se renfrogner, mais les autres, eux, s'esclaffent. Ils veulent tous toucher mon appareil, appuyer sur une touche ou essayer de le faire fonctionner, mais Catherine les en empêche pour me laisser faire seule la démonstration.

Je vais dans la catégorie verte, celle des blagues.

– **Toc, toc !**

– Qui est là ? répondent en chœur plusieurs élèves.

– **Manon. Manon je me suis trompée de porte !**

Tout le monde rit de bon cœur à cette blague idiote. Bien que mes bras et mes jambes s'agitent dans tous les sens et que je bave un peu en riant, c'est la première fois de toute ma vie que j'ai le sentiment de faire partie de la bande.

J'aimerais bien avoir un bouton « sauvegarder » pour pouvoir me rejouer ce moment à l'infini.

Sur le clavier, je tape : **Aujourd'hui c'est lundi et il fait froid** puis j'appuie sur un bouton bleu. Après quelques ronronnements, l'appareil éjecte une feuille de papier comme s'il tirait la langue. Dessus apparaissent les mots que je viens de saisir.

– Ouah ! Il y a une imprimante intégrée ! Trop la classe ! s'exclame Rodney, le pro des jeux vidéo.

Mlle Gordon m'encourage d'un signe de tête tandis que Catherine fait circuler le tirage papier pour que chacun puisse lire ce que j'ai écrit.

Pendant ce temps, elle explique à la classe :

– Le Medi-Talker de Mélodie combine un ordinateur, un lecteur de musique et un logiciel de synthèse vocale. Ce dispositif équipé de la HD et d'un processeur de pointe va lui changer la vie et lui permettre de communiquer avec le monde extérieur. Alors, prenez le temps d'écouter ce qu'elle a à dire.

Claire lève la main.

– Oui, Claire ? répond Mlle Gordon en l'avertissant d'un regard.

– Ce n'est pas pour être méchante, juré, mais... jusqu'à aujourd'hui, je croyais pas que Mélodie était capable de penser.

Deux autres élèves acquiescent discrètement.

Sans élever la voix, Mlle Gordon répond plutôt gentiment :

– Toi comme chacun d'entre vous avez toujours pu exprimer tout ce qui vous passait par la tête. Mélodie, elle, était jusqu'ici réduite au silence. Elle a sûrement des tas de choses à raconter.

– **Oui !** dis-je par l'intermédiaire de l'appareil.

Après avoir remercié Mlle Gordon d'un sourire, je montre à Rodney et Connor un jeu vidéo qui était intégré au Medi-Talker. Je doute d'être un jour assez rapide pour jouer aux *Soldats de l'Espace*, mais c'est sympa de savoir que je l'ai. Rodney est tellement calé qu'il en viendrait sans doute à bout en moins d'une minute.

L'air impressionnée, Mlle Gordon examine les différentes catégories de mon appareil.

– Tu as un de ces vocabulaires, maintenant ! Ça doit être une vraie délivrance pour toi.

Je fais oui de la tête.

– **Super pool**, énonce l'appareil d'une voix forte.

Oups ! « Super cool », voulais-je écrire. Je sens mes joues s'empourprer en entendant Claire et Molly ricaner.

Mais Rose rapproche sa table de mon fauteuil.

– C'est vraiment génial, Mélodie, souffle-t-elle tandis que je la laisse effleurer les touches lumineuses.

– **Tu l'as dit**.

Je lui lance un regard.

– **Amies ?**

– Amies ! accepte-t-elle sans hésiter.

– **Chouette !**

Puis je me crispe. Pourvu que dans mon enthousiasme je ne renverse pas un truc, ce serait la honte !

Rose m'observe attentivement.

– J'imagine pas ce qu'on doit ressentir quand on a toutes ses pensées coincées dans la tête, soupire-t-elle.

– **C'est chiant !**

– Ça, je te crois ! glousse-t-elle.

CHAPITRE 17

Comme j'ai pris l'habitude de me servir d'Elvira depuis un mois, la vie à l'école est devenue *presque* agréable. Je peux débattre d'une émission télé diffusée la veille avec Connor ou complimenter Jessica sur ses nouvelles chaussures.

Il a neigé quasiment tous les jours mais que des petits flocons épars. Récemment, un après-midi de janvier, j'ai écrit : **Pourvu qu'Il y ait bientôt une tempête pour que l'école ferme une journée.** Mes camarades étaient bien d'accord et, pour une fois, c'était moi qui avais parlé pour eux.

En classe, je réponds bien mieux aux questions grâce à Elvira. Pour la première fois, au lieu des notes que les enseignants m'attribuaient « pour de faux » car ils n'étaient pas bien sûrs que je connaisse réellement la réponse, je reçois de vraies notes consignées dans les carnets des profs, lesquelles sont fondées sur les réponses que j'ai fournies noir sur blanc, imprimées et tout !

Cependant, à la récréation, je continue d'être seule. Il fait désormais trop froid pour aller dehors, alors on reste à un bout de la cafétéria surchauffée jusqu'à ce qu'il soit l'heure de retourner en classe. Aucune fille ne vient me raconter des ragots sur un truc idiot qu'a dit un garçon. Personne ne promet de m'appeler après les cours. On ne m'invite pas aux fêtes d'anniversaire ni à passer la nuit chez les copains. Pas même Rose.

Bien sûr, il lui arrive de s'arrêter pour bavarder deux minutes avec moi, mais dès que Janice ou Paula l'appellent pour lui montrer une photo sur leur portable, Rose me dit « Je reviens tout de suite ! » et elle s'éclipse, l'air bien contente d'avoir une excuse pour me laisser en plan.

Je me contente de sourire en espérant ne pas avoir bavé et fais comme si de rien n'était. Après quelques minutes, j'appuie sur une touche qui dit **retour en H-5** et Catherine et moi remontons le couloir en direction de la salle.

Un après-midi de fin janvier, M. Dimming a fait une annonce d'une voix desséchée comme s'il venait d'avaler un bol de sable :

– Au lieu du programme habituel, aujourd'hui je crois qu'on va s'entraîner un peu en vue du quiz interscolaire.

Tout le monde s'est réjoui, et pour cause : sinon on aurait eu droit à une leçon sur le désert du Sahara. Dans le genre aride et desséchant, c'était pas mal !

Chaque année, une équipe de notre école participe à ce célèbre concours. Les premières manches locales voient s'affronter des écoles de toute la ville et du comté, et se déroulent dans un hôtel. L'an dernier, notre école est arrivée deuxième. Bien que le concours soit réservé aux grands de CM1 et CM2, la directrice était si fière qu'elle a offert une tournée de pizzas à toutes les classes !

Les équipes qui arrivent en tête dans un État partent ensuite à Washington pour les épreuves nationales. La compétition est retransmise à la télé et c'est vraiment un évènement.

– Je faisais partie de l'équipe l'an dernier, m'a raconté Rose en décalant sa table près de moi.

– **Je sais**, ai-je tapé. **Tu es intelligente.**

Son visage s'est illuminé. Elle s'est penchée plus près :

– Connor va sûrement être à nouveau sélectionné aussi. Il est un peu difficile à gérer, mais il s'y connaît bien en quiz.

J'ai jeté un œil à Connor qui frimait devant ses copains à propos des épreuves de l'an dernier :

– Vous auriez dû voir l'hôtel dans lequel se passait le concours, c'était *dément* : des lustres en or, des trucs luxueux partout et des petits génies venus de tout le pays ! N'empêche, on les a tous éliminés !

– Tous, sauf une équipe ! a souligné Rodney sans méchanceté. La dernière vous a laminés !

Il s'est fait huer par la classe.

– Oui mais cette année, on va gagner ! Pas vrai, m'sieur D. ?

– On va tout faire pour, Connor, a acquiescé le prof. Les règles ont un peu changé, donc cette année notre équipe sera composée de CM2 et de sixième. C'est tout à notre avantage, puisque certains parmi vous ont déjà concouru l'an dernier. Bien, testons d'abord votre niveau. On va faire une première série de questions juste pour s'amuser, d'accord ?

– Il y a un prix à gagner ? s'est enquis Rodney.

– Un concours ne se solde pas forcément par un prix, a expliqué M. Dimming.

– Oui mais c'est plus marrant quand il y a un truc sympa en jeu, a renchéri Connor. Allez, s'il vous plaît ?

– Bon, d'accord ! Butin du jour : la barre chocolatée légèrement écrabouillée que j'avais prévue en dessert pour ce midi ! a proposé le prof en la brandissant devant nous.

– Laisse tomber, Connor, le chocolat te file des boutons ! a taquiné Rose. Moi, je m'en fiche du prix, ce que je veux, c'est gagner !

Elle a replacé son pupitre dans sa rangée.

Catherine était près de moi, assise de l'autre côté.

– Ça te plairait de t'entraîner avec eux ? m'a-t-elle demandé.

– **Oh, oui ! Réponses A, B, C ou D : fastoche !**

Elle m'a fait un grand sourire.

– OK, du calme ! Ne t'emballe pas !

M. Dimming s'est éclairci la voix en souriant.

– Le quiz interscolaire est l'évènement de l'année que je préfère, a-t-il avoué. Qui sait ? Cette année nous irons peut-être jusqu'en finale !

La classe a poussé des acclamations.

– Bien, je vais d'abord lire à voix haute les questions puis les réponses au choix et vous noterez la lettre correspondant à votre réponse. Tout le monde a compris ?

Connor a levé la main, et sans même attendre que M. Dimming lui ait donné la parole il a lancé :

– Vous pouvez y aller sur les questions dures, m'sieur D. ! Je suis un vrai cerveau !

– Et aussi un vrai baratineur, ai-je entendu Rose murmurer.

– Première question, a commencé le professeur : quelle planète est la plus proche du soleil ? A, Vénus ; B, la Terre ; C, Mercure ; D, Mars.

– C'est des questions de bébé ! a râlé Connor.

– Silence, maintenant ! s'est irrité M. Dimming d'un ton sévère.

Connor l'a enfin bouclé.

J'ai appuyé sur la lettre *C* de mon appareil et attendu la question suivante.

– Deuxième question : combien de côtés possède un heptagone ? A, quatre ; B, six ; C, Sept ; D, huit.

Une fois de plus, j'ai saisi la lettre *C*. Était-il possible que la même lettre tombe deux fois de suite ? Et pourquoi pas ? J'étais sûre de mes réponses.

– Troisième question : quelle est la durée habituelle du mandat d'un député américain ? A, un an ; B, deux ans ; C, trois ans ; D, quatre ans.

Hm… Là, c'était moins évident. Hommes ou femmes, on a toujours l'impression de voir les mêmes politiques défiler aux infos. Néanmoins, j'ai saisi la réponse *B*.

En tout, M. Dimming nous a posé cinquante questions dont plusieurs problèmes de maths. D'autres portaient sur les sciences et la grammaire. La dernière était une question de géographie :

– Dans quel État se situe le Grand Canyon ? A, Californie ; B, Arizona ; C, Dakota du Sud ; D, Nouveau-Mexique.

Je n'y suis jamais allée mais j'ai vu des reportages sur la chaîne Voyages et je suis presque certaine que ce site se trouve en Arizona. Après avoir entré la lettre *B*, j'appuie sur « impression » et Catherine va poser ma feuille sur le bureau du professeur.

– Mélodie a participé ? s'est étonné ce dernier en prenant la sortie papier.

Il m'a jeté un coup d'œil.

– Bien, bien…

Son ton ne m'a pas trop plu.

Il a corrigé les copies pendant qu'on visionnait un documentaire sur les pyramides d'Égypte. Je ne pouvais pas m'empêcher de lancer des coups d'œil furtifs dans sa direction.

Finalement, il a relevé les yeux derrière ses lunettes à monture métallique.

– J'ai comptabilisé les résultats. Ce quiz n'a rien d'officiel, mais les élèves ayant obtenu une très bonne note aujourd'hui sont Paula, Claire, Rose et Connor.

Connor s'est levé d'un bond en poussant un cri de victoire.

– Je le savais ! Je suis votre homme ! Je suis trop fort ! Faites voir un peu cette barre chocolatée !

Il a commencé à remonter l'allée vers le bureau sur lequel était posée la fameuse récompense.

– À ta place, Connor, s'est agacé le prof. Tu t'es bien débrouillé, mais ce n'est pas toi qui remportes le prix.

– Ah bon, mais qui alors ? a-t-il rétorqué, l'air ahuri. Si c'est Rose, c'est pas grave. Je la battrai aux vraies épreuves de sélection.

J'ai lancé un regard à Rose. Elle m'a souri, l'air un peu crispée et impatiente.

M. Dimming s'est tu un instant, il s'est gratté la tête puis éclairci la voix avant de reprendre :

– Le vainqueur du jour, qui remporte la barre chocolatée après avoir totalisé *cent pour cent* de bonnes réponses, est...

Il a marqué une nouvelle pause en secouant la tête avant de reprendre à zéro :

– La seule élève de cette classe ayant répondu juste à toutes les questions est... Mélodie Brooks.

Et là : silence de mort. Aucune acclamation. Que des regards incrédules.

– C'est pas juste ! a pesté Molly sans se gêner. Mélodie a une assistante qui lui souffle toutes les réponses !

– Elle a forcément triché ! a ajouté bruyamment Claire.

Catherine a bondi de sa chaise et s'est dirigée vers elles à grands pas, ses nouvelles bottes en cuir noir claquant distinctement sur le sol carrelé de la salle.

– Je ne l'ai pas aidée ! Il ne vous est jamais venu à l'idée qu'elle en avait peut-être dans le ciboulot ?

– Mais elle n'arrive même pas à se tenir droite ! a rétorqué Claire d'un ton désagréable.

– L'apparence physique de quelqu'un n'a rien à voir avec son degré d'intelligence ! Tu devrais le savoir à force de te regarder dans la glace !

– Aïe ! Grillée ! a raillé Connor, ce qui a déclenché quelques rires.

Mais la majorité des élèves, mal à l'aise, regardait ailleurs et surtout pas vers moi.

Claire n'a pas bronché et je suppose que Molly a préféré ne pas la ramener non plus.

Catherine est revenue s'asseoir près de moi, mais toute cette histoire m'avait donné envie de rentrer sous terre.

D'un geste, M. Dimming a ordonné le silence.

– Je t'en prie, Mélodie : viens récupérer ton prix, a-t-il gentiment proposé. Je suis très fier de toi et des efforts que tu as accomplis aujourd'hui. Tes camarades le sont tout autant. Applaudissons bien fort Mélodie !

Tout le monde, excepté Claire et Molly, a applaudi tandis que je m'avançais jusqu'à l'avant de la classe. Le moteur de mon fauteuil ronronnait. Ils ne pouvaient pas entendre le bruit de mon cœur qui battait la chamade.

À mon avis, si le prof me décernait le prix, c'était d'une part pour faire taire Claire et Molly, et de l'autre pour me récompenser d'avoir effectué un sans-faute sans le vouloir. Sauf que ce n'était pas un hasard. Je connaissais *toutes* les réponses, de la première à la dernière question.

M. Dimming a posé la barre chocolatée sur ma tablette. Parfait. Au moins, je n'aurais pas à m'inquiéter de la faire tomber devant tout le monde. Tête baissée, je suis repartie à ma place.

– Je suis fière de toi ! Et tu peux l'être aussi ! a soufflé Catherine en levant la main pour que je tape dedans.

Mais je n'ai pas réagi.

– **Non**, ai-je répondu.

– Mais pourquoi ? Tu les as tous battus.

Ça m'a pris des lustres mais j'ai tapé :

– **Ils pensent que mon cerveau est aussi bousillé que mon corps.**

J'avais envie de fondre en larmes.

– Dans ce cas on va bosser dur pour leur prouver qu'ils ont tort ! a rétorqué Catherine, une pointe de défi dans la voix.

– **Pour quoi faire ?**

– Pour que tu puisses intégrer l'équipe du quiz !

– **Impossible.**

Au moment où elle s'apprêtait à répliquer, M. Dimming a annoncé que les épreuves de sélection officielles pour intégrer l'équipe auraient lieu dans une semaine.

– Vous êtes nombreux à avoir obtenu de bonnes notes à ce test d'entraînement, a-t-il ajouté, mais n'oubliez pas que durant la vraie compétition vous devrez aussi affronter des sixième. Alors révisez bien à la maison. Seuls les meilleurs seront sélectionnés.

– Moi par exemple ? a crié Connor.

– Si vous vous qualifiez, a répondu M. Dimming, cette année je vous emmènerai à Washington ! Vous êtes motivés ?

– Oui ! a crié la classe à l'unisson.

Je n'aurais jamais imaginé qu'ils seraient surexcités à l'idée d'étudier quoi que ce soit. Mais ce prof avait le don de fédérer le groupe comme un entraîneur d'équipe de foot.

– Prêts à bosser dur pour passer à la télé ?

– Carrément !

– Si on gagne, vous achèterez un nouveau costume ? a osé Connor.

Contre toute attente, M. Dimming a ri.

– Promis ! Un nouveau costume bleu foncé, pourquoi pas, avec un veston rouge en satin.

Toute la salle a éclaté de rire en l'applaudissant.

– Bien, nous allons faire notre maximum. Je vais élaborer quelques questions plus épineuses pour que, cette année, notre préparation soit infaillible !

– Ça y est, il nous sort les grands mots, ai-je entendu Molly chuchoter à Claire.

– *Épineuses* comment ? a gémi Connor.

– Vois les choses sous cet angle, Connor, a expliqué M. Dimming : si Mélodie Brooks a pu remporter cette première manche, c'est que mes questions ne devaient pas être bien compliquées ! On va se serrer les coudes et gagner ce concours !

Toute la classe a poussé des hourras.

Sauf moi.

CHAPITRE 18

Ce jour-là, je suis rentrée de l'école d'une humeur massacrante. Mme V. m'avait préparé plein de nouvelles fiches de vocabulaire. Penny, qui portait un de ses turbans, avait l'air ridicule. En plus, elle n'arrêtait pas de chanter à tue-tête une comptine idiote. D'un large geste du bras, j'ai fait tomber toute la pile de fiches par terre.

– On a mangé du lion, madame la diva ? a questionné Mme V. sans broncher.

Elle n'a pas ramassé les fiches.

Penny, qui avait arrêté de chanter, est restée là à me scruter en clignant des yeux.

J'ai éteint le Medi-Talker et regardé ailleurs.

– Très bien. Continue de faire ta mauvaise tête. Mais je te préviens, tu me ramasseras toutes ces fiches jusqu'à la dernière.

J'ai fait une moue en fixant le mur.

Penny s'est approchée pour me tirer par le bras. Je me suis dégagée d'un coup sec. Apparemment indifférente, elle s'est remise à chanter.

Youpi, youpi, youpi, tape des pieds,

Youpi, toupie, papi, mouche ton nez,
Bada-baudi-bodo, saute et saute.

Elle sautait en tapant des pieds et rabâchait non-stop ce refrain.

Ça me portait sérieusement sur les nerfs. Si seulement elle pouvait se taire ! Il fallait toujours qu'elle parle, qu'elle marche, sautille, gambade, chante. *Stop ! Par pitié, qu'elle arrête au moins cinq minutes !*

Mais rien à faire.

– Coucou Didi, a-t-elle babillé en posant Gribouille sur ma tablette.

J'ai poussé la peluche par terre.

– Gribouille, Didi.

Elle a ramassé son machin miteux pour le reposer sur ma tablette.

Je l'ai refait tomber. J'aurais voulu crier : « Laisse-moi tranquille ! »

Penny avait l'habitude que des choses tombent de mon fauteuil, donc elle ne pouvait pas savoir que j'étais tout simplement méchante avec elle. Quand, pour la troisième fois, elle a reposé Gribouille sur ma tablette, je l'ai envoyé valser d'un geste si violent que mon bras a frôlé la tête de ma sœur. Elle a perdu l'équilibre et basculé par terre.

Tout étonnée, elle m'a fixée, ahurie, puis elle a ramassé Gribouille et s'est ruée en pleurs dans les jupes de Mme V.

– Mais qu'est-ce qui t'arrive, Mélodie ? s'est inquiétée cette dernière en berçant Penny sur ses genoux.

Comment lui expliquer ?

Je ne voulais pas, mais finalement j'ai pleuré. Au moment où je faisais pivoter mon fauteuil face au mur, le téléphone a sonné. Mme V. m'a lancé un regard puis s'est levée en soupirant pour aller répondre.

– Ah, bonsoir Catherine.

Catherine ? J'ai pivoté légèrement mon fauteuil pour mieux entendre.

– Pas dans son assiette ? a répété Mme V. À vrai dire, oui, elle a l'air de bouder un peu aujourd'hui. Je dirais même qu'elle est très vilaine.

Mme V. a attiré mon attention pour me faire une grimace.

Je me suis contentée de lui jeter un regard noir.

– Ça ne m'étonne pas qu'elle ait répondu juste à toutes les questions : cette gosse est un génie !

Ça me faisait une belle jambe.

– Le professeur a dit *quoi* ?

Génial, maintenant *tout le monde* allait être au courant. Rien que d'y penser, j'avais à nouveau le sentiment d'être une moins-que-rien.

– Devant ses camarades ? Mais où il a appris à enseigner, celui-là ?

Mme V. paraissait furieuse.

– Comment a-t-elle réagi ? Bref, peu importe, j'imagine. Elle est là, les joues gonflées et tous piquants dehors comme ces poissons-globes qu'on a vus à l'aquarium.

À vrai dire, ça décrivait assez bien mon état d'esprit.

– Merci beaucoup, Catherine. Oui, appelez ses parents ce soir et je ne manquerai pas de les prévenir de mon côté. Je vais m'attaquer tout de suite au problème.

Sur ce, elle a raccroché, posé Penny par terre, et s'est retournée vers moi en plantant les mains sur ses hanches.

Là, j'ai pensé qu'elle allait me prendre dans ses bras pour me réconforter.

– Alors comme ça, tu réussis le quiz les doigts dans le nez et ensuite tu plantes tout ? m'a-t-elle lancé d'un ton indigné.

D'un petit coup sec, elle a rallumé ma machine.

Pourquoi avait-elle l'air fâchée contre moi ? Je l'ai dévisagée sans comprendre.

– **Il s'est moqué.**

– Et alors ? a rétorqué Mme V.

– **Les autres ont rigolé. Même Rose.**

J'avais du mal à l'admettre, et pourtant c'était la vérité : même Rose avait réprimé un rire en se couvrant la bouche.

– As-tu oui ou non obtenu la meilleure note de ta classe ? a insisté Mme V. en se gardant bien de me plaindre malgré ma tentative en ce sens.

J'aurais dû m'en douter avec elle.

– **Oui.**

– Est-ce que Catherine t'a aidée, ne serait-ce qu'un tout petit peu ?

– **Non.**

– Alors, au boulot.

Je l'ai dévisagée, un peu déroutée.

– **Quel boulot ?**

– On va élaborer un plan de révisions. Toi et moi, on va s'entraîner, se préparer et se donner à fond. Je vais te poser des questions de quiz et toi, tu répondras. On va bosser la géographie, les sciences, les maths et apprendre des tas de choses passionnantes !

Elle paraissait emballée.

– **Pourquoi ?** ai-je demandé, sceptique.

– Tu sais comment se préparent les athlètes pour les jeux Olympiques ? Ils nagent tôt le matin et tard le soir. Ils font des tours de pistes pendant des heures sans aucun public dans les gradins pour les encourager.

– **Je cours pas vite**, ai-je tapé pour plaisanter.

– Peut-être, mais tu as le cerveau le plus rapide et le mieux rempli de toute cette école, et la semaine prochaine, tu te présenteras aux épreuves de sélection pour être prise dans l'équipe du quiz interscolaire.

– **Ils ne me laisseront jamais en faire partie.**

– Oh que si, fais-moi confiance ! Ils ne demanderont que ça, car ils auront *besoin* de toi, Mélodie. Tu seras leur arme secrète.

– **Tu crois ?**

– J'en suis sûre. Alors maintenant, on arrête de faire semblant de s'apitoyer sur ton sort et on s'y met. On a une semaine devant nous. Je suis ton entraîneur et toi, l'athlète. Prépare-toi à transpirer !

– **Ça va cocotter !** ai-je répondu en riant.

– Justement : en avant, ma cocotte ! Pour commencer, tu vas me ramasser toutes ces fiches par terre.

Je savais que je n'avais pas intérêt à discuter. Elle m'a sortie de mon fauteuil pour me poser par terre et a quitté la pièce pendant que je rassemblais les fiches que j'avais fait tomber en une pile désordonnée. Penny m'a donné un coup de main.

Après quoi, Mme V. m'a réinstallée dans mon fauteuil et on s'est mises au travail. Elle n'allait pas être tendre, comme coach.

– C'est quel genre d'épreuve ? s'est-elle enquise.

– **A, B, C, D.**

– Un QCM ! Merveilleux ! Du gâteau pour toi.

Ça, j'en doutais un peu, mais je ne l'ai pas contredite.

Elle s'est installée à son ordinateur et a trouvé une page Web qui dressait une liste de tous les États américains et leurs capitales.

– **Déjà vu en classe**, ai-je indiqué.

– Tant mieux. Comme ça, on va les revoir.

J'ai fait semblant de grogner.

Mme V. a ensuite recensé les capitales des principales nations du monde. Purée ! Il y en a, des pays ! Mais une fois qu'elle m'avait lu la liste à voix haute, les informations se sont gravées dans ma tête.

– Quelle est la capitale de la Hongrie ? a-t-elle questionné.

Je savais que la réponse était Budapest avant même qu'elle n'énonce les quatre propositions au choix : A, Accra ; B, Berlin ; C, New Dehli ; D, Budapest.

J'ai donc entré la réponse D. Mme V. a enchaîné sans perdre de temps à m'applaudir.

J'ai répondu correctement que Tokyo était la capitale du Japon, Addis Abeba, celle de l'Éthiopie, Ottawa pour le Canada et Bogotá pour la Colombie. Elle m'a interrogée jusqu'à ce que mon père passe nous chercher.

Pendant que Mme V. rangeait Gribouille et quelques couches propres dans le sac de Penny, elle lui a rapidement expliqué ce qui s'était passé à l'école et ce qu'elle comptait faire, à savoir ce qu'on avait déjà commencé.

– Vous êtes sûre de vous ? a hésité mon père en me lançant un regard. On prend peut-être un risque : si jamais elle échoue, elle sera d'autant plus blessée.

– Sûre et certaine ! a affirmé Mme V. Est-ce que Mélodie peut rester un peu pour réviser ? Je la fais manger et vous la ramène dans deux heures. Ça vous laisse un petit moment en tête à tête avec Penny.

– Tu es OK ? m'a demandé mon père.

– **Oui ! Oui ! Je veux le faire.**

– Alors fonce, ma petite Mélodie.

Il a levé le pouce à l'attention de Mme V. et il est reparti avec Penny dans les bras.

Après dîner, on s'est attaquées aux sciences. J'ai appris que les os qui constituaient la jambe étaient le fémur, le tibia, la rotule et le péroné. Pourquoi on ne leur donnait pas un nom plus simple, comme « os du genou » et « os tout maigre » ? Enfin, peu importe, je les ai mémorisés.

Puis j'ai découvert que les insectes étaient des arthropodes et possédaient eux aussi des tibias !

– L'étude des insectes s'appelle « l'entomologie », a précisé Mme V. Tiens, ça me donne une idée : on va apprendre tous les mots qui se terminent en « logie » !

Une main sur le front, j'ai fait mine de râler, mais en mon for intérieur, je jubilais.

– Quel terme désigne l'étude des mots et de leurs significations ? a-t-elle questionné après qu'on eut revu une longue liste de mots terminés par le suffixe « logie ». A, bibliologie ; B, archéologie ; C, histologie ; D, lexicologie.

J'ai réfléchi un instant. Elle me tendait un piège, je le sentais. « Histologie » fait penser à « histoire », mais pour une raison que j'ignore, je crois que c'est plutôt en rapport avec la peau. Quant à la « bibliologie », ça traite des livres, pas des mots. J'ai entré la lettre *D*.

Cette fois, elle a pris le temps de me féliciter.

– Allez, je te ramène chez toi, Mélodie. Les athlètes de haut niveau ont besoin de dormir. On reprendra demain.

Je lui ai souri, à la fois fatiguée et stimulée.

Mme V. avait appelé Catherine pour l'informer de la situation et lui suggérer de me farcir à la fois de connaissances et de coquillettes à la pause déjeuner. Alors le lendemain matin, bien sûr, Catherine n'a pas perdu de temps.

Pendant qu'on était en H-5, elle m'a mis les écouteurs sur les oreilles pour me faire écouter une vieille cassette audio sur les volcans. Le son était mauvais et la bande sautait un peu, mais ça m'a appris des choses. Le terme « volcan » tirait son origine du dieu romain Vulcain. Ça, j'aurais pu le deviner toute seule. J'ai découvert des détails spécifiques sur la lave et les cendres, et aussi que toute la ville de Pompéi avait été engloutie lors d'une éruption du Vésuve. Intéressant tout ça, bizarrement.

J'ai écouté des cassettes sur l'Australie et la Russie, sur les constellations et les planètes.

– Alors, tu arrives à tirer quelque chose de ces petits collectors ? s'est enquise Catherine, amusée, en insérant une nouvelle cassette qui portait cette fois sur les maladies.

– **Infos toujours bonnes à prendre**, ai-je répondu.

– Je vois. Et sinon, toujours contrariée par ce qui s'est passé avec M. Dimming ?

– **Souvenir effacé, besoin d'espace de stockage dans ma mémoire**, ai-je pris le temps de taper.

Elle a levé le pouce d'un air approbateur.

– **J'ai un peu peur**, ai-je avoué. **Imagine que je rate tout ?**

– Tu vas y arriver, Mélodie, a-t-elle assuré d'un ton ferme en rajustant mes écouteurs. Tu es suffisamment maligne pour intégrer l'équipe.

– **Ne viens pas le jour du test**, ai-je ajouté. **Pour faire taire Claire.**

– Ça marche ! a acquiescé Catherine en levant le bras pour me taper dans la main.

Ça a plus ressemblé à une poignée de main toute molle qu'à une tape virile, mais peu importe, on s'était comprises.

Excepté au déjeuner et pendant la récréation, j'ai passé le reste de la journée à écouter des cassettes et à étudier avec Catherine. Elle m'a interrogée sur des évènements, des dates, des rois, et puis en algèbre aussi. De ce côté, ça risquait de coincer un peu. Les mots flottent facilement dans mon esprit, mais les chiffres, je ne sais pas pourquoi, on dirait qu'ils coulent à pic comme des pierres.

– Recommençons, a proposé gentiment Catherine alors que j'étais empêtrée dans un problème de maths où il fallait calculer la vitesse de plusieurs trains.

Tout le monde prend l'avion de nos jours, non ? On s'en fiche, des trains !

Mais elle n'a rien lâché jusqu'à ce que je comprenne. Je me suis rendu compte que si je composais une histoire en images à partir des chiffres donnés, les réponses me venaient plus facilement. En fait, je changeais les nombres en mots. C'était magique !

Quand est venue l'heure d'aller en classe d'inclusion, j'ai fait non de la tête à Catherine en lui expliquant que je n'avais pas envie et que je préférais rester ici pour réviser.

De toute évidence, je ne leur ai pas manqué. Aucun message affolé n'a été envoyé en H-5 pour savoir pourquoi Mélodie n'était pas en classe aujourd'hui. Personne n'a passé la tête par la porte pour vérifier si j'étais absente, malade, voire en train de convulser par terre.

Manifestement, personne n'a rien remarqué.

CHAPITRE 19

La semaine a filé. J'ai révisé tous les jours : la journée avec Catherine à l'école, en fin d'après-midi chez Mme V. et même chez moi le soir. J'ai revu le vocabulaire de toutes les catégories, je me suis entraînée à écrire correctement les mots de plusieurs syllabes et à associer des dates à des évènements. J'ai aussi élaboré mes propres questionnaires. Ma mère m'interrogeait sur les fleurs et les termes médicaux tandis que mon père me testait en sciences économiques, en commerce et en sport. J'ai *tout* assimilé.

Parfois quand je suis dans ma chambre, je me cantonne à taper de nouvelles phrases pour Elvira. Une lettre à la fois. Ça prend des heures. Mais une fois qu'une donnée est enregistrée, il me suffit d'appuyer sur la touche et Elvira prononce la phrase d'une traite pour moi.

Je crois que la question qu'on me pose le plus souvent et de plein de manières aussi diverses qu'étranges, c'est : « Qu'est-ce qui ne va pas, chez toi ? » En général, les gens veulent savoir si je suis malade, si c'est douloureux et s'il existe un remède à mon problème. Alors j'ai préparé deux réponses : une polie mais un peu longuette et une autre légèrement effrontée. Face à ceux qui semblent sincèrement intéressés par la réponse, j'appuie sur la touche qui dit : **Je souffre de quadriplégie bilatérale, plus couramment appelée « paralysie cérébrale ». Ça limite le fonctionnement de mon corps, mais pas celui de mon esprit.** La chute est assez cool, je trouve.

Face à des personnes comme Claire et Molly, je réponds : **On a tous un handicap. C'est quoi, le tien ?** J'avais hâte de la sortir, celle-là. Quand j'ai montré ça à Mme V, elle a ri si fort qu'elle a failli s'étrangler.

On est maintenant samedi, à deux jours de l'épreuve de sélection, et je suis installée dehors avec Mme V. sur sa véranda. Je ne porte qu'une veste légère, mais aujourd'hui, c'est une de ces rares journées de février où les températures sont agréables et poussent d'ailleurs les jacinthes à croire que le printemps est arrivé. J'ai envie de mettre en garde leurs petits bourgeons en leur disant : « Attendez ! Il va neiger la semaine prochaine. Restez cachés encore un mois ! » Mais chaque année, c'est pareil, les fleurs qui se sont épanouies précocement frissonnent sous les dernières neiges de l'hiver.

Nous contemplons les rubans nuageux qui s'étirent dans le ciel. Perché sur la balustrade, un chardonneret jaune canari regarde la mangeoire vide qui pendille au-dessus de lui. S'il pouvait parler, je parie qu'il réclamerait des chardons, et aussi plus de journées chaudes comme celle-ci.

– Qu'est-ce que tu ferais si tu avais le pouvoir de voler ? me demande Mme V. en observant l'oiseau avant de tourner la tête vers moi.

– **Ça fait partie du quiz ?** dis-je en souriant.

– Je crois qu'hormis celle-là, on a fait le tour de toutes les questions possibles et imaginables ! s'amuse Mme V.

– **J'oserais pas me laisser aller.**

– De peur de tomber ?

– **Non. De peur de m'envoler pour toujours tellement ce serait agréable.**

J'ai mis beaucoup de temps à écrire cette phrase.

Mme V. se tait un bon moment.

– Tu es comme un oiseau, Mélodie, reprend-elle finalement. Et lundi, tu vas *survoler* toute l'épreuve.

En entendant la porte de chez moi claquer à côté, je fais signe à ma mère et Penny tandis qu'elles viennent tranquillement nous rejoindre sur la véranda. Manifestement ravie de ne pas être tenue en laisse, Caramel gambade à côté d'elles en reniflant le pied de tous les arbres qu'elle croise.

L'air déterminé, la bouille tantôt crispée, tantôt souriante, Penny se concentre pour remonter d'un pas énergique l'allée qui sépare les deux maisons et escalader les marches du perron en s'aidant des mains et en poussant sur ses pieds. Elle a sa grosse doudoune sur le dos, et sur la tête, le chapeau du jour : un vieux machin bleu en paille tout aplati et qu'elle a déformé à force de s'être assise trop souvent dessus. Et bien sûr, derrière elle ballotte ce pauvre Gribouille.

– Didi ! s'écrie-t-elle quand elle atteint enfin la dernière marche.

Sa facilité à effectuer certaines choses me laisse toujours aussi rêveuse.

Repensant à la question qu'elle vient de me poser, j'effleure la manche de Mme V.

– **Liberté**, dis-je via mon appareil avant de pointer Penny du doigt. **Liberté.**

Mme V. hoche la tête. Elle comprend.

– Quelle journée splendide ! constate ma mère en soufflant fort. Vous pensez qu'on en a fini avec l'hiver ?

– **Le froid va revenir.**

– Tu as raison, mais en attendant, cet avant-goût de printemps est bien agréable, acquiesce-t-elle en ouvrant la fermeture Éclair du blouson de Penny. Alors, où en sont vos révisions ?

Caramel est posée au pied des marches. On dirait qu'elle sourit, c'est incroyable.

– **Ça va.**

– Violette, vous êtes formidable. Tout ce temps et ces efforts que vous avez consacrés à la préparer pour cette épreuve de sélection...

Elle marque une pause en clignant des yeux.

– Vous avez dû lui apprendre des *milliers* de mots.

– Personne ne semble s'étonner que Penny assimile et retienne des milliers de mots, commente Mme V. en haussant les épaules. Mélodie n'est pas différente.

Ma mère acquiesce d'un signe de tête.

– Je sais, vous avez raison. Simplement... c'est *beaucoup* plus dur pour elle.

– Non, c'est pour *nous* que c'est plus dur, car on doit réussir à comprendre ce qui se passe dans sa tête.

J'en ai assez qu'elles parlent de moi comme si je n'étais pas là. Je monte bien haut le volume de mon appareil et tape :

– **Pause cookies ?**

– Cookies ! répète Penny d'un air gourmand.

Mme V. se lève.

– J'ai compris, mes chéries. Je vais nous chercher des petites douceurs !

Avant de s'engouffrer dans la maison, elle se retourne vers ma mère et ajoute doucement :

– La petite Mélodie a toujours eu une place à part dans mon cœur.

– **Beurk !** dis-je pour plaisanter.

Ça les fait bien rire.

Peu après, Mme V. revient avec une assiette de cookies aux pépites de chocolat tout chauds et du lait dans deux tasses anti-fuite rouges ornées de princesses Disney. Ça m'ennuie de l'admettre, mais c'est plus facile pour moi de boire dans ces verres pour bébé.

– Cookies ! crie Penny en tendant le bras vers l'assiette, mais ma mère retient son geste.

Mme V. tend deux biscuits sur une serviette en papier à ma mère, qui souffle sur l'un avant de le donner à Penny, laquelle entreprend de le fourrer tout entier dans sa bouche.

– Regardez-moi ce petit glouton ! fait ma mère en riant.

Mme V. casse un biscuit en morceaux et m'en met un bout dans la bouche. Ces cookies semblent sortis tout droit du paradis du chocolat. J'avale tandis que Mme V. me fait boire du lait frais à petites gorgées. Ça descend tout seul, même pas vraiment besoin de mâcher. J'adorerais être assez maître de mes gestes pour pouvoir me nourrir toute seule, mais bon, tout comme marcher, aller aux toilettes et *voler* bien sûr, ça fait partie de ma liste de rêves inaccessibles.

– Quel continent produit les plus grandes récoltes de fèves de cacao qui donnent ce chocolat ? me questionne soudain Mme V, coupant court à mes rêveries.

– **L'Afrique !**

Elle acquiesce en me donnant une autre gorgée de lait.

– Et quel État produit le plus de lait ?

– **La Californie**.

– Je crois que tu es fin prête, Mélodie !

Ma mère tend le bras pour me caresser la joue.

– Tu vas les épater lundi !

– **Et après ?** dis-je en tapant rapidement.

– Après tu poses ta candidature à la présidence ! lance Mme V.

– **C'est ça.**

Au même moment, mon père se gare dans l'allée. Dis donc, notre grosse guimbarde aurait bien besoin de passer à la station de lavage !

– On dirait que Chuck a fini plus tôt aujourd'hui, présume ma mère, l'air ravie. On va peut-être enfin pouvoir dîner tôt.

Mon père sort de la voiture, s'étire et nous fait signe de la main.

La figure de Penny s'illumine.

– Papa !

Elle se met debout face à nous, un sourire espiègle aux lèvres.

– Ne t'avise pas de filer, toi ! l'avertit Mme V. de ce ton bien à elle signifiant qu'elle ne plaisante pas.

Penny n'en tient aucun compte.

– Partir en voiture !

Cette petite *adore* les balades en voiture. Que ce soit pour aller au supermarché ou à la poste, peu importe la destination du moment qu'elle se retrouve dans son petit siège auto. Perso, je ne vois pas trop l'intérêt, vu qu'elle s'endort au premier tournant.

Elle s'empresse de descendre cahin-caha deux marches du perron, puis deux autres, attendant une réaction de la part de maman.

– Penny Marie Brooks, ramène tout de suite tes petites fesses ici ! s'écrie cette dernière.

Quand ma mère nous appelle par notre nom entier, ça ne rigole pas.

Penny atteint la dernière marche, se retourne vers nous avec un petit sourire satisfait et dit :

– Voir papa ! Vais au t'avail !

Alors, aussi vite que veulent bien la porter ses petites jambes de bébé, elle fonce vers mon père.

Bien entendu, ma mère ne l'entend pas de cette oreille. Ni Caramel, apparemment : ma chienne se lève d'un bond en aboyant trois coups – un peu comme ma mère avec les trois noms – et trottine jusqu'à Penny pour aller se planter devant elle et lui barrer la route.

– Bon chien, la félicite ma mère en récupérant ma sœur. Viens là, mon petit glouton ! Cette enfant, je te jure, lance-t-elle à mon père qui nous rejoint d'un pas tranquille. C'est la reine de l'évasion ! Il me faudrait quatre paires d'yeux avec elle !

Elle essuie le chocolat autour de la bouche de Penny et fourre son nez contre sa joue dodue.

– Heureusement que Caramel est là, acquiesce mon père en caressant la chienne entre les oreilles. Comment va mon petit sucre d'orge, aujourd'hui ?

Après avoir déposé un baiser sur la joue de ma mère, il lui prend Penny des bras, qui réussit aussitôt à essuyer ses mains sales sur le devant de sa chemise.

– Une chemise au chocolat, exactement ce que je voulais ! s'amuse-t-il en jetant un œil au désastre.

La serviette en papier que Mme V. lui tend ne fait qu'en étaler davantage. Papa se contente de rire.

– Papa partir au t'avail ?

– Non, papa vient de rentrer. Laisse-moi souffler un peu, mon chou.

Il passe délicatement Penny à Mme V. puis s'assoit près de ma mère sur la balancelle de la véranda.

– Et comment va ma Mélodie préférée ?

– **Super**, dis-je d'une simple touche sur le clavier.

– Prête pour le concours ?

– **Oui !**

Il se lève et vient s'accroupir devant moi.

– Tu vas réussir ce test les doigts dans le nez et intégrer l'équipe du quiz, c'est sûr !

Je vois bien qu'il le pense vraiment.

Je crois en moi, ma famille et Mme V. aussi.

Mais le reste du monde, c'est nettement moins sûr.

CHAPITRE 20

J'avais raison pour la météo. J'espère que les boutons de crocus ont des petites couvertures en laine, car aujourd'hui les températures sont redescendues sous la barre du zéro et, à notre arrivée ce matin, il faisait frisquet en salle H-5.

Dans les haut-parleurs ont retenti les habituelles annonces du lundi à propos d'une vente de pâtisseries et de l'entraînement de football. La plupart du temps, en H-5 personne n'y prête trop attention, pas même Mme Shannon. En général, la folie ambiante de nos matinées l'emporte.

Je ne sais pas comment elle s'était débrouillée, mais Mme Shannon avait réussi à nous dégoter un jeu vidéo pour console Wii. Willy *adore* l'épreuve de base-ball. J'ai appris à me tenir à distance quand il feint de frapper la balle face à l'écran car, parfois, il fait des grands moulinets avec la manette. « Coup sûr ! » s'écrie-t-il alors d'un ton triomphant, et il tente de rallier les bases en courant comme un fou dans la classe. Même Freddy n'arrive pas à le suivre.

D'ordinaire, je reste dans mon coin avec mes écouteurs sur les oreilles pour essayer d'où faire abstraction.

Mais ce matin, j'ai écouté attentivement le communiqué. Mon pouls s'est accéléré et j'ai agité les bras, tout excitée, en entendant le principal annoncer :

– Avis à tous les élèves qui souhaitent participer aux épreuves de sélection pour intégrer l'équipe du quiz : veuillez vous présenter en fin de journée dans la salle de M. Dimming.

J'ai eu le trac toute la journée.

Je n'ai pas parlé de mes intentions à Rose. Je l'ai envisagé un temps, et finalement j'ai changé d'avis. Imaginez qu'elle trouve ça idiot ? Je crois que je ne l'aurais pas supporté.

Ensuite au déjeuner, j'ai renversé de la soupe de tomate sur mon chemisier. Catherine a bien essayé de nettoyer, mais du rouge sur du blanc, il n'y a rien à faire, ça ne part pas comme ça. J'avais l'impression d'être une plouc. Je regrette de ne pas avoir prévu le coup ce matin ; j'aurais pu demander à maman de glisser une tenue de rechange dans mon sac. J'ai encore du mal à me rappeler que désormais je peux *parler*.

Je ne suis allée à aucune classe d'inclusion de la journée car je voulais réviser jusqu'à la dernière minute, mais dès que la dernière sonnerie a retenti, j'ai tiré Catherine par le bras en tapant :

– **Vite ! À la salle de M. D. !**

Bien que mon fauteuil soit électrique, on le met en mode manuel pour qu'elle me pousse. Je suis trop nerveuse pour conduire.

À notre arrivée dans la salle, un groupe d'élèves du cours d'histoire est déjà là, en train de discuter à voix basse et de revoir des fiches. Ils lèvent le nez, l'air étonné, quand Catherine me fait entrer.

– Salut Mélodie, lance Rose. Qu'est-ce que tu fais ici ?

Son ton me semble moins chaleureux que d'habitude.

– **Sélections équipe du quiz.**

J'entends Claire chuchoter à Jessica, le nez froncé :

– Pas question ! Son équipe, c'est la classe des attardés.

Molly trouve ça très drôle. Quand elle rit, elle piaille comme une pie.

Malgré la colère qui monte en moi, je décide de les ignorer. Il faut que je reste concentrée. D'autres élèves arrivent en file, des CM2 comme des sixième. Je ne connais pas très bien ces derniers, ils vont en récré à des horaires différents des nôtres. Je me demande s'ils sont plus intelligents, comme ils ont un an d'avance sur nous.

Alors que quelques élèves me pointent du doigt en chuchotant, M. Dimming arrive en hâte, une pile de copies scellées de film plastique sous le bras, et parcourt la salle des yeux pour voir qui est là. Il fronce un peu les sourcils en m'apercevant, puis pose le paquet sur son bureau avant de nous accueillir.

– Bienvenue à tous ! Je suis ravi que vous soyez venus si nombreux pour tenter d'intégrer l'équipe du quiz. Ce test sera à la fois stimulant et amusant. Avant qu'on démarre, y a-t-il des questions ?

Connor, évidemment, lève la main.

– Oui, Connor ? acquiesce le prof en soupirant avec bonne humeur.

– Euh… est-ce que pendant les entraînements on aura des pizzas et tout comme l'an dernier ?

– Il faudrait déjà que tu sois dans l'équipe ! crie son copain Rodney.

– Rodney a raison. Chaque chose en son temps.

Le professeur soulève la pile de copies et la tient délicatement entre ses mains comme un trésor.

– J'ai là le questionnaire officiel envoyé par le siège de l'académie du quiz interscolaire à Washington. Je vais vous lire les questions dans les conditions réelles du concours, et ensuite…

Il s'arrête brusquement, le regard fixe.

Tout le monde cherche des yeux ce qui l'a interrompu. C'est moi.

Il tapote un instant sur la pile de copies et s'éclaircit la voix avant d'interpeler Catherine :

– La présence de Mélodie ici ne me paraît pas très appropriée, vous savez. Ce n'est pas une activité de loisirs, juste pour s'amuser. L'objectif de ce test est de sélectionner notre équipe officielle.

Il ne s'adresse même pas à moi et regarde directement Catherine, au-dessus de ma tête, comme si j'étais invisible. Cette fois, j'ai vraiment les nerfs.

Je monte bien fort le volume de mon appareil.

– **Je suis ici pour passer l'épreuve.**

M. Dimming cligne des yeux.

– Mélodie, je ne veux pas te vexer, mais ce test est très difficile.

– **Et moi, très intelligente.**

– C'est que… je ne voudrais pas que tu aies de la peine.

Il semble sincère. Plus ou moins.

– **Vous en faites pas, je suis solide.**

– Bien dit, Mélo ! approuve Rose depuis le premier rang.

Comme elle, quelques élèves m'encouragent en tapant dans leurs mains.

Ça me réconforte un peu. Mais pas beaucoup.

Catherine prend alors la parole :

– Légalement, elle ne peut pas être exclue. Et vous le savez pertinemment, monsieur.

– Oui mais…

– Lisez les questions comme vous avez prévu de le faire. Les autres candidats reporteront leurs réponses sur leur copie tandis que Mélodie les entrera dans son ordinateur et vous les imprimera à la fin.

– Qu'est-ce qui nous prouve que vous n'allez pas l'aider ? objecte Claire.

– Je vais m'en aller, rétorque Catherine. Dommage pour *toi*, tu aurais peut-être besoin d'aide !

Catherine lui fait un sourire, mais Claire se contente de détourner les yeux.

– **Merci. Tu peux y aller, maintenant**, dis-je à Catherine en la poussant presque vers la sortie.

– Ta mère viendra te chercher ?

– **Oui.**

– Alors bonne chance. Quoi qu'il arrive, pour moi tu es une championne, compris ?

– **Compris !**

Je lui dis au revoir de la main tandis qu'elle quitte la salle.

M. Dimming hausse les épaules et reprend son énumération des consignes.

– Ce quiz comporte cent questions. Je vous lirai chaque énoncé et chaque réponse proposée une seule fois. Vous aurez trente secondes pour noter votre réponse. Veuillez écrire uniquement la lettre majuscule qui y correspond : A, B, C, D. Est-ce qu'il y a des questions ?

Claire s'empresse de lever la main.

– Oui ?

– Qu'est-ce qui nous dit que Mélodie n'a pas des réponses préenregistrées dans son appareil ? Les élèves normaux comme nous n'ont pas le droit de s'aider d'un ordinateur.

– Pourquoi tu t'inquiètes autant de Mélodie ? intervient Rose avant même que le prof ait eu le temps de réagir. Tu as peur qu'elle ait une meilleure note que toi, ou quoi ?

– Ça risque pas !

– Dans ce cas, tais-toi, qu'on puisse commencer.

M. Dimming lance un sourire complice à Rose.

– Jeunes gens, à présent, sortez deux feuilles de papier : une pour écrire vos réponses, l'autre pour les cacher. Je vous fais confiance, mais quelques précautions supplémentaires ne peuvent pas faire de mal.

Tout le monde s'active pour trouver des feuilles et un stylo. Puis un silence plein d'attente tombe sur la salle. M. Dimming décachète le lot de tests officiels et en ouvre un à la première page.

– C'est parti, déclare-t-il d'un ton soudain *très* officiel. Question numéro un. Quelle est la capitale de la Colombie ? A, Bruxelles ; B, Santiago ; C, Bogotá ; D, Jakarta.

Il marque une pause, le temps que chacun griffonne sa réponse et que j'entre la lettre *C*. Merci Mme V. et ses bonnes vieilles fiches sur les capitales du monde !

– Question numéro deux, enchaîne-t-il. Sur quel champ d'étude porte la gérontologie ? A, les personnes âgées ; B, les gérondifs ; C, les germes ; D, les roches et les pierres précieuses.

Je saisis la réponse *A*. Jusqu'ici, tout va bien.

Le questionnaire se poursuit pendant une petite heure. Le professeur nous interroge sur les atomes et les nuages, sur les poissons et les mammifères, les religions et les présidents morts. Pour la plupart des questions, je suis sûre de moi. Celles de maths me donnent du fil à retordre. Ce test est la chose la plus difficile et la plus excitante que j'aie faite de toute ma vie.

L'ultime question est coton.

– Et pour finir, question numéro cent, annonce le prof avec soulagement. Si on étirait l'intestin grêle d'un adulte de taille moyenne, combien mesurerait-il environ ? A, entre vingt et trente centimètres ; B, entre trente et soixante centimètres ; C, entre un mètre cinquante et deux mètres ; D, entre six et sept mètres.

J'appuie sur *D* en espérant ne pas me tromper et pousse un soupir, moi aussi soulagée. Ça y est, c'était fini.

– Posez vos stylos, s'il vous plaît, exige M. Dimming. Vérifiez que vous avez bien écrit votre nom sur la feuille, puis couvrez-la avec la deuxième feuille et faites-les passer jusqu'à moi.

Pendant que tout le monde fait passer sa copie après avoir griffonné rapidement son nom dessus, j'appuie sur le bouton d'impression de mon Medi-Talker. Une feuille de papier contenant mes réponses sort sur le côté de l'appareil. M. Dimming pivote, s'approche et l'arrache d'un geste sec, sans même me regarder.

– Bien, c'est fini pour aujourd'hui. Vos parents ont été informés de l'heure à laquelle ils pouvaient venir vous chercher, mais si l'un de vous n'a personne pour le ramener, qu'il me prévienne. Tant que tout le monde n'a pas quitté l'enceinte de l'école entre de bonnes mains, je ne bouge pas d'ici.

Je suis la dernière à sortir. Ma mère va sûrement arriver mais je tiens à quitter la salle par mes propres moyens. Je fais pivoter mon fauteuil face à la porte.

– Mélodie ? m'appelle M. Dimming.

Je me retourne vers lui.

– J'espère que tout ça ne t'a pas découragée. J'essayais juste de t'éviter un coup dur.

– **Tout va bien.**

– J'annoncerai les résultats et la composition de l'équipe demain. J'espère que tu ne seras pas trop déçue.

– **Je comprends.**

Après une courte pause, je lui pose une question via mon appareil :

– **Ce sont les huit meilleurs qui sont sélectionnés ?**

– C'est ça. Quatre équipiers et quatre suppléants.

Comme je suis fatiguée, je me suis mise à baver un peu. Je suis sûre qu'il me prend pour une nulle, et une nulle qui bave, par-dessus le marché. Sans oublier la grosse tache de tomate sur mon chemisier : j'ai l'impression qu'on ne voit que ça.

– **OK. Bonne soirée monsieur.**

– Bonne soirée, Mélodie. À demain. Et, euh… tu devrais t'essuyer la bouche.

Je m'essuie d'un revers de manche – la manche même du chemisier taché. J'imagine d'ici ce qu'il pense.

Au même instant, ma mère arrive en hâte et je manque de lui rentrer dedans.

– Comment ça s'est passé, ma puce ? s'enquiert-t-elle, essoufflée.

– **Bien, je crois.**

– Merci de l'avoir laissée participer, lance-t-elle à M. Dimming.

– De rien, madame Brooks. Mélodie est une élève merveilleuse et je suis impressionné qu'elle ait pu aller aussi loin.

Mais oui, bien sûr. Une élève merveilleuse avec un filet de bave au coin de la bouche et un chemisier sale.

Je tape une phrase à l'attention de ma mère :

– **Allons-y.**

J'ai une envie pressante, mais surtout, j'ai hâte de rentrer.

CHAPITRE 21

Aller aux toilettes à l'école est une vraie galère pour moi. Il faut qu'on m'extraie de mon fauteuil, qu'on me soulève et me pose sur la lunette, puis qu'on me tienne pour m'empêcher de tomber. Ensuite, quelqu'un doit m'essuyer.

Si c'est ma mère, passe encore, mais quand c'est un assistant de la classe qui s'en charge, c'est l'horreur. La loi l'oblige à se munir de gants en latex, au cas où mon état serait contagieux, je suppose. C'est très gênant. D'habitude, je n'ai pas d'urgences le matin mais, ce mardi-là, je suis si tendue qu'à deux reprises je demande qu'on m'y emmène.

Vient ensuite l'heure d'aller en classe d'inclusion. Les candidats au test de sélection pour l'équipe du quiz n'arrêtent pas de reparler du questionnaire. Je n'en perds pas une miette.

– C'était super facile, j'ai halluciné ! crâne Connor.

– Je parie que j'aurai une meilleure note que toi, le provoque Claire avec arrogance.

– J'ai trouvé les questions de géo vraiment dures, ajoute Rose. Il y avait des pays du bout du monde dont je n'avais jamais entendu parler.

Jessica secoue la tête.

– La partie maths n'était pas drôle non plus.

– J'en reviens pas qu'on se préoccupe *autant* d'un stupide test pour participer à un quiz, commente Rodney, blasé.

– C'est parce qu'il est retransmis à la télé, mon pote ! justifie Connor. Déjà, grosse couverture média ici, ensuite, si on accède à la finale, on part à Washington et c'est retransmis à la télévision nationale, et pour finir, si on gagne, on passera dans l'émission *Good Morning America !* Ma grand-mère de Philadelphia pourra me regarder, et ma tante à San Francisco aussi. Je serai une star !

– Comment ça, *si* on gagne ? relève Claire. *Quand* on les aura tous écrasés, tu veux dire ?

– Évidemment ! J'ai même déjà acheté un nouveau costume pour mon passage à la télé.

Rose lève les yeux au ciel.

– Je te rappelle que c'est un concours en *équipe*, Connor.

– Oui mais n'oublie pas que l'équipe ne serait rien sans moi ! plaisante-t-il en se levant pour taper dans les mains de ses copains.

Je les écoute sans rien dire depuis le fond de la salle. Lorsque la sonnerie retentit, signe qu'il est l'heure d'aller retrouver M. Dimming, mes paumes deviennent moites.

Catherine me fait entrer dans la salle en me chuchotant à l'oreille :

– Relax, t'es la meilleure.

Après avoir obtenu le silence, le professeur se met à faire l'appel. Pourquoi les profs s'éternisent-ils autant *pile* quand on attend quelque chose d'eux ?

Finalement, il sort une feuille de sa sacoche.

– J'ai noté les copies de quiz hier soir et, vu que nombre de ceux qui ont présenté l'épreuve de sélection sont dans cette classe, je vais dès à présent vous communiquer les résultats. Les autres enseignants ayant aussi des candidats dans leur classe ont reçu cette liste et leur lisent les résultats en ce moment même.

– Alors allez-y ! s'impatiente Connor en se levant derrière sa table.

– Si le comportement était un critère décisif pour intégrer l'équipe, Connor, tu serais en mauvaise position, le rembarre M. Dimming. Maintenant, tiens-toi un peu tranquille.

Refroidi par cette remarque, Connor se rassoit lourdement.

– Tout d'abord, je suis très fier de tous ceux parmi vous qui ont passé l'épreuve. C'était un sacré défi et vous vous êtes très bien débrouillés.

Rose lève la main.

– Oui ?

– Est-ce qu'on pourra avoir le corrigé pour voir à quelles questions on s'est trompé ?

– Tout à fait. D'ailleurs, ce questionnaire nous servira d'outil de révision en vue du vrai concours. Mais libre à chacun de revoir sa copie avec le corrigé sous les yeux.

– Pitié, donnez-nous les noms, *s'il vous plaît* ! le supplie Connor, poli comme il n'a jamais été.

M. Dimming sourit.

– OK, allons-y. Je vais d'abord annoncer les suppléants, deux CM2 et deux sixième : Amanda Firestone. Molly North. Elena Rodriguez. Rodney Mosul.

Mon moral dégringole brusquement dans mes chaussettes, pas tout à fait au ras du sol, mais presque. Comment ai-je pu rater autant de questions ? Mon pouce a peut-être dérapé et j'ai entré les mauvaises lettres. Catherine me presse la main.

Amanda et Elena sont en sixième, donc pas dans la salle. Mais Molly et Rodney, présents, poussent un cri de victoire. Connor, lui, reste particulièrement silencieux.

– Et maintenant, poursuit M. Dimming : les noms des quatre élèves ayant obtenu les meilleurs résultats et qui représenteront donc notre école lors des épreuves régionales qui se dérouleront en centre-ville. Les suppléants les accompagneront et seront sollicités si, pour une raison ou pour une autre, un des coéquipiers était dans l'impossibilité de participer. Vous êtes prêts ?

– Prêt, acquiesce doucement Connor qui, je le remarque, a les doigts croisés dans le dos.

– Je suis fier d'annoncer que les quatre élèves sélectionnés sont dans cette classe !

Il marque une pause.

– Ce ne sont que des CM2. Bravo !

– On a même battu les sixième ? Trop fort ! s'exclame Rodney. Allez, donnez-nous les noms avant que Connor nous fasse un malaise !

Il se prend aussitôt une tape derrière la tête par Connor.

M. Dimming inspire à fond.

– Les quatre meilleurs élèves qui constitueront notre équipe de quiz sont : Connor Bates…

Connor le coupe en hurlant comme un fou. Évidemment.

– Et si tu permets que je poursuive, enchaîne M. D. en le fixant par-dessus ses lunettes, j'ai aussi le plaisir d'accueillir dans l'équipe Claire Wilson et Rose Spencer.

Le sourire de Claire est plein de suffisance.

– Ça ne fait que trois personnes, fait remarquer Connor en jetant des coups d'œil perplexes aux autres.

– Merci, Connor, je sais compter, rétorque sèchement le prof.

– Mais alors, qui est le dernier membre de l'équipe ? insiste Molly.

Avis de séisme : les spécialistes météo ont enregistré une activité anormale dans une école locale. Il semblerait que les violents battements de cœur d'une fille soient à l'origine du problème...

M. Dimming s'éclaircit la voix.

– Je tiens à présenter mes excuses à un membre de notre classe que, je crois, nous avons tous sous-estimé.

Avis de séisme : celui-ci va être dévastateur !

– Cela fait quinze ans que j'organise ce concours et jamais aucun élève n'a obtenu cent pour cent de bonnes réponses à ce test de sélection, qui a pour but de mettre les candidats au défi et d'éliminer les plus faibles. En clair, il est *difficile*.

– M'en parlez pas, marmonne Connor.

– Quand Mélodie Brooks a participé à notre quiz d'entraînement la semaine dernière, j'ai cru que c'était un coup de chance qu'elle ait si bien réussi. Mais hier, elle vous a tous battus à plate couture en répondant juste à toutes les questions.

Il marque une pause pour s'assurer que tout le monde a bien compris avant de répéter :

– Je dis bien *toutes* les questions, sans exception.

Avis de séisme : les murs s'écroulent de toutes parts !

– Donc, elle intègre l'équipe ? conclut Rose, incrédule.

– Absolument.

– Mais… mais on aura l'air bizarre ? proteste Claire. Tout le monde va nous regarder de travers !

– Je ne tolérerai pas ce type de propos, c'est compris ? assène M. Dimming avec sévérité. Je suis très fier de Mélodie. Je regrette de l'avoir sous-estimée, et je suis ravie qu'elle soit de la partie.

Avis de séisme : appelez le SAMU. Une élève de CM2 est sur le point d'exploser !

Toute la classe se retourne vers moi. Catherine me serre contre elle et Rose me lance un petit sourire tandis que je m'efforce de ne pas baver ni battre des pieds pour que mes coéquipiers ne se lamentent pas déjà de m'avoir dans leur équipe.

– L'académie sera d'accord avec ça ? s'enquiert Molly.

M. Dimming fait une moue, l'air songeur.

– Je vais contacter les responsables d'équipes pour les informer de ces circonstances particulières, décide-t-il. Mais ce n'est pas votre problème. Maintenant, écoutez-moi attentivement : l'équipe au complet se retrouvera tous les jours après les cours pendant deux heures, durant les deux semaines à venir avant la première épreuve. Les séances d'entraînement sont obligatoires. Voici des documents à faire lire et signer à vos parents. Il me les faut pour demain.

Avis de séisme : grosses répliques en perspective, on n'a jamais rien vu de tel !

Plus j'y pense et plus je m'emballe. La télé ! La pression ! Le public ! Je sens mon corps se raidir de trac. Mes bras et mes jambes se lancent dans une tornade de gestes nerveux. Ma tête tressaute. J'essaie de me retenir mais en vain, je pousse un cri strident – un seul, tout petit, mais quand même.

Tout le monde se retourne. Molly et Claire se mettent à m'imiter en gesticulant et en poussant des cris bizarres. Des gloussements se font entendre. Le visage de M. Dimming se crispe.

Canalisant toute mon énergie dans mon pouce, je pointe un mot du doigt à l'attention de Catherine : **Partir.**

Elle saisit tout de suite et me fait sortir en hâte.

Je voudrais disparaître au fond d'un trou.

CHAPITRE 22

Les deux semaines qui suivent s'écoulent en un rien de temps.

Malgré mon petit numéro bizarroïde le fameux mardi des résultats, dès le lendemain, je m'étais pointée à l'entraînement comme si de rien n'était. Après tout, j'étais comme j'étais, il n'y avait peut-être pas de quoi en faire un plat. Je ne sais pas trop ce que les autres ont pensé, ils n'en ont pas reparlé.

Donc, à l'instar de mes coéquipiers, y compris les suppléants, je suis restée tous les jours après l'école pour m'entraîner, de quinze heures trente à presque dix-huit heures.

Je n'arrivais toujours pas à me faire à l'idée que je faisais partie d'une équipe. Bon, d'accord, la vérité, c'est qu'il y avait l'équipe d'un côté, moi de l'autre, et cette salle dans laquelle on se réunissait. On ne formait pas vraiment une équipe. Les autres élèves étaient sensibles au fait que la plupart du temps j'avais les bonnes réponses, mais à part ça…

Quand M. Dimming nous interrogeait sur des QCM, je n'avais pas besoin de réfléchir très longtemps avant d'entrer la lettre correspondant à la bonne réponse dans mon appareil. Seulement, une grande partie de cette préparation donnait lieu à des échanges effrénés qui fusaient de tous les côtés et bien souvent j'avais du mal à en placer une.

– « Braire » est un des verbes d'une syllabe qui comptent le plus de lettres, a déclaré Connor un après-midi tout en mâchant bruyamment un des bonbons acidulés à la framboise.

– C'est un mot pour Mélodie, ça ! a raillé Claire en lui piquant son bonbon pour en prendre un bout.

Je n'ai pas pu répliquer et personne ne s'est donné la peine de le faire pour moi.

– Comment s'appelle l'équivalent du *I* dans l'alphabet grec ? a lancé Elena au groupe.

Je connaissais la réponse mais ça m'a pris trop de temps d'écrire le mot.

– Un iota, a vite réagi Amanda. Comme dans « les CM2 n'ont pas un iota de cervelle » !

– Cassé ! a rigolé Rodney.

Je voulais l'écrire avant même qu'il le dise mais j'ai été trop lente. Les autres avaient déjà embrayé sur une autre question.

Bon sang, ce qu'ils parlaient vite !

– Qui fut le premier enfant né dans les colonies américaines ? a questionné Rose en lisant la première fiche d'un gros paquet qu'elle tenait dans les mains.

– Virginia Dare, a répondu Elena avant d'enchaîner en parcourant ses propres fiches qui, elles, se distinguaient par un code couleur. À moi : qui fut la première Miss America ?

– N'importe quoi, c'est des trucs de filles, ça ! s'est moqué Connor. Ils poseront pas des questions débiles de ce genre.

– Tu ne connais pas la réponse, peut-être ? l'a défié Claire.

– Bien sûr que si. C'était Margaret Gorman en 1921. Elle avait seize ans et elle était sûrement plus belle que toi !

Rodney et lui furent les seuls à rire.

Rodney s'est alors lancé à son tour :

– J'en ai une difficile : qu'est-ce que la « pédiculose » ?

Sans hésiter, Rose a répondu :

– C'est quand on a le cuir chevelu infesté de poux ! Beurk. Tu parles d'expérience, Rodney ?

– Pas du tout, je cherchais juste un mot compliqué, s'est-il défendu.

Cette fois, lui et Connor n'ont pas ri.

– Tu veux un mot compliqué, attends, j'en ai un, a lancé Amanda au groupe : qu'est-ce que « l'hexadactylie » ?

Comme ils ont tous eu l'air de sécher l'espace d'une minute, j'ai eu le temps d'entrer le chiffre **6** puis le mot **doigts** avant d'appuyer sur lecture pour qu'ils entendent ma réponse.

– Bravo, Mélo ! m'a félicitée Elena.

– D'où elle sait tout ça ? a chuchoté Claire.

– Elle est futée, tiens ! a affirmé Rose en feuilletant encore ses fiches.

– Mais elle va avoir l'air bizarre à la télé, tu crois pas ? a insisté Claire comme si je n'entendais pas.

J'étais parée pour la riposte. La veille, j'avais enregistré quelques répliques donc je n'avais qu'une touche à enfoncer.

– **La télé fait une drôle de tête à plein de gens, Claire. Ce sera peut-être ton cas aussi**, a rétorqué la machine.

– Ha, ha ! Regardez qui est cassée, maintenant ! a sifflé Connor. Bien envoyé, Mélodie !

Si j'avais pu sauter de joie, je ne me serais pas gênée !

Mais cette minute de gloire s'est évanouie aussi vite qu'elle était arrivée. Mes coéquipiers ont enchaîné en quatrième vitesse et continué de s'enrichir les uns les autres de leurs connaissances. Au rythme où ils allaient, je n'avais aucune chance de prendre le train en marche. Cependant, j'ai écouté et tout mémorisé.

– Quelle est la seule pierre qui flotte ?

– La pierre ponce.

– Combien de chromosomes possède un être humain ?

– Quarante-six.

– Quel fut le premier État américain à accorder le droit de vote aux femmes ?

– Le Wyoming.

– Quel est le prénom de M. Dimming ?

– Wallace !

Là, on a tous éclaté de rire.

À la fin de chaque entraînement, le professeur nous testait sur un nouveau quiz officiel élaboré par l'académie. Vu que chaque fois c'étaient des QCM, je m'en sortais toujours bien, mais ce que je voulais, c'était être une coéquipière à part entière à leurs yeux.

Un jeudi, au beau milieu d'une séance, la mère de Rose a fait livrer à l'école une pizza qu'elle avait commandée pour tout le monde.

– Ta mère assure, Rose ! s'est exclamé Connor.

– T'es pas difficile à satisfaire, toi, s'est-elle amusée.

Ils se sont tous rués sur le carton pour se servir une part de pizza encore fumante. J'avais beau être aussi affamée qu'eux, je n'ai pas bougé.

– Tu n'en veux pas un peu ? m'a demandé Elena. Je peux aller t'en chercher une part.

On ne l'entendait pas beaucoup pendant les séances, par contre elle prenait beaucoup de notes et, en général, elle obtenait des scores assez élevés.

– **Pas faim.**

Comment lui expliquer que sans Catherine, ma mère ou Mme V., j'étais incapable de manger ? Il fallait qu'on me nourrisse comme un bébé. Et encore, même avec leur aide, j'en mettais partout.

Quand ma mère est passée me chercher, elle a proposé qu'on s'arrête chez Pizza Hut en chemin, mais j'ai refusé, l'appétit coupé.

CHAPITRE 23

Le jour du concours se lève sous un ciel de début mars radieux, mais frais. Frissonnant malgré ma doudoune bien chaude, j'attends le bus en compagnie de Mme V. Aujourd'hui, on a décidé de prendre mon fauteuil manuel car, même avec une rampe, le fauteuil électrique est un peu trop lourd pour que ma mère le manipule toute seule.

– Prête, ma puce ? s'enthousiasme Mme V.

– **Oui !**

– On dirait que ta tête va sauter comme un bouchon avec toutes ces informations emmagasinées à l'intérieur !

– **Clair !** dis-je encore en souriant.

– Ça va bien se passer, j'en suis sûre. *Super* bien, même. Comme sur des roulettes !

– **J'espère !**

– On sera tous là dans le public pour t'encourager.

– **Pas que moi.**

– C'est vrai, j'oubliais l'équipe ! blague-t-elle en se tapant le front. Je croyais que c'était un one woman show !

– **Et les autres écoles ?**

– Ne t'en fais pas : tu es plus maligne qu'eux tous réunis. Tes parents, Penny et moi, on criera plus fort que tout le monde !

– **Ma tenue, ça va ?**

Mme V. m'a observée de la tête aux pieds.

– Une vraie star du petit écran ! a-t-elle acquiescé. Au cas où, ta mère a glissé un chemisier de rechange dans ton sac. Catherine saura quoi faire, si nécessaire.

Je suis bien contente que Catherine nous accompagne, et je crois que ça rassure aussi M. Dimming.

– **Redites-moi le programme.**

– Ta mère viendra te chercher à l'école, elle t'emmènera manger un morceau puis te conduira au studio télé un quart d'heure avant les autres concurrents. On vous retrouvera là-bas avec Penny et ton père.

– **Les gens du studio ne vont pas être gênés en me voyant arriver ?**

– Ils ont tout prévu pour toi. En fait, il se peut même que quelques reporters soient là et veuillent te parler.

– **À moi ? Pourquoi ?**

Je ne vois pas pour quelle raison un journaliste aurait envie de s'entretenir avec une fille qui ne peut s'exprimer qu'au moyen d'une machine. Bonjour l'ennui.

– Ton parcours personnel est inouï, Mélodie. Les gens auront peut-être envie d'en savoir plus sur toi.

– **Mais ils ne vont pas se moquer de moi ?**

Rien que d'y penser, j'en ai les mains moites.

Mme V. recueille ma main dans les siennes.

– Pas du tout. Ils seront admiratifs, c'est sûr. Tu es la petite Stephen Hawking de Spaulding Street. Cette école a de la chance de t'avoir !

– **J'espère.**

– Voilà ton bus. Passe une belle journée, Mélodie. À ce soir.

Je réussis à boucler la journée sans rien me renverser dessus et, lorsque la dernière sonnerie retentit, c'est avec soulagement que je retrouve ma mère à la sortie de l'école. Après des pâtes et une compote de pommes avalées sur le pouce dans la voiture – rien de rouge, pas folle ma mère –, nous voilà parties en direction du centre-ville.

On trouve une place de stationnement réservée aux handicapés juste devant le studio et, une fois accomplie la sempiternelle manœuvre consistant à décharger mon fauteuil du coffre via la rampe, à m'asseoir dedans, me sangler et fixer Elvira, on entre. L'hôtesse d'accueil, une gentille dame rondouillette, très maquillée et aux cheveux crépus, nous guide jusqu'au plateau.

Sur place, je découvre, ébahie, le décor qui nous entoure. Tout ce qu'on voit à la télé est truqué. J'aperçois l'endroit où ils tournent le JT. Vu de chez moi, on dirait que les présentateurs sont assis devant une grande baie vitrée donnant sur la ville, alors qu'en fait, ce n'est qu'une toile de fond riquiqui. Idem pour le pupitre derrière lequel ils sont assis, qui parait cent fois plus grand à l'écran.

Parmi les journalistes présents, j'en reconnais deux que je regarde tous les jours. Celle du matin est d'une *minceur* incroyable. Pourtant, à l'écran elle paraît « normale ». Je vais avoir l'air d'un gros boudin quand les caméras seront braquées sur moi !

En parlant de ça, les caméras sont énormissimes : on dirait de gigantesques robots noirs sur roulettes. Coiffés de casques ou armés de bloc-notes, des hommes et des femmes s'affairent ici et là pour effectuer des vérifications en tout genre. Le fond du studio est plongé dans le noir, mais l'endroit où va se dérouler le quiz, lui, est très éclairé. Je vois d'ici où se tiendront les équipes, et les gros boutons sur lesquels ils appuieront pour répondre.

Dans une zone à part, en retrait des caméras et de l'action, se dressent les gradins pour le public. À travers une large vitre, j'aperçois déjà certains spectateurs qui entrent en file pour s'installer.

Je sursaute en sentant Catherine me tapoter l'épaule.

– Impressionnant, pas vrai ?

– **Oui**, dis-je via mon appareil.

Elle bavarde un peu avec ma mère, jusqu'à ce qu'un type en jean et sweat-shirt à l'effigie des Bengals de Cincinnati s'approche de nous.

– Excuse-moi, me dit-il, c'est toi, Mélodie Brooks ?

Surprise, je m'empresse d'appuyer sur **oui**.

– Moi, c'est Paul, je suis le régisseur.

Son énorme main engloutit la mienne pour la serrer.

– Tant mieux que tu sois là en avance, on va vérifier que tout est prêt pour toi. On est vraiment ravis que tu participes !

Il ne s'adresse pas à ma mère ni à Catherine mais directement à moi ! D'entrée de jeu, je l'aime bien, lui.

Prenant soin d'éviter les fils et les câbles, on traverse le studio et pénètre dans la zone où va se dérouler l'épreuve.

– C'est ici que se tiendront les deux équipes, explique-t-il. Chacune dispose de quatre gros boutons sur lesquels appuyer. Le rouge, c'est pour la lettre *A*, le bleu, pour *B*, jaune, pour *C*, et *D*, bien sûr, c'est le bouton vert.

J'acquiesce d'un signe de tête.

– Et là, mademoiselle Mélodie, c'est *ta* place. Juste à côté de tes coéquipiers. J'ai bricolé un pupitre spécial pour toi, il est réglé à la hauteur de ton fauteuil.

Il me montre son installation, l'air assez fier de lui.

– **Super !** dis-je en pianotant sur mon clavier. **C'est parfait. Comment avez-vous pensé à ça ?**

– Mon fils Rusty est en fauteuil, confie-t-il en haussant les épaules. Je lui fabrique tout le temps des trucs, mais lui serait incapable d'accomplir ce que tu t'apprêtes à faire.

Il s'agenouille pour me regarder dans les yeux.

– Mets-leur-en plein la vue, championne ! Rusty sera devant son écran.

– **D'accord ! Pour Rusty !**

Il manœuvre mon fauteuil pour m'installer derrière mon pupitre et me laisse m'entraîner avec les quatre boutons de couleur. Comparés aux touches de mon Medi-Talker, ils sont si gros que j'ai moins de risques de me tromper. Je n'ai même pas besoin de viser avec le pouce, je n'ai qu'à taper du poing.

Quand j'enfonce le rouge, la lettre *A* s'allume sur l'écran sous mes yeux pour enregistrer la réponse.

– **Merci beaucoup, Paul. Vraiment.**

Il acquiesce d'un clin d'œil, tape un coup sur chaque bouton pour s'assurer qu'ils fonctionnent bien, puis s'en va en précisant qu'on se revoit plus tard.

– **Je vais y arriver**, dis-je à ma mère et Catherine. **Je suis prête.**

Le reste de mon équipe arrive petit à petit, dont Connor, en costume noir et cravate rouge, qui a l'air très en forme, et Rose, qui est rouge de trac dans son ensemble bleu clair.

– Salut, Mélodie, dit-elle. Pas trop stressée ?

– **Pas du tout !**

– Ma mère m'a obligé à mettre cette cravate, gémit Connor en glissant un doigt sous le col de sa chemise pour la desserrer. J'espère que je ne vais pas m'étrangler en direct !

Au pire, ça aura l'avantage d'attirer l'attention sur lui plutôt que sur moi. Qui sait si je ne vais pas faire un geste débile ou me mettre à baver pile quand j'apparaîtrai en gros plan ?

Amanda, Rodney, Molly et Elena, les suppléants, errent dans le studio, l'air un peu triste. À moins qu'un incident ne disqualifie l'un de nous quatre, ils n'auront pas l'occasion de participer ; j'imagine que ça s'applique aussi si Connor s'évanouit ou si je suis prise de convulsions.

J'entends Rose parler à Amanda :

– Ça va, toi ?

– Oui, c'est juste que… j'ai l'impression de m'être mise sur mon trente et un pour rien.

– Je comprends, compatit Rose.

– En tout cas : merde !

Rose prend un air faussement vexé.

– Sympa !

– Mais c'est ce qu'on dit pour souhaiter bonne chance à quelqu'un !

– Je sais, je rigole. Écoute, pense plutôt à la finale à Washington : vu que les équipes seront élargies à six candidats, ça te laisse encore une chance de participer.

– C'est vrai. Alors vous feriez vraiment bien de gagner ce soir !

– Promis !

Feignant d'être à l'antenne, Claire et Molly font des mimiques devant les caméras. Aucune des deux ne vient me parler.

– Claire, regarde ! lance Molly d'un ton fasciné comme rarement. On peut voir de quoi on a l'air dans cette caméra, là-bas !

– Et alors, je suis bien ? s'inquiète Claire en lissant sa robe.

– Superbe ! affirme Molly.

– Tu sais, ça aurait vraiment dû être *toi* à cette place, plutôt que Mélodie, ajoute Claire suffisamment fort pour que j'entende.

– T'inquiète, si jamais elle déraille, je suis prête, répond Molly à voix basse.

Je me contente de secouer la tête en me répétant en boucle : *Oublie, oublie, oublie*. Il n'est pas question que je me laisse perturber par leurs sentiments négatifs. J'ai assez à penser comme ça.

Et puis M. Dimming arrive à la hâte, dans un costume bleu marine flambant neuf, chemise blanche éclatante et veston rouge avec cravate assortie. Toute l'équipe le complimente et Connor lui tape même dans la main.

Pendant quelques minutes, il s'agite comme un bourdon surexcité. Puis, après avoir vérifié certains détails et nous avoir soufflé « bonne chance » à tous, il part s'asseoir dans le public. Les enseignants ont interdiction d'approcher les candidats durant le concours ; Catherine, elle, est autorisée à rester en retrait derrière les caméras, au cas où j'aurais une urgence.

Pendant ce temps, les équipes concurrentes commencent à envahir le studio. Dans l'une d'elles, qui représente l'académie de Green Hills, tous les membres ont revêtu des pulls vert pomme. Ce n'est pas une mauvaise idée... sauf que leurs pulls sont affreux.

Dans une autre, l'école de Crown, ils portent de fausses petites couronnes sur la tête. Personnellement, je trouve ça un peu excessif.

Notre équipe, elle, n'a prévu aucun signe distinctif. Pas la peine, je suis là.

CHAPITRE 24

Ça y est, c'est l'heure.

– Ça tourne ! crie quelqu'un. Dans cinq… quatre… trois… deux…

Et il pointe du doigt l'homme au centre du plateau.

À ce signal, l'animateur, un type svelte dont les cheveux semblent avoir été fixés à la colle, époussette une peluche sur son smoking, ajuste sa cravate à rayures rouges et prend la parole à la seconde près.

– Bonsoir à tous ! s'exclame-t-il de cette voix parfaitement modulée avec laquelle semblent être nés tous les animateurs télé. Mon nom est Charles Kingsley, soyez les bienvenus à l'épreuve régionale du sud-ouest de l'Ohio du célèbre quiz interscolaire !

Les acclamations fusent de toutes parts.

– Dans deux semaines, le vainqueur de ce soir se rendra à Washington pour représenter sa région lors de la grande finale nationale !

Les applaudissements redoublent.

– Bonne chance à tous nos jeunes participants.

Le silence s'installe dans le studio.

– Les règles sont simples, explique Kingsley. Vingt-cinq questions vont être posées aux équipes. Chaque bonne réponse fournie vaudra un point par coéquipier, donc la note globale maximale par équipe est de cent points.

Il marque une courte pause, le temps pour les caméras de montrer le tableau d'affichage des scores.

– Les deux équipes ayant obtenu les meilleurs scores des manches préliminaires s'affronteront ensuite lors de ce que nous appelons « le quiz suprême ». La note globale est donc cruciale. Le gagnant de cette ultime série de questions sera déclaré champion et poursuivra la compétition au niveau national. Les vainqueurs de la finale à Washington seront reçus en direct, dès le lendemain matin, dans l'émission *Good Morning America*, qui est retransmise dans tout le pays !

Tonnerre d'applaudissements et de vivats.

– Nos deux premières équipes en compétition ce soir sont les écoles de Woodland et Spaulding Street. En piste, jeunes gens !

Nos quatre adversaires de Woodland et les trois autres membres de mon équipe s'avancent jusqu'aux pupitres en faisant signe aux caméras. Catherine me pousse dans mon fauteuil jusqu'à ma place, s'assure que je peux atteindre facilement les boutons, puis me serre rapidement dans ses bras avant de s'éclipser.

– Avant de démarrer, ajoute M. Kingsley, j'aimerais prendre un instant pour vous présenter une candidate exceptionnelle, ce soir. Elle s'appelle Mélodie Brooks.

Toutes les caméras se braquent sur moi. Les lumières du studio sont d'une intensité incroyable, sans compter qu'elles donnent terriblement chaud. Déjà en sueur, je cligne rapidement des yeux.

– Contrairement aux autres participants qui resteront debout, Mélodie sera assise pour répondre aux questions. Nous avons procédé à des ajustements au niveau des pupitres pour qu'elle puisse accéder aux boutons, mais c'est tout. Il paraît que c'est une concurrente redoutable !

J'essaie de faire un petit coucou à la caméra mais, pensant que j'ai l'air idiote avec ma main qui tremble, je la repose vite fait.

Rose se tient à côté de moi, Connor à côté d'elle et Claire à l'autre extrémité.

– Je crois que je vais vomir, chuchote Claire à Connor.

– T'as pas intérêt ! siffle ce dernier.

– On va commencer par une question qui ne compte pas, pour vous familiariser avec ces boutons. Tout le monde est prêt ? Bien : parmi les propositions suivantes, lequel est un mammifère ? A, le chat ; B, l'oiseau ; C, la tortue ; D, l'araignée.

Bien entendu, tout le monde, moi y compris, appuie sur *A*. Le panneau d'affichage affiche la bonne réponse en lettres lumineuses.

– Si seulement toutes les questions étaient aussi simples, n'est-ce pas ? glousse M. Kingsley.

Tu m'étonnes.

– N'oubliez pas deux choses, rappelle-t-il à tous les candidats : primo, ce concours se joue en *équipe*, secundo, ce n'est pas une épreuve de rapidité, mais de précision. Si les quatre membres d'une équipe apportent la bonne réponse, ils obtiennent plus de points. À la fin, les équipes comptabilisant les deux meilleurs scores s'affronteront lors du quiz suprême. On est prêt ?

– Prêt ! répondent les sept candidats sous les projecteurs.

J'allais taper **prête** sur ma tablette, mais finalement je décide plutôt de me concentrer.

– La première manche comprend vingt-cinq questions. Allons-y. Question numéro un...

Je me crispe. *C'est parti !*

– La durée de vie moyenne d'un éphémère peut aller de : A, une minute à une heure ; B, trente minutes à un jour ; C, un jour à une semaine ; D, deux semaines à un mois ?

Ding ! Ding ! Ding ! Ding ! On appuie tous sur nos boutons.

Une fois les réponses enregistrées, elles s'affichent au tableau des scores. Dans notre équipe, tout le monde a répondu *B*, contrairement à Woodland dont un des membres a répondu *A*.

Tout sourires, M. Kingsley résume :

– Trois points pour Woodland, quatre pour Spaulding.

On va y arriver. Je peux y arriver. Allez, question suivante !

– Question numéro deux : durant la guerre d'Indépendance des États-Unis, en quelle année se sont déroulées les batailles de Lexington et Concord ? A, 1774 ; B, 1775 ; C, 1776 ; D, 1777.

Celle-là est un peu corsée. J'appuie néanmoins sur *B*. Tous les autres en font autant. Le score est maintenant de sept à huit.

M. Kingsley enchaîne :

– Parmi les propositions suivantes, quelle est la signification d'« oxymoron » en littérature : A, l'association de deux termes contradictoires ; B, la conséquence d'une succession d'évènements ; C, une référence implicite à un évènement littéraire ou historique ; D, une fable ou un récit symbolique ?

Je suis quasi sûre que la réponse est A, quoique ce terme pourrait aussi bien signifier « une infirme qui a la grosse tête et qui croit qu'elle peut remporter un concours national ».

Lorsque la bonne réponse s'affiche au tableau, il apparaît que Connor s'est trompé, tout comme deux membres de l'équipe de Woodland. Le score est donc désormais de neuf contre onze en notre faveur. On est toujours en tête, mais il reste encore vingt-deux questions.

– La question suivante porte sur les mathématiques, annonce M. Kingsley.

Oh non ! Je suis cuite.

– Un musée recense deux mille trois cent cinquante-sept tableaux. Ce musée abrite cent vingt-quatre salles d'exposition. À combien s'élève le nombre de tableaux par salle, en moyenne ? A, dix ; B, vingt ; C, soixante ; D, deux cents.

C'est bien ce que je disais : je suis complètement cuite. Voyons voir il faut que j'imagine un musée avec des salles et plein de jolis tableaux. Combien dans une seule salle ? Je ne sais pas trop. Qu'est-ce qu'il faut diviser par quoi ? Je sais pas trop. Allez, va pour soixante.

Lorsque la lettre *B* s'affiche comme la bonne réponse, je me sens bête. Mais Rose aussi s'est trompée, ainsi que deux élèves de l'équipe adverse. Le score se maintient à onze contre treize pour nous.

Arrivée à la vingt-cinquième question, je suis en sueur et assoiffée, mais remontée à bloc. À tour de rôle, chaque équipe a mené par deux fois. Tantôt ils avaient une avance sur nous, tantôt on prenait la tête en marquant davantage de points. J'ai répondu à la plupart des questions de littérature, mais j'ai séché sur celles de maths.

Connor est mauvais en orthographe, donc il a raté plusieurs des questions sur ce thème. Rose est faible en histoire. Et Claire a du mal en sciences. L'équipe de Woodland était à peu près pareille : des élèves bons dans certaines matières, nuls dans d'autres, et inversement.

– Voici maintenant la dernière question pour nos deux premières équipes, déclare M. Kingsley.

Il s'éclaircit la voix avant de la poser :

– Un évènement météorologique mesurant 6,5 sur l'échelle de Richter serait : A, une tornade ; B, un ouragan ; C, un tremblement de terre ; D, un tsunami ?

Ding ! Ding ! Ding ! Ding !

Après avoir appuyé sur *C*, je me détends. Jusqu'ici, mon petit volcan intérieur s'est tenu tranquille. Connor, Rose et Claire ont aussi répondu juste à la dernière question. Dans l'équipe de Woodland, en revanche, deux élèves ont répondu « ouragan ». Les scores finaux sont calculés et notre équipe obtient un total de quatre-vingt-un points. Woodland finit à soixante-dix-sept.

– Bravo, Spaulding ! nous félicite M. Kingsley avec un sourire poli. Les équipes qui auront comptabilisé les deux meilleurs scores seront départagées à la fin. Bonne chance, et peut-être à tout à l'heure !

Victoire ! Du moins pour le premier tour.

Pendant que l'émission enchaîne sur une page de publicité, on nous escorte vers une salle d'attente au fond du studio. Les élèves de Woodland ont l'air vraiment déçus. C'est déjà fini pour eux. À présent, ils n'ont plus qu'à regarder les équipes suivantes monter à leur tour sur le plateau, sous le feu des projecteurs.

Mes parents, Penny, Mme V. et Catherine, qui m'attendaient en coulisses, me serrent dans leurs bras et m'embrassent comme si je venais de gagner au Loto. Catherine exécute une petite danse joyeuse pendant que mon père m'annonce qu'il a tout filmé avec son Caméscope.

– Tu as assuré, Mélodie ! crie Mme V.

– Je suis si fière de toi ! s'égosille ma mère.

– **Je peux avoir un Coca ?** dis-je en tapant aussi vite que possible.

Je me sens tout essoufflée.

Pendant qu'ils rient, Catherine s'empresse d'aller me chercher un gobelet en carton et un soda dans le seau de glaçons expressément installé dans la salle d'attente.

Maman me verse des petites gorgées de Coca bien frais dans la bouche, une à la fois, pour être sûre que je n'en renverse par sur mon chemisier. Je suis *morte* de soif, à tel point que je me fiche même que certains élèves des équipes adverses me dévisagent.

Après s'être rapidement entretenu avec Rose, Connor et Claire, M. Dimming nous saute dessus, l'air radieux.

– Quelle émotion, Mélodie ! Tu as été formidable ! Je suis vraiment fier de notre équipe et en particulier de toi !

– **Merci**, dis-je. **Et maintenant, on fait quoi ?**

– On attend que toutes les équipes aient participé, puis on affronte et on bat celle qui aura obtenu le meilleur score, et on met le cap sur Washington !

– **Ne faites pas vos valises trop vite,** dis-je pour rire.

– Elles sont prêtes depuis dix ans, tu sais ! J'attendais simplement la bonne équipe. Cette année est la nôtre. Je le sens !

Il s'éloigne d'un pas allègre pour aller discuter avec d'autres parents. Les profs aussi ont des rêves secrets, on dirait. Je n'imaginais pas que ce concours comptait autant à ses yeux.

Rose s'approche et s'accroupit devant Penny.

– Tu en as un joli chapeau, la complimente-t-elle d'un air attendri.

Un panama à pois bleus et plume rouge sur la tête, ma petite sœur serre son Gribouille contre elle et la regarde en babillant joyeusement.

– Tu t'es vraiment bien débrouillée, Mélodie, me dit ensuite Rose en se redressant.

– **Toi aussi.**

– Tu crois qu'on a une chance d'aller au quiz suprême ?

– **Mais oui !**

– Et à Washington ?

– **Aussi !**

– Et de passer dans *Good Morning America* ?

– **Oui !**

Tandis que Claire reste à l'autre bout de la salle auprès de ses parents, Connor s'approche, les mains dans les poches, et se plante à côté de Rose.

– T'es pas mauvaise du tout, Mélodie ! plaisante-t-il. Tu m'as bluffé sur certaines questions !

– **Et toi, tu es calé en maths.**

– Je sais, acquiesce-t-il, content de lui, en revanche je suis toujours aussi nul en orthographe ! J'espère qu'il n'y en aura pas en finale.

– Il faut que j'aille aux toilettes ! annonce tout à coup Rose. J'ai trop le trac !

Elle s'en va précipitamment. Comme je la comprends ! À ce stade, ce n'est plus une boule que j'ai dans la gorge, mais un énorme boulet.

Quand c'était à notre tour, tout à l'heure, j'ai eu l'impression qu'on avait mis des siècles à venir à bout du questionnaire mais là, après seulement quelques minutes, le deuxième groupe de candidats nous rejoint en salle d'attente. L'école avec ses petites couronnes l'a emporté avec soixante-dix-neuf points. Une demi-heure plus tard, c'est l'école d'Edison qui conclut la troisième manche avec un score de quatre-vingts points.

Et pour finir, une école du nom de Perry Valley remporte le quatrième manche avec quatre-vingt-deux points, soit un petit point de plus que nous.

– Je les ai regardés, ils sont très forts, commente Mme V. lorsqu'ils entrent en troupe dans la salle, tout excités et triomphants.

– **Plus que nous ?**

– Bien sûr que non ! Votre équipe est la meilleure car elle a une arme secrète : toi !

Soudain, c'est l'effervescence dans la salle avec l'irruption des machinistes qui viennent nous chercher.

– Perry Valley et Spaulding Street, on a besoin de vous en plateau pour le quiz suprême ! Bravo, vous êtes les finalistes du jour !

On retourne vite à nos places derrière les pupitres.

La lumière des projecteurs paraît encore plus éblouissante.

M. Kingsley reprend position devant les caméras et, après avoir fait ajuster son micro par l'équipe technique, il s'écrie :

– Jeunes gens, je suis ravi de vous retrouver pour la finale de l'épreuve régionale ! Les vainqueurs de ce tour nous représenteront à Washington dans à peine deux semaines ! Les membres de l'équipe gagnante ainsi que leurs chaperons se verront offrir un séjour tous frais payés dans la capitale comprenant le trajet, trois nuits d'hôtel et une visite guidée de la ville.

– Le trophée ! Le trophée ! scande quelqu'un dans le public.

– Et bien sûr, n'oublions pas le célère prix en jeu ! L'équipe qui l'emportera à Washington reviendra avec un *énorme* trophée en or, elle sera invitée sur le plateau de *Good Morning America*, et son école recevra un chèque de deux mille dollars qui servira pour des projets scolaires !

Cette ultime annonce suscite pas mal de cris enthousiastes.

– Bien, nos finalistes sont-ils prêts ?

– Prêt ! s'écrient-ils en chœur.

Moi aussi, je suis prête.

CHAPITRE 25

Oh ! là, là ! Quelle soirée ! Je n'en reviens toujours pas de la vitesse à laquelle le dernier tour de qualification s'est enchaîné.

– À présent, les questions vont se corser un peu, a prévenu M. Kingsley à ce moment-là. Le marquage des points, cependant, ne change pas : l'équipe possédant le meilleur score sur cent points possibles sera notre grande gagnante.

Sourire aux lèvres, il a alors attrapé ses précieuses fiches.

– Première question : qu'est-ce que la « diplopie » ? A, le fait de voir les objets en double ; B, le fait d'être gaucher ; C, une affection des gencives ; D, une forme de cancer.

La vache ! Il ne plaisantait pas ! Cette manche allait être serrée ! Cela dit, j'étais sûre que la réponse était A. Enfin, presque sûre.

La réponse est tombée et c'était bien ça : « diplopie, trouble oculaire qui fait voir les objets en double ».

Ouf !

Rose, Connor et moi avions vu juste. Claire s'était trompée. Toute l'équipe de Perry Valley avait répondu correctement. Le score était de trois à quatre.

– Question numéro deux, a poursuivi M. Kingsley : qui a composé l'œuvre *Rhapsody in Blue* ? A, Mozart ; B, Gershwin ; C, Copeland ; D, Beethoven.

Ding ! Ding ! Ding ! Ding !

Grâce à mes parents et à Mme V., cette question-là m'a paru un peu plus facile. J'ai entré la lettre *B*. Un membre de l'équipe de Perry Valley n'a pas donné la bonne réponse et Claire s'est trompée aussi. Le score est passé de six à sept pour Perry Valley. La tension était palpable de part et d'autre du plateau.

Les vingt et une questions suivantes ont traité de sujets tels que les lions dans la jungle, la gravité dans l'espace, des auteurs de romans célèbres et des maths, dont certaines parmi ces dernières auxquelles j'ai répondu juste.

Ding ! Ding ! Ding ! Ding !

Bien que Connor ait assuré sur un gros piège en orthographe et que Claire se soit sortie d'une épineuse question d'histoire, Perry Valley continuait de mener avec un ou deux points d'avance.

On approchait de la fin de la manche. Perry Valley avait creusé l'écart sur une question de maths et menait désormais avec trois points. Avec un score de soixante-dix-huit contre quatre-vingt-un, la situation n'était pas très réjouissante pour nous. J'ai jeté un coup d'œil à Connor. Son nez ruisselait de sueur.

C'est alors que M. Kingsley a posé la question suivante :

– Comment s'appelle le phénomène neurologique par lequel un individu peut entendre des couleurs ou visualiser des parfums lorsqu'il écoute de la musique ? A, la synthèse ; B, la symbiose ; C, la synesthésie ; D, le symbolisme.

J'ai aussitôt tapé sur *C*, le sourire jusqu'aux oreilles. Non seulement c'était un des mots de vocabulaire que m'avait appris Mme V., mais en plus c'était mon cas !

En découvrant que Connor, Rose et Claire avaient eux aussi sélectionné cette lettre, j'ai poussé un gros soupir de soulagement. Les résultats se sont affichés, et seul un des élèves de Perry Valley avait répondu correctement.

Le score passait à quatre-vingt-deux partout. L'heure de la toute dernière question était arrivée. C'était la question décisive, celle qui déterminerait quelle équipe partirait à Washington. J'ai lancé un regard à Rose et aux autres. Je crois qu'on a tous dégluti de trac en même temps.

– Et la dernière question de la soirée… a commencé M. Kingsley, portera sur un problème de mathématiques !

J'ai étouffé un grognement. On pouvait faire une croix sur notre voyage à Washington ! Je ferais aussi bien de retourner en H-5 et de me planquer dans un coin pour les mille ans à venir.

– Question numéro vingt-cinq, a énoncé lentement l'animateur : tous les matins, Lisa se lève et se prépare pour l'école. Elle met vingt-deux minutes à s'habiller, dix-huit minutes à prendre son petit déjeuner et dix pour rejoindre son école à pied. À quelle heure devrait-elle se lever pour arriver à l'école à 7 h 25 ? A, 6 h 15 ; B, 6 h 20 ; C, 6 h 25 ; D, 6 h 35.

OK, je dois d'abord faire une addition puis une soustraction, facile. Mais comment soustrait-on des heures ? Il faut que je voie une horloge ! Ah, tout se mélange dans ma tête ! Le temps presse ! Je n'ai pas le droit de me tromper maintenant !

Cela pouvait aussi bien être la réponse *C* que la *D*. J'ai réfléchi encore un peu, puis j'ai appuyé sur *D*, à deux doigts de vomir tellement j'étais mal. Les réponses se sont affichées sur le panneau lumineux. Dans mon équipe, tout le monde avait répondu *D*. Soit on avait tous bon, soit on était tous nuls en matière de calculs d'heures et de durées. Trois élèves de Perry Valley avaient répondu *D*, le quatrième, C.

– Eh bien, mesdames et messieurs, il semblerait que nous ayons un vainqueur ! Je suis très fier d'annoncer que l'équipe qui l'emporte avec un score final de quatre-vingt-six contre quatre-vingt-cinq – équipe qui nous représentera à Washington et que l'on espère voir sur le plateau de *Good Morning America* – est…

Il a marqué une pause pour faire durer le suspense.

– L'école de Spaulding Street !

Cette fois, impossible de me retenir : je me suis mise à pousser des cris en battant des jambes et des bras comme une folle. J'ai essayé *de toutes mes forces* de me maîtriser mais en vain, c'était plus fort que moi. Mon corps est devenu un peu barge.

– Faites-la taire ! a sifflé Claire entre ses dents.

– Chut, m'a soufflé Rose.

– Merci d'avoir regardé notre émission, a enchaîné l'animateur en me jetant un petit coup d'œil. On se retrouve dans deux semaines pour la finale en direct de Washington. C'était Charles Kingsley, bonne soirée à tous !

Il a indiqué qu'il avait terminé, les caméras ont vacillé dans le noir, et les projecteurs, Dieu merci, se sont éteints l'un après l'autre dans une succession de déclics.

Je ne pouvais plus m'arrêter de remuer les pieds. Mes bras ressemblaient à ceux d'un jouet mécanique complètement détraqué. J'ai poussé un autre cri de joie. Au moins, cette fois, personne n'a rien entendu car il s'est noyé dans le raffut des dizaines de personnes qui ont alors envahi le plateau en exultant.

Mon père tenait Penny en équilibre dans un bras, son Caméscope de l'autre. Ma mère, Catherine et Mme V. se sont ruées vers moi et ont failli m'étouffer sous leurs étreintes. Mme V. essayait de faire celle qui n'était pas étonnée, mais le large sourire qu'elle affichait semblait fixé pour toujours sur ses lèvres.

M. Dimming, les suppléants et tous les parents de mes coéquipiers nous ont acclamés en sautillant et se félicitant les uns les autres. Un des parents a projeté des confettis au-dessus de nos têtes. Des ballons ont jailli de nulle part. Quelqu'un du studio a monté le volume des enceintes et lancé le morceau *Celebration* des Kool & the Gang. Alors des gens se sont mis à danser.

J'avais l'impression que des flashs d'appareils photo crépitaient de tous les côtés. Chose étonnante, on en prenait beaucoup de moi. Je me suis efforcée de me calmer et de mc détendre.

– Un sourire, Mélodie ! m'a crié un type, une casquette de base-ball vissée sur la tête.

Clic ! Flash !

– Est-ce que quelqu'un pourrait la redresser un peu dans son fauteuil ?

Clic ! Flash !

– Prenez une photo de la petite en fauteuil !

Ça, je crois que c'était un journaliste.

Clic ! Flash !

– Où est l'équipe gagnante ? a demandé un de ses confrères d'une voix forte. Il nous faut une photo de groupe pour le journal ! Si vous vous placiez tous autour de Mélodie ? Parfait, allez, tout le monde sourit !

Clic ! Flash !

Je n'y voyais presque plus rien. Des petits points bleus virevoltaient devant mes yeux.

– On demande l'équipe gagnante pour une interview télé ! a lancé quelqu'un d'autre. Vous pouvez les faire venir ici ?

On a fait déplacer les spectateurs, puis un machiniste nous a aidés à nous placer. Connor, Rose et Claire se sont assis sur des chaises près de moi tandis qu'Amanda, Molly, Elena et Rodney s'alignaient debout derrière nous. M. Dimming s'est posté en bout de rangée, à côté de Rodney.

J'espérais que ma coiffure allait et que je n'avais pas l'air trop ridicule.

Le journaliste a demandé le silence dans le public tandis que le caméraman se mettait en position.

– Bonsoir. Ici Élisabeth Ochoa pour Channel Six News. Je me trouve actuellement dans nos studios face aux élèves de l'école de Spaulding Street, l'équipe ayant remporté l'épreuve régionale du quiz interscolaire qui vient de s'achever ici. Ce soir, ces huit jeunes gens, qui font partie des élèves les plus brillants de notre région, n'ont rien lâché jusqu'à la victoire. Je vous propose de faire leur connaissance. Commençons par les suppléants au deuxième rang, dont le rôle est de remplacer au pied levé un coéquipier au cas où il serait dans l'impossibilité de participer. Dites-nous votre nom et votre âge, a-t-elle suggéré en avançant son micro sous le nez de chaque élève.

– Amanda Firestone, douze ans.
– Molly North, onze ans.
– Rodney Mosul, onze ans.
– Elena Rodriguez, onze ans et demi.

Cette précision a suscité des rires dans l'assemblée.

Mme Ochoa a poursuivi :

– Et assis face à moi se trouvent les quatre candidats qualifiés pour l'épreuve nationale ! Dites-moi comment vous vous appelez, ainsi que votre âge.

– Je m'appelle Claire Wilson, j'ai onze ans et c'est moi qui ai obtenu le plus de bonnes réponses dans mon équipe.

– Tant mieux pour toi ! l'a félicitée la journaliste, non sans amusement. Je sais que tu as travaillé très dur pour ce concours.

Elle est vite passée à Rose.

– Et toi, comment t'appelles-tu… ?

– Rose Spencer, j'ai onze ans, a répondu Rose d'une voix timide.

– Que retiens-tu en particulier de cette soirée ? a questionné Mme Ochoa tandis que la caméra zoomait sur elles.

– Je faisais partie de l'équipe l'an dernier et on a perdu de seulement quelques points, alors je suis vraiment émue qu'on ait gagné cette fois. Et très fière de nous, a-t-elle ajouté avec un sourire ravissant.

– Superbe réponse ! Et on est fiers de toi aussi ! a commenté Mme Ochoa. Et maintenant au tour de ce grand garçon. Votre prénom, jeune homme ? a-t-elle demandé à Connor.

– Connor Bates. Salut tata ! a lâché Connor dans le micro.

– Te souviens-tu de la question la plus difficile qu'on t'ait posée ce soir ?

– Je les ai toutes trouvé vachement faciles, a frimé Connor. J'en ai raté quelques-unes exprès pour que les autres participants ne soient pas jaloux !

Mme Ochoa est partie d'un petit rire cristallin.

– Quel effet cela fait d'être aux côtés de cette coéquipière unique ?

– Oh, vous savez… Mélodie est une fille bien. Elle est très intelligente. Attendez, je vais vous la présenter…

Mais je n'allais pas le laisser me voler la vedette.

– **Je m'appelle Mélodie Brooks et j'ai onze ans**, a déclamé haut et fort ma machine.

La journaliste a paru épatée.

– Ça alors, c'est stupéfiant ! Comment te sens-tu après cette victoire, Mélodie ?

J'ai appuyé sur une touche :

– **Super.**

Elle a ri.

– Ça a été difficile de te préparer pour ce concours ?

– **Non. Plein de gens m'ont aidée.**

– Qu'est-ce que tu craignais le plus en venant ici ce soir ?

– **Me tromper !**

Elle a souri.

– On a tous cette appréhension, parfois. Tu es contente d'aller à Washington ?

– **Oh oui !**

– Tu y es déjà allée ?

– **Non.**

– Penses-tu que le fait d'avoir gagné va changer ta vie à l'école ?

J'ai trouvé cette question plutôt pertinente.

– **Pas trop**, ai-je admis.

Alors la journaliste a patiemment attendu pendant que je prenais le temps de taper les mots justes.

– **Peut-être que les autres élèves me parleront un peu plus.**

– Moi, je lui parle tout le temps ! a soudain improvisé Claire.

Rose et Connor l'ont dévisagée en fronçant les sourcils.

– Pardon ? s'est étranglée Rose.

Mme Ochoa s'est écartée pour revenir à Claire.

– Donc tu te considères comme une amie de Mélodie ?

– Oui, bien sûr, en a rajouté Claire en tortillant ses boucles cannelle. Elle et moi, on déjeune tous les jours ensemble et après on révise pour le quiz. Mélodie est bien plus maligne qu'elle en a l'air.

Rose a levé la main pour prendre la parole, mais la journaliste a fait non de la tête.

– Navrée, on n'a plus le temps, lui a-t-elle dit avant d'ajouter en direction de la caméra : en plus d'une sacrée équipe, nous venons de découvrir deux jeunes filles remarquables, meilleures amies malgré leurs différences et grandes gagnantes du quiz interscolaire, bientôt en partance pour la capitale ! Félicitations à vous tous !

Claire, ma meilleure amie ? J'étais consternée.

CHAPITRE 26

Tandis que les dernières lumières du studio s'éteignaient, M. Dimming a soudain eu une idée lumineuse au milieu de toute cette agitation.

– Si on allait dîner dehors pour fêter ça ?

– Super idée ! a tout de suite approuvé Connor.

– Oui, je meurs de faim ! s'est exclamée Amanda. Je n'étais pas filmée, mais j'ai eu trop le trac toute la journée pour avaler quoi que ce soit.

– Pareil ! a ajouté Elena.

– Si on allait chez Linguini ? a suggéré Connor. Ils servent des spaghettis à volonté !

Ça, on pouvait compter sur Connor pour connaître les meilleurs restaurants de la ville !

– Ils seront peut-être obligés de mettre la clé sous la porte après ton passage, Connor, a plaisanté M. Dimming. Ne va pas me mettre dans l'embarras, hein !

– Ne vous en faites pas, m'sieur. Je me limiterai à douze portions de spaghettis, grand maximum.

– Chez Linguini, c'est très bien, est intervenu le père de Rose. C'est à deux pas du studio, on peut facilement y aller à pied. Ces jeunes gens ont bien mérité une sortie exceptionnelle !

J'ai lancé un regard à ma mère, pas certaine que ce soit une bonne idée.

C'est alors qu'Elena s'est approchée.

– Tu viens aussi, Mélodie, d'accord ?

– Ah oui, Mélodie, tu viens ! a renchéri Rose. Tu as vraiment assuré ce soir.

– On n'aurait jamais gagné sans toi, a renchéri Connor en boutonnant son manteau.

À ces mots, j'ai eu l'impression de m'envoler comme un de ces ballons d'hélium qu'avaient apportés certains parents.

– Il ne faut pas exagérer non plus, a nuancé Molly d'un ton dédaigneux en échangeant un regard en coin avec Claire.

Bon, un ballon, parfois, ça éclate.

– Qu'est-ce que t'en sais ? Tu n'as pas participé, a répliqué sèchement Connor à Molly.

– Alors, tu viens ou pas ? a insisté Rose.

– **D'accord**, ai-je répondu. **Ce sera sympa.**

De nouveau, j'ai lancé un regard à ma mère qui a acquiescé de la tête. Mon père est reparti avec Penny à la maison et Mme V. m'a serrée dans ses bras en promettant de passer me voir le lendemain matin.

On est partis au restaurant sous un ciel vivifiant en parlant de tout et n'importe quoi.

– À votre avis, ces bureaux ont combien de fenêtres en tout ? a crié Connor en pointant du doigt l'immeuble le plus haut des alentours.

– Cinq mille deux cent soixante-quatorze, a hasardé Rose.

– La vache, t'es forte ! s'est étonné Rodney. Comment tu le sais ?

– À ton avis, pourquoi on m'a prise dans l'équipe du quiz ? Parce que je suis futée, tiens !

– Elle a dit ça au pif, a raillé Molly. Tu crois tout ce qu'on te dit, toi !

Cela faisait des années que le restaurant Linguini était implanté dans ce quartier. La décoration de la façade évoquait un petit bistro de village italien avec ses feuilles de vigne et ses lampions blancs qui ornaient les briques autour de la porte d'entrée.

La porte.

Quand le père de Connor l'a ouverte pour faire entrer le groupe, Connor et Rodney se sont élancés dans l'escalier pour le rejoindre.

L'escalier.

Cinq grosses marches en pierre séparaient la salle de restaurant du trottoir. Tout le monde, y compris M. Dimming, s'est engouffré à l'intérieur en passant devant ma mère et moi. Finalement, le père de Connor, qui était le dernier à monter, m'a regardée, puis a regardé l'escalier, et soudain ça a fait tilt dans sa tête.

– Euh... vous voulez un coup de main ?

Il était costaud, comme son fils. J'étais prête à parier qu'il pouvait engloutir plusieurs assiettes de pâtes, lui aussi.

– Auriez-vous la gentillesse de demander à un des serveurs où se trouve leur accès handicapé ? a plutôt suggéré ma mère.

L'air bien content qu'on lui confie cette mission, M. Bates a gravi les marches à toute vitesse. Ma mère et moi sommes restées là, à attendre seules dans le froid.

Quelques instants plus tard, un serveur tout en noir s'est précipité au pied de l'escalier.

– Je suis navré. On a bien un monte-charge à l'arrière du restaurant, mais il est tombé en panne cet après-midi. Le technicien doit venir le réparer à la première heure demain matin.

– Ça ne nous avance pas à grand-chose pour ce soir, lui a fait remarquer ma mère d'une voix tendue, mais pas fâchée.

– Je me ferais un plaisir de vous aider à la porter jusqu'en haut, si vous voulez ? a-t-il proposé.

J'ai tapé sur ma machine en suppliant ma mère du regard :

– **Non.**

– Tenez-nous simplement la porte, jeune homme. On va se débrouiller, a décidé ma mère.

Il s'est exécuté. Ma mère s'est positionnée dos aux marches, elle a empoigné fermement mon fauteuil et l'a incliné légèrement en arrière avant de prendre une grande inspiration. Quelle bonne idée elle avait eue d'opter pour mon fauteuil manuel ce matin…

Elle a fait glisser les roues arrière contre le bord de la première marche.

On tire, on hisse, *plof,* on repose. Et d'une.

On tire, on hisse, *plof*. Et de deux.

On tire, on hisse… Et de trois.

Ma mère s'est arrêtée un instant pour reprendre son souffle. On avait déjà fait ça plein de fois.

On tire, on hisse, *plof,* on repose. Quatrième marche.

On tire, on hisse, *plof*. Dernière marche.

Après quoi on est enfin entrées dans le restaurant, qui était bondé de clients riant à gorge déployée.

– On est là, Mélodie ! a lancé M. Dimming en nous apercevant.

Maman m'a poussée jusqu'à une grande tablée et j'ai constaté avec soulagement que le groupe m'avait gardé une place. Entre tous les élèves de l'équipe plus leurs parents, on occupait une grosse partie de la salle.

Dans certains établissements, les tables sont trop basses pour mon fauteuil, mais là, j'ai pu m'installer sans problème en calant mes jambes dessous. Ma mère m'a aidée à retirer mon manteau, puis elle s'est assise à la place libre à côté de moi. Elle a avalé d'un trait le verre d'eau qu'on lui avait servi et en a tout de suite demandé un autre.

La serveuse a commencé à prendre les commandes.

Rodney et ses parents ont choisi une grande pizza aux champignons et aux oignons.

– On est végétariens, a expliqué Rodney.

Première nouvelle.

– Je peux prendre un steak, papa ? a presque imploré Connor.

Son père lui a donné une tape dans le dos.

– Mais oui ! Je crois même que je vais en prendre un aussi. Ce soir, exceptionnellement, tu peux commander tout ce que tu veux !

Connor l'a regardé avec des yeux ronds.

– Même un gâteau au chocolat entier ?

– Attention, fiston, ne va pas te rendre malade non plus.

– Moi, je prendrai le délice de pâtes, a annoncé Rose à la serveuse.

– Même chose pour moi ! a dit Amanda.

– Des spaghettis à la bolognaise, s'il vous plaît, a demandé Elena.

Claire et Molly ont toutes les deux commandé des lasagnes.

Quand la serveuse s'est tournée vers ma mère et moi, j'avais fait mon choix.

– **Je voudrais un gratin de pâtes, s'il vous plaît**, ai-je fait dire à Elvira.

La fille a eu l'air un peu surprise, vu que ma machine était en partie dissimulée sous la table mais, sympa, elle a fait comme si c'était la routine pour elle d'entendre un Medi-Talker lui passer commande.

– C'est noté, mon chou. J'apporte ça tout de suite. Un peu de salade avec ?

– **Non merci.**

Elle m'a fait un vrai grand sourire avant de passer à ma mère. Ah, ma mère, il n'y avait qu'elle pour commander du poisson grillé dans un restaurant italien !

Pendant qu'on attendait nos plats, l'ambiance joyeuse n'a pas faibli. Comme nos tables étaient couvertes de sets en papier blanc au lieu de nappes, tout le monde, y compris les adultes, s'était vu distribuer des crayons et des marqueurs.

– Regardez, j'ai dessiné un lapin géant ! s'est esclaffé Connor.

Après avoir jeté un œil au dessin de Rose, il a ajouté de grandes dents vertes au sien.

– Et il va dévorer ton petit insecte de rien du tout.

Rose a rigolé.

– Ça m'étonnerait, parce que c'est une araignée venimeuse, alors elle va mordre ton vieux lapin débile !

Rodney et Connor ont ensuite aligné tous les poivriers et les salières et se sont mis à lancer des sachets de sucre par-dessus cette barricade en se servant de fourchettes et de petites cuillères en guise de lance-pierres.

Cependant, j'ai remarqué que Claire, assise à côté de Rodney, était étrangement calme et n'avait même pas de crayon dans la main.

– À l'attaque ! s'est écrié Connor. Et but !

– T'as visé à côté ! En plus, tu as lancé ce machin rose de faux sucre. Ces sachets-là ne valent qu'un demi-point !

Je suis restée là, à regarder mes coéquipiers faire toutes ces choses ordinaires : dessiner, rire, chahuter, plaisanter. J'ai fait tout mon possible pour avoir l'air de bien m'amuser aussi, mais, au fond, je n'avais qu'une envie : rentrer.

Lorsque la serveuse a enfin apporté nos plats, les fourchettes sont soudain devenues une arme indispensable pour manger et la guerre a pris fin. Le rythme des conversations a ralenti tandis que chacun attaquait son assiette. Connor a aussitôt pris une grosse bouchée de bifteck.

– Hum, trop bon, s'est-il délecté la bouche pleine.

Le poisson de ma mère, qu'elle chipotait du bout de sa fourchette, n'avait pas l'air très, disons, poissonneux. Elle et moi pensions la même chose, j'en étais sûre.

Mon plat était posé devant moi, intact.

De temps en temps, il nous arrive de sortir dîner en famille. En fait, Penny pose davantage de problèmes que moi au restaurant, car elle est turbulente et colérique et il est fort possible qu'à un moment ou à un autre elle balance sa nourriture par terre.

En général, ça ne me dérange pas de dîner dans un lieu public. Mes parents se relaient pour me nourrir à la cuillère et tous ceux qui ont l'indélicatesse de nous regarder, je les ignore.

Mais là, c'était différent. À l'école, je déjeune avec les autres handicapés dans un espace dédié de la cantine. Les aides nous mettent des bavoirs, ils nous donnent à manger et nous essuient la bouche quand on a terminé. Excepté cette gorgée de Coca durant le concours, personne dans l'équipe ne m'avait jamais vraiment vue manger. Ou plutôt, *être nourrie*.

Je ne savais pas quoi faire. Mon plat était en train de refroidir. J'ai regardé ma mère. Elle m'a regardée. Puis elle a attrapé la cuillère et m'a posé la question d'un regard.

J'ai acquiescé. Avec moult précaution, elle m'a glissé une cuillerée de pâtes dans la bouche. J'ai avalé. Sans en renverser.

Molly a donné un coup de coude à Claire, et je les ai vues échanger un regard.

Maman m'a donné une autre cuillerée. J'ai avalé. Sans en renverser. On a continué, une cuillerée à la fois.

J'étais *affamée*.

Personne n'a rien dit, mais je les ai vus baisser le nez vers leur assiette d'un air excessivement concentré. La tablée est devenue silencieuse. Même Connor s'est tu.

Finalement, bien que mon assiette fût encore pleine, je l'ai repoussée.

– Tu veux qu'on rapporte le reste à la maison, Mélodie ? a proposé ma mère.

J'ai fait oui de la tête avec un immense soulagement, et elle a fait signe à la serveuse, qui en a profité pour nous apporter la carte des desserts.

À la vue du choix de tartes et de glaces, Connor en a retrouvé sa bonne humeur et, renonçant finalement à un gâteau au chocolat entier, il en a quand même commandé deux parts. Rodney a choisi la tarte aux pommes, tandis que Rose a demandé du pudding.

Claire a fini elle aussi par remporter ses restes dans une boîte. Elle n'avait pratiquement rien mangé, et c'est à peine si elle avait prononcé deux mots de tout le dîner.

– Au fait, comment vous avez trouvé la dernière question ? Elle était vachement dure ! a lancé Rodney.

– C'était du gâteau ! a répliqué Connor, hilare de sa propre blague, en étalant de la crème fouettée sur sa seconde part.

– Vous avez vu les *cheveux* de l'animateur ? a chambré Amanda. Ils ne bougeaient pas d'un poil !

– Ils devaient être en plastoc, a pouffé Rose. Qu'est-ce que tu vas mettre pour la finale à Washington ? a-t-elle ensuite demandé à Claire.

Mais celle-ci s'est contentée de hausser les épaules.

– Je me demande si on aura l'occasion d'aller visiter la Maison-Blanche, a dit Amanda d'un air songeur. Ce serait super.

– Je crois que c'est prévu le samedi, a répondu M. Dimming avec enthousiasme. Je suis impatient aussi d'y aller !

– Alors comme ça, Mélodie et toi êtes les meilleures amies du monde, Claire ? s'est étonnée Elena.

Sans répondre, Claire s'est passé la main sur le front.

– Je me sens pas très bien, a-t-elle dit d'une voix faiblarde. Il fait chaud ici, non ?

Personne n'a eu le temps de réagir car, presque aussitôt, elle s'est levée d'un bond en plaquant une main sur sa bouche et elle a vacillé en heurtant sa chaise.

– Ça va ? s'est inquiété M. Dimming.

Et à peine avait-il posé la question que Claire vomissait en plein sur les chaussures neuves du professeur.

– Oh, dégueu ! s'est écrié Connor en se retenant visiblement de ne pas rire.

– La pauvre, a dit Rose.

– Beurk, ça schlingue ! a fait Rodney en se pinçant le nez.

La mère de Claire l'a emmenée à toute vitesse aux toilettes.

M. Dimming a quitté la table en hâte aussi, pour aller nettoyer ses chaussures, j'imagine.

J'étais curieuse de savoir si Claire se sentait aussi gênée que je l'avais été tout à l'heure, pendant que ma mère me donnait à manger.

De toute évidence, la fête était finie. Les parents ont rassemblé manteaux et chéquiers et ont réglé leur note. Claire est revenue des toilettes, le visage blême. Personne n'a évoqué l'incident. On s'est tous dirigés vers la sortie.

C'est drôle, ai-je pensé, *Claire vomit au beau milieu d'un restaurant bondé, et pourtant c'est moi que tout le monde regarde de travers.*

Ils ont bien été obligés de nous attendre. Mais ma mère et moi avons pris notre temps.

On pousse doucement, on abaisse, *plof*, on repose. Première marche.

On pousse doucement, on abaisse, *plof*... Marche suivante.

Le tout, cinq fois de suite pour arriver en bas.

Et j'étais toujours aussi affamée.

CHAPITRE 27

Le lendemain matin, ma mère fait irruption dans ma chambre, le journal à la main.

– Bonjour, ma rock star ! Devine quoi ?

Ma rock star ? Elle est en plein trip. Je tourne la tête vers elle, sceptique.

– Tu es célèbre !

Hein ?

Elle me sort de mon lit, me sangle dans mon fauteuil, débranche le Medi-Talker du chargeur et l'installe sur ma tablette. Puis elle pose le journal du jour par-dessus.

Ma photo s'étale à la une du journal. Et en couleurs, s'il vous plaît.

– **Ouah !**

– L'article porte sur la victoire de l'équipe, mais ta photo est la seule qu'ils ont utilisée ! C'est pas beau, ça ?

– **Pourquoi la mienne ?**

Maman me lance un petit sourire.

– Sûrement car tu es unique, merveilleuse et bien plus intéressante que les CM2 ordinaires. Apparemment, l'article parle surtout de toi.

– **Les autres ne vont pas apprécier.**

– Je suis sûre qu'ils seront contents pour toi, ma puce.

– **Tu parles.**

– Tiens, écoute, insiste-t-elle en commençant à me faire la lecture : « Hier soir, la talentueuse équipe de l'école de Spaulding Street, composée de CM2 et de sixième, a remporté l'épreuve régionale du quiz interscolaire avec un score de quatre-vingt-six contre quatre-vingt-cinq. Grâce à un remarquable mélange de talent et des connaissances, ils ont répondu à des questions qui dépassaient largement leur niveau scolaire et éliminé les sept équipes concurrentes. »

– **À les écouter, on est des vrais génies.**

– Mais c'est le cas, rétorque ma mère.

– **J'en ai bavé sur les questions de maths.**

Je me sens toute moite sous les aisselles rien que d'y repenser.

Elle poursuit :

– Tiens, voilà le passage qui te concerne. Écoute ça ! « Un des membres exceptionnels de l'équipe de Spaulding s'appelle Mélodie Brooks, une jeune fille de onze ans qui souffre de paralysie cérébrale. Malgré ses déficiences physiques, son esprit vif et compétent a pu briller tandis qu'elle menait son équipe à la victoire. »

– **Ils vont me détester**, dis-je, abattue.

Caramel, qui dort toujours dans ma chambre, vient fourrer sa truffe contre ma main. On dirait qu'elle sait toujours ce que je ressens ; mais pour le coup, ça ne m'avance à rien.

– Allons, n'exagère pas. Je trouve que c'est un excellent article et tes amis devraient être fiers.

– **Tu ne comprends pas.**

Mais ma mère fait la sourde oreille et entreprend ensuite de me préparer pour l'école. Deux tee-shirts bleus – un à enfiler tout de suite, un autre à ranger dans mon sac au cas où. Deux pantalons. Elle ne choisit jamais des jeans, plus compliqués à m'enfiler. Je décide de ne pas discuter. Quelque chose me dit que je vais passer une sale journée.

– Cette photo de toi est superbe ! Je vais m'assurer d'acheter plein de copies de ce numéro ! bavarde-t-elle avec entrain en tirant sur mes chaussettes avant de m'enfiler mes baskets. Il faut que tous mes collègues voient ça !

Comme mon père avait fini d'habiller Penny, il l'a amenée dans ma chambre. Dès qu'elle aperçoit ma photo dans le journal, ma petite sœur lâche son Gribouille.

– Didi ! s'écrit-elle en attrapant la page pour la couvrir de bisous.

À mon avis, je ne vais pas avoir beaucoup de réactions de ce genre à l'école, aujourd'hui.

Mon père se penche pour m'embrasser sur la joue.

– Je suis si fier de toi que mon cœur est au bord de l'explosion, me souffle-t-il. Je t'aime, Mélodie.

J'en ai les larmes aux yeux. Rien qu'une fois, j'aimerais vraiment pouvoir serrer ma sœur dans mes bras ou répondre à mon père que je l'aime aussi. De vive voix, et non par le biais d'une machine.

À l'école, la réaction de mes camarades est exactement celle que j'imaginais. De leurs bouches sortent de belles paroles à mon égard, mais leur regard trahit le fond de leur pensée. Des regards froids, comme si j'avais harcelé la journaliste pour l'obliger à publier cette photo de moi.

Même Rose se montre distante :

– Sympa, la photo de toi dans le journal.

– **Merci. Mais ça aurait dû être une photo de groupe.**

– Je suis bien d'accord.

Je me contente de pousser un soupir. *Décidément, je ne fais jamais rien comme il faut. Je ne veux pas de toutes ces louanges, moi. Je voudrais juste être comme tout le monde.*

Tandis qu'on s'installe dans la salle de M. Dimming, ce dernier entre à grands pas vêtu d'un *autre* costume flambant neuf – il devait y avoir une promotion, du type un acheté, le deuxième offert – et arborant un sourire tout frais. On dirait qu'il va exploser de bonheur. Sous son bras est calée une pile de journaux du jour.

– Je suis si fier de vous et de cette école que je n'en ai pas dormi de la nuit ! nous confie-t-il.

Il marque une pause pendant que la classe acclame les gagnants du quiz. Rose, Molly et Claire sourient d'un air enjoué tandis que Connor et Rodney saluent. Quelques élèves se retournent même vers moi en me souriant.

– Est-ce qu'on va avoir une tournée de pizzas ? s'enquiert Connor.

– Absolument ! acquiesce M. Dimming. La principale a déclaré que vendredi prochain serait une journée en l'honneur de l'équipe, et toute l'école se verra offrir des pizzas et des sodas !

La classe exulte à nouveau. Connor semble aux anges.

– Et j'aimerais tout particulièrement féliciter Mélodie qui a nous vraiment aidés à remporter la victoire ! On l'applaudit bien fort !

Il montre l'exemple en se mettant à taper dans ses mains et la classe lui emboîte le pas, mais cet élan semble plus poli que sincère. Visiblement, je ne suis pas aussi cool que de la pizza gratuite.

– Qui a vu le journal de vingt-trois heures hier soir ? demande-t-il ensuite, le visage toujours rayonnant.

Environ la moitié des élèves lève la main. Pas moi, je l'ai raté ; dès notre retour à la maison, je me suis endormie, morte de fatigue.

– Je l'ai enregistré et publié sur Facebook ! nous raconte-t-il tout excité. Bon, mais à présent, nous devons revenir à des activités scolaires plus normales, ajoute-t-il, l'air déçu.

– Mais comment on va se préparer pour Washington ? s'inquiète Rose, apparemment pas décidée à en rester là.

C'est si facile de détourner l'attention des profs ! J'étais sûre qu'il mordrait à l'hameçon !

M. Dimming sourit à nouveau en prenant une grande inspiration.

– Nous n'avons que deux semaines pour réviser, Rose. J'ai préparé des polycopiés pour chacun de mes champions, explique-t-il en distribuant d'emblée sa paperasse. Emportez ça chez vous et rapportez-les sans faute demain. Vous trouverez dedans toutes les informations nécessaires sur le retrait des billets d'avion, ainsi que sur notre hôtel et l'agenda de notre séjour dans la capitale. Ce dossier comprend aussi des détails sur notre programme de révisions, qui commencera aujourd'hui. Nous nous retrouverons tous les jours après les cours et une demi-journée le samedi.

– Le samedi ? s'affole Connor, ahuri.

Moi aussi, ça m'inquiète. Toute une demi-journée ? Si Catherine ne peut pas venir, comment je ferai pour aller aux toilettes ou pour manger ?

– J'apporterai des bagels pour le petit déjeuner et on se fera livrer des burgers au déjeuner, promet M. Dimming.

– Ça paraît un peu trop sain comme régime, plaisante Connor en souriant. Mais OK, comptez sur moi.

– Si tu sèches une séance, Connor, tu rejoindras le banc des suppléants, avertit le prof. On n'est pas là pour s'amuser.

– Et si tu prenais deux jours de congés ? lance Rodney à Connor d'un air très sérieux. Je serais ravi de prendre ta place. Je t'éjecterais en un rien de temps !

– N'y compte pas, mon pote ! Je serai là, s'empresse d'affirmer Connor.

Molly lève la main.

– Les suppléants vont aussi à Washington, M. Dimming ?

– Bien sûr !

– Alors, je dois acheter une nouvelle robe au cas où j'intégrerais l'équipe ?

– Ça, c'est toi qui vois, Molly.

Claire lève la main à son tour.

– Monsieur, je crois que je sais ce que sous-entend Molly : vu que l'équipe pour Washington comprendra six personnes au lieu de quatre, qui choisirez-vous parmi les suppléants ?

– On va utiliser un système par points, explique-t-il. À la fin de nos tests d'entraînement, les six élèves qui auront obtenu les meilleurs scores constitueront l'équipe finale qui passera à la télé. Ça vous va comme ça ?

Apparemment satisfaite, Claire tape dans la main de sa copine avec enthousiasme.

M. Dimming entame enfin son programme du jour, à savoir l'étude de l'Espagne et du Portugal, et à partir de là je m'efforce de me faire toute petite. J'évite tous les bruits bizarres, les coups de pied ou les grognements jusqu'à la fin du cours, et ne réponds à aucune question, même quand je connais la réponse. Je me contente de rester sagement au fond de la salle avec Catherine en espérant de tout cœur que la matinée passe au plus vite.

L'après-midi, je retourne en H-5 où on nous passe des épisodes de *Tom et Jerry* durant trois heures d'affilée. *Hallucinant.*

Après les cours, Catherine me donne un bol de pudding et du jus de fruits en attendant qu'il soit l'heure de la première séance de révisions. Alors que j'avale ma dernière gorgée, elle me fixe en fronçant les sourcils.

– Qu'est-ce qui te tracasse, Mélodie ? Tu devrais avoir la forme, et pourtant tu te comportes comme si tu venais de prendre un coup de massue sur la tête…

– **Ils ne veulent pas de moi dans l'équipe.**

– Ne dis pas de bêtises. Tu étais leur vedette hier soir.

– **Justement.**

– Sans toi, ils n'auraient jamais gagné !

– **Je leur fais peur**, tenté-je d'expliquer. **Ils me trouvent bizarre.**

– Avant, tu ne t'arrêtais pas à ça.

C'est dur de trouver les mots justes pour exprimer ce que je ressens. Je sais que ma présence met l'équipe mal à l'aise. Il n'y a pas d'autre façon de le dire. Au début, c'était mignon que je sois là, à la limite ça allait pour une épreuve régionale, mais pour la grande finale en direct à la télé, c'est une autre histoire. À cause de moi, ils vont se faire remarquer, et pas dans le bon sens.

Je recommence à écrire :

– **Ils…**

J'hésite un instant avant de terminer ma phrase :

– **… ont honte de moi.**

– Arrête, tu es la plus futée du groupe ! s'exclame Catherine.

– **Mais je bave.**

– Eh bien, emporte un paquet de mouchoirs !

– **Et je fais des drôles de bruits.**

– Connor pète bien, parfois !

Forcément, cette réplique m'arrache un sourire.

– Allez, on arrête de s'apitoyer sur son sort, jeune fille. En route pour l'entraînement, tu vas encore tous les épater !

– **OK, allons-y.**

Tandis qu'on roule jusqu'à la salle, je m'efforce de garder la tête haute – du moins, tant que faire se peut quand ma tête n'oscille pas dans tous les sens. Personne ne revient sur l'article du journal et la séance se déroule normalement. Je réponds correctement à presque toutes les questions et, quand ma mère passe me récupérer, j'ai retrouvé un peu le moral.

Cependant, les messes basses de Rose, Claire et Molly au moment où je m'en vais ne m'échappent pas. Elles parlent peut-être d'un nouveau clip ou d'une future sortie au centre commercial… mais il est fort possible qu'elles parlent de moi.

CHAPITRE 28

Entre les billets d'avion à retirer, les autorisations d'absence à faire signer, la paperasse à remplir et les révisions, comment veulent-ils qu'on soit prêt en si peu de temps ? C'est de la folie !

Pendant près de deux semaines, entraînement tous les jours à l'école, plus le soir avec Mme V. Tout y passe : vocabulaire, villes, États, pays, capitales, océans, fleuves, couleurs, maladies, météorologie, chiffres, dates clés, animaux, rois, reines, oiseaux, insectes, guerres, présidents, planètes, auteurs, généraux, lois, citations, dimensions, équations, définitions. Dans ma tête, c'est un tourbillon ininterrompu d'évènements et de grands personnages. Mais ça y est, l'équipe et moi, on est prêts.

M. Dimming a tenu parole : les six élèves ayant obtenu les meilleurs scores à la suite de tous nos tests d'entraînement ont été annoncés lors de la dernière session, il y a quelques jours. Bien entendu, comme tous mes camarades, j'avais tenu mentalement le compte des points marqués par chacun, donc j'étais quasiment sûre de faire partie de ceux qui passeraient à l'antenne et non des suppléants.

Au moment de l'annonce, M. Dimming en a presque rougi d'impatience. Il faisait les cent pas, nerveux. Encore un peu et il allait se mettre à danser !

– Bien, nous y voici, a-t-il commencé. Dommage qu'on n'ait pas un roulement de tambour !

– Pitié ! Donnez-nous les noms ! a crié Connor avec impatience.

Lentement, le professeur s'est lancé :

– Les six élèves qui composeront l'équipe de Spaulding Street participant à la grande finale du quiz interscolaire sont…

Il a marqué une pause. J'ai bien cru que Connor allait lui balancer un truc à la figure.

– Rose, Connor, Mélodie, Elena, Rodney et Molly ! Claire et Amanda seront nos suppléantes.

– Je… je passe suppléante ? a balbutié Claire, estomaquée.

– Molly t'a battue de deux points, explique M. Dimming. Mais tu seras quand même du voyage pour nous encourager et visiter la ville.

– Mais c'est moi qui l'ai aidée à réviser ! s'est-elle indignée. Franchement, c'est trop *injuste* !

Secouant la tête, j'ai souri un peu. *Franchement*, Claire n'y connaît pas grand-chose en matière d'injustice.

Avec son air suffisant, Molly ne semblait pas le moins du monde désolée. Sa mère est passée la chercher et la session a pris fin.

La grande finale a lieu demain, jeudi soir. En supposant qu'on gagne, vendredi on fait une apparition dans l'émission *Good Morning America*, suivie d'une excursion à la Maison-Blanche. D'autres visites dans la capitale sont prévues samedi, et le dimanche, retour au bercail. Avec un peu de chance, lundi c'est en tant que champions nationaux et avec ce fameux trophée qu'on reviendra à l'école.

Donc ce soir, on fait les bagages. C'est la première fois que je pars en voyage, alors ça demande de gros préparatifs. Je suis surexcitée et j'ai un trac fou. Mon père m'a acheté une belle valise rouge à roulettes. Elle sent comme l'intérieur d'une voiture neuve. J'en souris rien que de la toucher.

Hier, on est allées faire du shopping avec ma mère, ce qu'on n'a plus souvent l'occasion de faire. Pour ce voyage, elle me laisse choisir deux nouvelles tenues – dont des *jeans*, et pas ces survêtements trop amples, soi-disant pratiques !

Alors qu'on se promenait dans le centre commercial, on est passées devant une boutique de cartes postales. Prise d'une idée géniale, j'ai tapé une phrase sur ma tablette :

– **On entre, s'il te plaît ? Je voudrais acheter une carte.**

– Pour qui ? a questionné ma mère en poussant mon fauteuil dans la boutique.

– **Catherine. Pour la remercier de m'avoir aidée à me préparer.**

– C'est très mature de ta part, a-t-elle approuvé, visiblement ravie.

– **Et une pour Mme V. aussi ?**

– Très bonne idée.

La carte qu'on a trouvée pour Mme V. n'aurait pas pu être mieux. Le dessin en couverture représentait des tas d'oranges, exceptée une au milieu, qui était bleue. À l'intérieur, on pouvait lire : « Vous êtes unique. Merci. »

– Elle va adorer, assure ma mère.

Pour Catherine, j'ai choisi une carte montrant un bureau couvert d'ordinateurs, de lecteurs MP3 et de jeux vidéo et une jeune femme avec des écouteurs sur les oreilles, connectée à tous ces appareils. La légende disait : « Heureusement, tu es toujours à mon écoute. Merci de tout ce que tu fais pour moi. »

– Tu aurais voulu les dessiner toi-même que tu n'aurais pas fait mieux ! a conclu ma mère au moment de régler.

C'est vrai, ces cartes étaient assez géniales.

Vers dix-neuf heures, on sonne à la porte. C'est Mme V. qui passe nous donner un coup de main pour régler les derniers préparatifs. Avec ma mère, elles forment une sacrée équipe.

– J'ai rédigé une liste d'après les suggestions de M. Dimming, explique ma mère. Jupe noire et chemisier blanc pour la finale ?

– OK, confirme Mme V. en pliant avec soin les deux vêtements en question dans ma valise.

– 'Ké ! l'imite Penny.

– Chemisier blanc de rechange, au cas où ?

– Bonne idée, acquiesce Mme V.

Ma mère ajoute deux chemisiers ainsi que mon jean préféré dans ma valise.

– Tenues confortables pour les excursions en ville. Argent de poche pour les souvenirs. Lunettes de soleil. Appareil photo.

– C'est bon !

– Pyjama, brosse à dents, déodorant, barrettes ?

– Au complet.

– Et un blouson chaud parce que en mars, difficile de prévoir le temps qu'il fera.

– 'Ké ! s'écrie Penny.

– Le bloc d'alimentation du Medi-Talker, des piles en plus, des mouchoirs et des lingettes.

– OK aussi.

– Un parapluie ?

– Pour vous ou pour Mélodie ? plaisante Mme V. Et la vôtre, de valise, elle est faite ?

– Oui, plus ou moins. J'ai un de ces tracs, moi aussi…

Ma mère s'interrompt avant d'ajouter :

– Vous êtes la meilleure, Violette. Je sais qu'en notre absence Penny sera entre de bonnes mains avec vous…

Je l'interromps :

– **Et avec Caramel !**

Elles rient toutes les deux.

– Honnêtement, reprend ma mère, sans vous, Mélodie n'aurait eu aucune chance de faire ce voyage.

– **La carte, maman.**

Je tends la main sur le côté, mais c'est à peine si je peux frôler le sac accroché à mon fauteuil.

Ma mère plonge la main dedans pour en sortir l'enveloppe et la pose sur ma tablette. Je la pousse vers Mme V.

Elle l'ouvre, la lit, puis me serre si fort dans ses bras que j'ai du mal à reprendre mon souffle.

– Elle va aller directement sur la porte de mon frigo ! Comme ça, je pourrai la regarder tous les jours.

Puis elle s'affaire à épousseter une de mes paires de chaussures qui n'ont jamais fait un seul pas.

– **J'ai un peu peur, vous savez.**

– N'importe quoi, Mello Yello, rétorque Mme V. Je compte bien te voir avec ce trophée de trois mètres de haut dans *Good Morning America* !

– **Ce serait super.**

– Redites-moi à quelle heure est votre avion, demain ? poursuit-elle en s'adressant à ma mère. Penny, ôte-moi cette culotte de Mélodie de ta tête, petite fripouille !

Ma mère jette un œil à ses documents.

– L'avion décolle à midi. Autrement dit, il faut qu'on parte d'ici à neuf heures au plus tard, qu'on soit à l'aéroport à dix heures, qu'on enregistre tous les bagages en s'assurant que son fauteuil soit bien pris en charge et tout, et ensuite on pourra se détendre jusqu'à l'heure de l'embarquement.

Mme V. se gratte la tête.

– Je me demande pourquoi ils ont choisi le vol de midi. Ça va vous faire arriver dans les quatorze heures à Washington alors que le concours débute à dix-neuf heures. Ça fait un peu court.

– M. Dimming a dit que le studio se trouvait juste en face de l'hôtel, donc ça devrait aller.

Tandis que ma mère ferme ma valise, je sens mes yeux s'embuer de larmes. Je n'arrive pas à y croire : dans moins de vingt-quatre heures, je serai à Washington, en direct à la télévision nationale. J'espère de tout cœur que je ne vais pas tout gâcher.

J'aimerais appeler Rose pour voir si elle a autant le trac que moi et pour lui demander quelle tenue elle compte porter pour aller à la Maison-Blanche. Imaginez qu'on croise la première dame : alors ça, ce serait canon ! Je voudrais aussi savoir si on sera assises à côté l'une de l'autre dans l'avion. Bref, je voudrais être une fille comme les autres.

Cette nuit-là, je dors mal. Au réveil, ma mère me douche, m'habille et me donne à manger en un temps record pendant que mon père s'occupe de Penny.

– Va voir l'avion ? répète en boucle ma petite sœur.

– Youp là ! On vole ! fait mon père en la faisant voltiger dans ses bras à travers la pièce.

Elle adore.

Au moment précis où on sort, Mme V. arrive en courant, appareil photo au poing. Elle prend plusieurs clichés pendant qu'on m'attache dans la voiture, qu'on met ma valise dans le coffre et que je souris bravement, pleine d'espoir. Puis même chose avec le Caméscope de mon père. Ce matin-là, c'est sûr, on ne l'oubliera pas de sitôt.

Penny court partout, pourchassant Caramel et tournant en rond autour de la voiture qui a été lavée et astiquée. Ma mère, vêtue d'un chouette ensemble en jean et, chose étonnante, d'un modèle de Nike *récent*, charge nos sacs dans la voiture et, à huit heures quarante-cinq pétantes, nous voilà fin prêts à partir.

Mon père ramène Caramel dans la maison et ressort en fermant la porte à clé derrière lui.

– On a tout ? lance-t-il.

– Oui, en route ! répond ma mère.

Même Penny perçoit notre excitation. Elle tape dans ses mains et moi, je ne peux plus m'arrêter de sourire.

J'ai beau savoir qu'on a largement le temps, je m'obstine à vouloir que mon père accélère. Je suis terrifiée à l'idée qu'on rate l'avion, qu'on ait oublié mon billet ou bien que je sois malade et qu'on soit obligés de faire demi-tour.

Au parking de l'aéroport, c'est sans difficulté que l'on trouve toute une rangée libre d'emplacements réservés aux handicapés. On décharge mon fauteuil, moi, nos valises, Penny et son Gribouille. Mme V. reprend des photos.

Bien que j'aie l'impression que ça prend des heures, en quelques minutes, nous voilà au guichet d'enregistrement.

Pendant que Mme V. me pousse, ma mère porte Penny, et mon père tire un chariot sur lequel sont empilés nos bagages avec Gribouille au sommet. Il est dix heures pile.

– Bonjour ! se présente joyeusement ma mère face à la dame en uniforme assise derrière le comptoir. On vient s'enregistrer pour le vol de midi à destination de Washington, annonce-t-elle en lui tendant nos billets.

– Le vol de midi ? répond la dame avec un froncement de sourcils.

Elle pianote, clique, fait une moue, et pianote encore sur son clavier. Finalement, elle relève le nez.

– Navrée, madame, mais ce vol a été annulé. On a eu beaucoup d'annulations aujourd'hui – une tempête de neige tardive dans le Nord-Est a provoqué des embouteillages un peu partout.

Annulé ? Mon ventre se noue d'un coup.

– Une tempête de neige ? répète ma mère, confuse. Mais ici il fait grand beau !

– Je sais bien, mais à Boston ils ont déjà treize centimètres de neige au sol, et on en prévoit davantage dans l'après-midi, plus au sud. Avec un temps pareil, la direction générale de l'aviation civile ne laisse aucun avion décoller, alors ça fiche en l'air tout le planning. Les avions censés atterrir ici et repartir vers l'est sont annulés, du coup les vols de l'après-midi ne peuvent pas partir. C'est compliqué. Désolée, vraiment.

L'hôtesse d'accueil se remet à taper rapidement sur son clavier.

– En revanche, je peux vous mettre sur le prochain vol direct. Il décolle à 19 h 23 et atterrit à Washington à 21 h 07. D'après le service météo, la tempête sera retombée d'ici là, donc on peut déjà commencer à aiguiller nos passagers vers leur destination. En fait, demain il ne fera que pleuvoir.

À présent mon cœur bat à tout rompre.

– Souhaitez-vous que je vous réserve un nouveau vol ? reprend l'hôtesse en souriant gaiement.

Elle ne comprend pas.

– Mais... mais le concours *commence* à dix-neuf heures, bredouille ma mère d'une voix faible.

– Pardon ? Je n'ai pas entendu... s'excuse l'hôtesse.

Je n'arrive plus à respirer.

Ma mère reprend un peu plus fort :

– Et les autres, où sont-ils ? On voyage ensemble. C'est un groupe d'élèves, une équipe de quiz, en fait. Ils devaient prendre ce vol eux aussi. On a un concours ce soir.

– Ah oui, je me souviens d'eux ! Ils étaient là de bonne heure ce matin. Un super groupe. Très poli, bien élevé. Ils m'ont tout raconté à propos de ce concours et de l'énorme trophée qu'ils comptent rapporter.

– Comment ça, ils sont arrivés *de bonne heure* ?

– Apparemment, ils s'étaient tous retrouvés pour le petit déjeuner et après ils sont venus directement ici. Ils ont bien fait, d'ailleurs, sinon ils auraient été coincés.

– Où sont-ils ? réclame ma mère avec autorité.

– Oh, euh, on les a mis sur le vol de 9 heures : c'était le dernier à décoller pour l'Est avant que les annulations commencent. Ils ont dû courir jusqu'à la porte d'embarquement mais ils l'ont eu de justesse, je m'en suis assurée.

Elle baisse les yeux vers son écran d'un air de vérifier quelque chose.

– C'est bien ça : l'avion a décollé il y a une heure.

– Ils sont partis… ? murmure ma mère.

J'ai l'impression que je vais mourir asphyxiée.

– Vous allez à Washington en famille pour les soutenir ? s'enquiert naïvement l'hôtesse.

Elle n'a toujours pas compris.

– Non, ma fille fait partie de l'équipe, explique ma mère qui commence à perdre patience. On doit *absolument* aller à Washington. Il n'y aurait pas un autre vol… sur une autre compagnie, peut-être ?

La dame me regarde d'un air ahuri.

– Elle fait partie de… ? balbutie-t-elle avant de vite se ressaisir.

Reportant les yeux sur son écran, elle se remet à pianoter à une allure folle. J'entends d'ici le cliquetis de ses ongles sur le clavier.

Mon père pose deux mains à plat sur le comptoir et se penche vers elle. Je ne l'ai jamais vu aussi en colère.

– Comment c'est *possible* ? Normalement, on est averti quand un vol est annulé, non ?

– On essaie, monsieur, mais ce n'est pas toujours évident, répond la jeune femme l'air sincèrement désolée. En revanche, on conseille toujours à nos voyageurs d'appeler pour vérifier le statut de leur vol en temps réel.

– Mais c'était le voyage de notre vie ! Vous n'imaginez même pas à quel point c'est important pour ma fille !

Je ferme très fort les yeux. Les haut-parleurs de l'aéroport crachotent une fichue musique d'ascenseur. Je n'entends aucune jolie couleur, ne sens aucun parfum. Tout ce que je perçois, c'est l'obscurité derrière mes paupières.

– Je suis sincèrement navrée, monsieur.

– Et un vol de correspondance ? Il *faut* qu'elle soit à Washington cet après-midi, vous comprenez ?

La femme s'échine à pianoter et cliquer sur sa souris pendant ce qui me semble être une éternité. Finalement, elle relève les yeux vers nous.

– Il n'y a aucun vol pour Washington sur une autre compagnie aérienne, monsieur, avec ou sans escale. Cette tempête a cloué tous les avions au sol. Il n'y aura rien avant le début de soirée. Je suis vraiment navrée.

Je rouvre les yeux car ils sont remplis de larmes.

Mon père s'éloigne du comptoir, les traits complètement crispés et là, subitement, il balance un coup de poing dans le mur juste à côté d'où je me trouve.

Je redresse brusquement la tête. Il a dû se faire mal, c'est sûr.

– Aïe ! Mais qu'est-ce qui m'a pris de faire ça ? vocifère-t-il en se tenant le poing.

Mais moi, si j'avais pu envoyer un coup dans le mur, je n'aurais pas hésité non plus.

Mme V. nous regarde tour à tour.

– Je suis aussi sidérée que vous, dit-elle à ma mère. Quelqu'un de l'équipe aurait dû vous prévenir !

Son ton est cinglant.

– Au moins le professeur, non ?

– Ils n'ont peut-être pas eu le temps, suppose ma mère, désarmée. Du moins, je l'espère. Ils ne… ils ne l'auraient tout de même pas oubliée exprès.

Je n'arrive toujours pas à respirer normalement.

– Encore une fois, toutes nos excuses, madame, répète l'hôtesse derrière le comptoir. J'ai même vérifié les aéroports voisins : aucun avion ne décollera de la région avant ce soir. J'ai encore plein de places disponibles à bord du vol de dix-neuf heures, si vous souhaitez que je réserve pour vous...

– Non merci, répond doucement ma mère. C'est trop tard.

L'aéroport tout entier me fait l'impression d'un immense vide. Un vide silencieux, désert, étouffant.

Maman s'avance lentement vers moi.

Plantée là, à côté de ma belle valise rouge flambant neuve, dans mon nouvel ensemble bleu et blanc et mes nouvelles tennis assorties aux pieds, je me sens bête comme jamais.

Bête et furieuse. *Comment* est-ce qu'ils ont pu me faire ça ?

Furieuse et impuissante. D'ailleurs je *déteste* ce sentiment : ça me rappelle quand, petite, je me retrouvais coincée sur le dos comme une maudite tortue. Je ne pouvais rien faire, rien !

– Combien de temps ça prend d'ici à Washington en voiture ? questionne Mme V.

Je ne relève même pas la tête. Je connais déjà la réponse.

– Au moins dix heures, estime mon père d'une voix atone.

– Parti l'avion ? demande Penny.

– Non, il n'y a pas d'avion aujourd'hui, ma puce, soupire mon père en lui caressant la tête de sa main valide.

Ma mère me fait traverser la zone d'enregistrement en poussant mon fauteuil jusqu'à un banc. Elle s'agenouille devant moi, en larmes.

Je crois que je ne respirerai plus jamais normalement.

– C'est pas grave, ma chérie, sanglote-t-elle en me serrant contre elle. Tu restes la fille la plus intelligente et la plus merveilleuse du monde. D'une manière ou d'une autre, on s'en remettra.

Non, pas moi.

Mme V, qui se tamponne les yeux aussi, s'assoit sur le banc et prend mes mains dans les siennes.

– Je sais que c'est dur, ma petite... Mais il n'y a rien à faire, on ne peut pas t'emmener à Washington.

Je reste figée, muette. La journée avait débuté sous un ciel clair comme le cristal mais elle venait de se briser comme de la glace.

CHAPITRE 29

Dès qu'on arrive à la maison, je demande à ma mère de me mettre au lit, refusant de déjeuner. J'essaie de dormir mais, après les questions de quiz, c'est désormais les « pourquoi » qui se bousculent sans fin dans ma tête.

Pourquoi ils ne m'ont pas appelée ?

Pourquoi ils ne m'ont pas parlé du petit déjeuner ?

Pourquoi je ne peux pas être comme tout le monde ?

Je finis par pleurer dans mon oreiller. Caramel me donne un petit coup de truffe, mais je l'ignore.

Ils ont fait exprès de m'oublier ! Comment ils ont pu faire ça ? Ils l'ont fait exprès !

J'ai envie de piétiner quelque chose. De taper et taper du pied comme une furie ! Et ça me rend encore plus dingue car même ça, je ne peux pas le faire. Je ne peux pas me *fâcher* comme une fille normale.

Penny jette un coup d'œil dans ma chambre et, en voyant que je ne dors pas, elle grimpe sur mon lit pour venir se blottir contre moi. Elle sent le bain moussant à la pastèque. Elle s'applique à compter mes doigts puis les siens mais elle ne fait que répéter « un, deux, trois, cinq » car c'est tout ce qu'elle connaît. Après quoi, elle essaie d'apprendre à compter à Gribouille :

– Deux, Gribouille ! Deux !

Je me détends un tout petit peu.

– Ah, tu es là, Penny ! soupire mon père dans l'embrasure de ma porte. Tu redonnes le sourire à Didi ?

– L'est gentille, Didi, répond-elle.

– T'as raison, c'est la meilleure. Ça va, ma Mélodie ? demande-t-il en s'approchant pour me caresser les cheveux.

Je fais oui de la tête, puis pointe du doigt son poignet gauche qui est enveloppé d'un bandage.

– Oui, ça fait mal. C'était un geste idiot, mais dans un sens ça m'a soulagé.

Je hoche encore la tête.

Il sort Penny de mon lit en la soulevant de son bras droit.

– Prête à manger un petit quelque chose, mademoiselle ?

– Hot dog ! réclame-t-elle.

– Tu veux que je te prépare quelque chose, Mélo ?

Je n'ai pas faim. Alors je fais non de la tête en pointant la pendule du doigt.

– Peut-être plus tard ? comprend mon père.

Je lui souris, puis il s'éclipse avec Penny dans les bras.

Peu après, le téléphone sonne. J'entends ma mère répondre :

– Tiens ! Bonjour, monsieur Dimming.

Elle s'empresse de venir dans ma chambre, portable à l'oreille, serrant si fort l'appareil que je distingue d'ici les veines au dos de sa main.

– *Non*, je ne comprends pas ! conteste-t-elle d'un ton cassant. Pourquoi on ne nous a pas prévenus ?

Elle l'écoute un instant avant de s'emporter brusquement :

– On aurait pu être à l'aéroport une heure avant sans problème. Et même à l'aube, s'il le fallait !

C'est tout juste si elle ne crie pas.

– Est-ce que vous imaginez à quel point ça a anéanti ma fille ?

Silence.

– Oui, ça, *je sais* qu'elle est sans doute l'élève la plus brillante de l'équipe. *Était*, plus exactement. Il n'y a plus d'« équipe » !

Ma mère s'interrompt pour l'écouter à nouveau.

– Oh ! *Vous vous ferez pardonner ?* Vous plaisantez, j'espère ?

Elle lui raccroche au nez et jette le téléphone dans un coin. Après s'être essuyé les yeux, elle tire un mouchoir en papier d'une boîte sur mon bureau et s'assoit lourdement sur la chaise près de mon lit. Je l'écoute se moucher, puis je me retourne.

– Oh, Mélodie, si seulement je pouvais apaiser ta peine…

Je refoule mes larmes.

Elle me hisse sur ses genoux. Ce n'est plus aussi confortable qu'avant, mais ça fait quand même du bien. Ma mère me berce en fredonnant tout bas et je finis par m'endormir au rythme des battements de son cœur.

CHAPITRE 30

Ce qui est arrivé aujourd'hui est entièrement ma faute. J'aurais mieux fait d'écouter. On aurait dû rester à la maison et passer la journée tous ensemble. Mais non, on est sortis. À cause de moi.

Quand je me suis réveillée ce matin, il pleuvait. Coups de tonnerre, éclairs, rafales. Des trombes d'eau à vous tremper jusqu'aux os au mépris des parapluies et des impers. Terne et lourd, le vent lui-même était gorgé d'eau. Je l'entendais d'ici battre ma fenêtre.

Mon père est entré dans ma chambre et s'est assis dans le vieux fauteuil rembourré en se tenant le poignet avec précaution. Ma mère lui avait mis le bras en écharpe.

– Il fait un sale temps dehors…

J'ai hoché la tête.

– Hier soir, ton équipe a perdu lors d'une des dernières manches à Washington, a-t-il raconté. Ils ont fini à la neuvième place… une maigre victoire.

Sauf que ce n'était plus *mon* équipe. Tentant de faire celle qui s'en fichait, je me suis tournée face au mur en refoulant mes larmes.

– J'aimerais tellement pouvoir te consoler, Mélodie, a-t-il soufflé avant de repartir discrètement.

Cette fois, mes larmes ont coulé pour de bon.

Au début, je ne voulais pas aller à l'école. On m'avait dispensée de cours, puisque j'étais censée être à Washington, et si j'y allais quand même, je serais obligée de passer la journée en H-5 avec Willy, Maria et Freddy. Je n'en voyais pas l'intérêt.

Mais à la réflexion, j'ai changé d'avis. À nouveau, l'apitoiement a laissé place à la colère. Et cette colère m'a décidée à *ne pas* rester là à tourner en rond à la maison comme un chien battu. J'allais y aller et faire savoir à tout le monde que j'étais toujours là.

Ma mère s'est alors appuyée contre ma porte de chambre en disant :

– Si tu préfères rester ici aujourd'hui, tout le monde comprendra, Mélodie.

Pas question ! J'ai secoué la tête avec force et repoussé les couvertures du pied.

– D'accord, a-t-elle soupiré. Mais il fait un temps affreux et je me suis levée avec une migraine carabinée. En plus, Penny est malade et Caramel a vomi sur le tapis, j'ai dû la mettre au sous-sol.

Après m'avoir lavée et habillée, elle m'a emmenée en bas. D'habitude, c'est mon père qui me porte dans les escaliers, mais avec son poignet HS... Ma mère a juste grogné en me soulevant et s'est débrouillée seule. Elle m'a glissée dans mon fauteuil manuel (fauteuils électriques et orages ne faisant pas bon ménage), elle a installé mon ancienne tablette en Plexiglas (même combat pour Elvira) puis elle s'est assise pour reprendre son souffle.

– On dirait qu'on va avoir une journée mouvementée, ma puce, a-t-elle dit, songeuse, en jetant un œil à la pagaille diluvienne dehors.

Puis elle m'a brossé les cheveux en chuchotant :

– Je suis tellement désolée, ma Mélodie, désolée de tout.

J'ai levé le bras pour lui toucher la main.

La pluie ne faiblissait pas.

Elle a préparé un petit déjeuner (des œufs brouillés accompagnés de porridge) et me l'a donné à manger, une cuillerée à la fois. Elle n'arrêtait pas de se palper le front et, contrairement à son habitude, elle ne disait pas grand-chose. Elle pensait peut-être au nombre de fois où elle m'avait donné à manger et où elle devrait encore le faire, qui sait ?

Coiffée d'une petite capeline jaune, en grenouillère jaune ornée de chaussons à têtes de canard, Penny est arrivée d'un pas insouciant dans la cuisine en toussant et éternuant.

Ma mère s'est interrompue pour trouver un Kleenex et lui essuyer le nez. Évidemment, ma petite sœur a horreur de ça, alors elle a hurlé comme si elle était en train de se faire torturer. En temps normal, maman transforme ça en jeu et essuie aussi le nez de Gribouille pour amadouer un peu Penny, mais aujourd'hui j'imagine qu'elle n'était pas d'humeur.

C'est alors que le téléphone a sonné. Ma mère a décroché, une cuillère dans une main, le mouchoir sale dans l'autre.

– Ah, bonjour. Comment ça, il faut que je vienne ? Mais je suis en congé aujourd'hui. J'étais censée être à Washington, a-t-elle rappelé avant de marquer une pause et d'ajouter : oh, c'est une longue histoire.

J'ai grimacé. Penny continuait de brailler.

Maman devrait l'enfermer au sous-sol avec la chienne ! ai-je pensé, bougonne.

De son côté, Caramel grattait la porte comme une forcenée.

– Penny, arrête, j'entends rien ! a pesté maman en couvrant le combiné d'une main.

Ma sœur s'est calmée un peu, mais uniquement car elle venait de s'accroupir par terre pour plonger les mains dans la gamelle d'eau de Caramel et en répandre partout.

Après quelques minutes d'écoute, ma mère a repris la parole au téléphone :

– L'accident est grave ? Beaucoup de blessés ? Oui, je comprends. J'arrive. Mais avant, il faut que j'attende le bus de ramassage scolaire de ma fille.

Elle raccroche en soupirant, serrant le mouchoir dans son poing.

– Chuck, il faut que je parte à l'hôpital, a-t-elle lancé à mon père. Un gros carambolage sur l'autoroute. Tu es prêt, toi ?

Mon père a descendu l'escalier, encore en pyjama.

– Finalement je ne vais pas aller au travail, a-t-il annoncé.

– Ah bon ? Ce serait bien ton genre d'annuler ta journée de congé, s'est étonnée ma mère, le front plissé.

– J'ai mal au poignet, il fait un temps de chien et Penny a un rhume. Si tu restais à la maison avec moi aujourd'hui ? m'a-t-il proposé.

Mais non, il a fallu que je batte des pieds en poussant des cris et que j'insiste pour aller à l'école.

– **Aujourd'hui ! Obligé ! Obligé !** ai-je martelé en pointant les mots du doigt.

Une fois de plus, maman a baissé la tête en la tenant entre ses mains.

– Éloigne donc Penny de la gamelle du chien.

C'est tout ce qu'elle a ajouté.

Mon père a déchiré plusieurs feuilles du rouleau d'essuie-tout, il a nettoyé les bêtises de Penny et lui a essuyé le nez. Évidemment, elle s'est remise à brailler, des cris de plus en plus perçants à chaque seconde.

Et là elle a tendu le bras et renversé le verre de jus d'orange sur ma tablette. Mon chemisier propre était trempé. *Elle l'a fait exprès !* ai-je pensé avec colère.

Résignée, ma mère a haussé les épaules et me l'a retiré sur-le-champ.

– Mélodie tient absolument à aller à l'école aujourd'hui. Pourquoi ? j'en sais rien, mais c'est peut-être pas plus mal.

Difficile de leur expliquer que j'avais envie de voir Catherine. Bizarrement, j'avais le sentiment qu'elle trouverait les mots pour me réconforter. Elle était étudiante à la fac, elle saurait quoi dire. Et puis, je devais lui offrir la fameuse carte. Ça ne pouvait pas attendre.

Ma mère a cherché pendant un petit moment un autre chemisier pour moi, jusqu'à ce qu'elle se souvienne de la pile de linge propre rangé dans ma valise. Lorsqu'elle est revenue dans la cuisine en tirant cette valise rouge derrière elle, je lui ai lancé un regard avant de détourner les yeux. Il n'était plus question que je pleure.

Pour une raison ou pour une autre, ce matin-là mon bus est arrivé en avance. Je venais à peine d'enfiler mon chemisier propre et il fallait encore que je range mon déjeuner et la carte de Catherine dans mon sac puis que je passe aux toilettes. Malgré le vacarme de la pluie et du tonnerre, les coups de Klaxon du bus ont retenti distinctement. Chaque fois, on aurait dit les cris d'une oie à l'agonie.

J'ai entendu mon père ouvrir la porte d'entrée pour faire signe au chauffeur de ne pas attendre.

– Vas-y, Gus ! Elle n'est pas prête !

Le chauffeur, un type aux cheveux blond-roux en charge de cet itinéraire depuis deux ans, a acquiescé d'un dernier coup de Klaxon avant de repartir avec fracas. Gus est très cool et patiente souvent quelques minutes pendant que les parents s'activent pour faire sortir leurs enfants retardataires. C'est juste que certains matins on met plus de temps que d'autres à se préparer, voilà.

– Mélodie, ma puce, tu ne veux vraiment pas rester à la maison avec papa et Penny aujourd'hui ? Pour me faire plaisir ? a insisté ma mère en me soulevant des toilettes. Il fait tellement moche dehors…

J'ai encore battu des pieds en poussant des cris et secouant la tête. *Non, non et non !* J'ignore pourquoi j'y tenais autant mais, pour moi, c'était une évidence : il fallait que j'y aille. Peut-être pour que tout le monde découvre ce que l'équipe m'avait infligé… ? Je n'en savais trop rien. Quoi qu'il en soit, j'étais déterminée.

Ma mère a remonté mon jean en soupirant. Quand elle m'a remise dans mon fauteuil, j'ai montré les mots **merci** et **maman**. Elle a juste secoué la tête et fourré mon déjeuner dans mon sac.

Comme la pluie n'avait pas l'air de s'arrêter, elle a inspiré à fond et entrepris de m'installer dans la voiture. Quand je prends le bus, j'ai juste à faire rouler mon fauteuil jusqu'en bas de l'allée, puis à monter dans le bus via la passerelle et à avancer jusqu'à une zone spécifique où mon fauteuil est immobilisé.

Mais quand on prend la voiture, ça nécessite tout un démontage et un remontage de ma personne, de mon fauteuil et de mes affaires. Même avec le fauteuil manuel, c'est une vraie galère.

Sans compter que là, mon père n'était d'aucune utilité. Avec son bras en écharpe, il a haussé les épaules et fait mine d'être désolé de ne pas pouvoir venir donner un coup de main. À mon avis, ça l'amusait un peu, alors bien sûr, maman, ça l'a encore plus contrariée.

La pluie et le vent n'avaient pas diminué, au contraire, c'était pire. Elle-même abritée sous un grand imper en plastique, ma mère en avait étendu un sur moi et mon fauteuil, mais en un rien de temps nos capuches se sont envolées et nos têtes se sont retrouvées trempées. Lentement, on a descendu la rampe, ballottées par le vent et assaillies de tous côtés par la pluie.

Je trouvais ça excitant. Je n'avais jamais vu le ciel aussi noir à huit heures du matin. Entre les coups de tonnerre et les rafales, on aurait dit une scène tirée d'un film catastrophe. Mes cheveux étant courts et bouclés, je trouve ça plutôt joli quand ils sont mouillés. Ça tombait bien. En revanche, ma mère a horreur d'avoir les cheveux mouillés par la pluie parce qu'ils deviennent alors tout filasses. Je dois reconnaître que dans ces cas-là elle fait un peu peur à voir.

Elle a ouvert la portière côté passager, mais le vent l'a refermée d'un coup. Sans se démonter, elle l'a rouverte, cette fois en se servant de mon fauteuil pour la bloquer. Bien entendu, l'intérieur de la voiture a vite été mouillé. Elle m'a soulevée pour me poser et m'attacher sur le siège, puis elle s'est occupée de plier le fauteuil. Heureusement, il est presque entièrement en plastique, cuir et métal, néanmoins je savais qu'il resterait humide toute la journée même si quelqu'un l'essuyait à fond à mon arrivée à l'école.

Ma mère l'a rangé ainsi que ma vieille planche de communication à l'arrière du 4 x 4. Puis elle a claqué le coffre très fort. La pluie ne faiblissait toujours pas. Quand elle s'est glissée en vitesse au volant, elle était dégoulinante et d'une humeur massacrante.

– J'aurais préféré retourner me coucher, a-t-elle marmonné d'un ton maussade en enfonçant la clé dans le contact. J'ai une de ces migraines... Qu'est-ce qui m'a pris d'accepter d'aller bosser ? Je suis censée être en congé avec toi à Washington, aujourd'hui.

Elle a poussé un gros soupir.

J'ai agité les jambes en guise de réponse, mais pas longtemps ; je ne voulais pas l'énerver davantage. C'est là que j'ai jeté un coup d'œil par terre et que je me suis aperçu qu'elle avait oublié mon cartable. La carte de Catherine ! J'ai tendu le bras pour agripper celui de ma mère et montré mes pieds du doigt.

– Quoi ? a-t-elle fait d'un ton un peu agacé.

J'ai remué le pied en montrant du doigt et grognant doucement. Puis j'ai indiqué la maison. Sur le pas de la porte, mon père, qui avait enfilé un gros pull gris, tenait, tout sourire, mon sac en jean dans sa main droite. Derrière lui, j'apercevais Penny, toujours en petit pyjama jaune à canards mais désormais attifée d'un bob de pluie jaune. Elle tenait Gribouille et le parapluie rouge de ma mère dans les bras. Un éclair a strié le ciel. Le tonnerre a suivi. Le déluge a redoublé. J'ai vu les mains de ma mère se resserrer sur le volant.

Elle a laissé échapper un cri qui ressemblait à un bruit que j'aurais pu faire. Un grognement, presque. « Arrrh ! » Alors elle a rouvert brusquement la portière, elle est repartie sous l'orage en remontant la rampe d'un pas lourd et elle a arraché le sac à dos des mains de mon père. Le temps qu'elle revienne à la voiture, elle était à nouveau trempée. Depuis le perron, papa nous a fait un dernier signe de son bras bandé, puis il a tourné les talons pour rentrer se mettre au sec. J'ai regardé la porte d'entrée se refermer *presque* jusqu'au bout.

C'est là que j'ai vu un petit bout de chou tout en jaune se carapater dehors en traînant un parapluie rouge. Je ne l'ai aperçue qu'une fraction de seconde, mais c'était bien elle.

J'ai crié en gesticulant dans tous les sens.

Les fenêtres étaient presque complètement embuées et ça n'a rien arrangé que je continue de me débattre comme une enragée. Maman m'a dévisagée comme si j'avais perdu la tête.

– Mais ça va pas, arrête ! s'est-elle aussitôt fâchée.

Pas question. Il ne fallait surtout pas que j'arrête. J'ai tapé sur les fenêtres, tiré sur son tee-shirt, je l'ai frappée à la tête et je l'ai même pincée, du moins j'ai essayé.

– J'EN PEUX PLUS, Mélodie ! a-t-elle hurlé par-dessus le tonnerre. Je *déteste* quand tu fais ça ! Il faut que t'apprennes à te contrôler ! Maintenant ça suffit !

La main sur le contact, elle s'apprêtait à démarrer mais j'ai crié de plus belle en tendant le bras pour essayer de lui prendre la clé et, sans le vouloir, je l'ai griffée à la main.

Elle m'a donné une grosse tape sur la cuisse. C'était la première fois qu'elle levait la main sur moi. La *première*. Peu importe, j'ai continué de crier et de me contorsionner dans tous les sens. Il fallait absolument que je lui dise. *Qu'elle comprenne que Penny était dehors !* Jamais je n'avais autant souhaité pouvoir parler.

Prisonnière de mon silence, je devenais folle.

– Je t'emmène à l'école et j'espère qu'ils te garderont ! a grommelé ma mère.

Furieuse, elle a démarré. Un souffle d'air a commencé à désembuer les carreaux. Les essuie-glaces oscillaient à leur vitesse maximale.

Je me suis mise à pleurer. De gros sanglots. Une fois de plus, j'ai tenté de la tirer par le bras, mais ma mère a repoussé ma main d'un geste. Je sentais bien qu'elle avait envie de me redonner une tape mais elle s'est retenue. La bouche pincée, elle a jeté un coup d'œil dans le rétroviseur intérieur et enclenché la marche arrière.

J'ai protesté, crié, hurlé de toutes mes forces. Il pleuvait à torrents. Le tonnerre grondait.

Lentement, notre grosse voiture a reculé. Je me souviens de cette légère secousse, puis d'être devenue terriblement silencieuse.

Ma mère s'est arrêtée en tournant lentement la tête à gauche. Puis elle a pivoté tout aussi lentement vers la droite, presque comme au ralenti, en voyant mon père sortir de la maison en courant, l'air paniqué.

– Penny ! l'ai-je entendu crier. Où est Penny ?

Maman a abaissé la vitre de mon côté. La pluie se déversait sur moi mais ça m'était égal.

– Comment ça ? Elle était avec toi…

Ma mère avait répondu tout bas mais, à son ton, on sentait qu'elle était terrorisée.

Elle est sortie de voiture en fouillant le sol des yeux, puis elle a poussé un cri interminable.

Ses hurlements ont fait plus de bruit que les sirènes de la police qui a fini par débouler dans un crissement de pneus au coin de la rue, ou que celles du camion de pompiers et de l'ambulance qui l'escortaient, et plus de bruit encore que mes pleurs sans voix.

Pour ainsi dire oubliée, je suis restée assise là pendant ce qui m'a paru une éternité, attachée sur le siège avant de cette voiture tandis que la pluie entrait à flots par ma fenêtre ouverte.

J'étais morte de peur.

CHAPITRE 31

L'atmosphère semblait aussi dense et moite que le silence qui a suivi le bruit des cris, des pleurs et des sirènes. La pluie avait diminué, laissant place au crachin.

Après le départ de mes parents à bord de l'ambulance, Mme V. m'a sortie de la voiture et installée dans mon fauteuil. Elle a posé le Gribouille crasseux et trempé sur ma tablette.

– Je l'ai trouvé sous la voiture, a-t-elle murmuré d'une voix tremblante.

Je l'ai effleuré du doigt et j'ai éclaté en sanglots.

– On va bien le nettoyer pour qu'il soit tout beau au retour de Penny, d'accord ? a-t-elle proposé en manœuvrant mon fauteuil en direction de chez elle.

Était-ce moi ou elle-même qu'elle essayait de convaincre ? Je ne savais pas trop.

J'avais la tête qui tournait, mal au cœur, et je tremblais comme une feuille.

Après m'avoir changée et enfilé un jogging sec et bien chaud, Mme V. a allumé la radio en cherchant une station de musique légère puis elle a baissé le volume. La seule couleur que j'entendais, c'était du gris.

Elle s'est approchée derrière moi pour me malaxer doucement les épaules.

– Tu as faim ? a-t-elle demandé.

J'ai fait non de la tête.

Elle a prolongé son massage quelques minutes jusqu'à ce qu'on sente toutes les deux la tension s'atténuer.

– Je vais faire un saut à côté pour aller chercher ton Medi-Talker et la chienne, a-t-elle annoncé. Tu as besoin d'autre chose ?

Secouant la tête, j'ai continué d'écouter les nuances de gris cendré.

À son retour, Caramel semblait nerveuse. Elle n'arrêtait pas de tourner comme un lion en cage et de renifler partout comme si elle cherchait quelque chose.

– À mon avis, elle cherche Penny, a supposé Mme V. Les chiens sentent tout.

Elle a fixé Elvira à mon fauteuil et l'a allumée, mais l'une comme l'autre, nous ne savions pas quoi dire.

– Ce n'est pas ta faute, tu sais, a finalement soufflé Mme V.

J'ai secoué vigoureusement la tête. *Elle ferait mieux de se taire plutôt que de dire n'importe quoi juste pour essayer de me réconforter.*

– Je le pense sincèrement, Mélodie, ce n'est pas ta faute.

– **Si, ça l'est !** ai-je répliqué via mon appareil en mettant le volume à fond.

Mme V. s'est déplacée de façon que je la voie et s'est penchée en approchant son visage à dix centimètres du mien.

– Tu as fait tout ce que tu pouvais pour alerter ta mère. Tu devrais être fière de toi.

– **Non, pas fière. Pas suffisant.**

– Parfois, des choses se produisent indépendamment de notre volonté, Mélodie. Tu n'as rien fait de mal.

Ma culpabilité a alors redoublé.

– **J'étais fâchée contre Penny**, me suis-je entêtée en tapant plus lentement que d'habitude.

– Ta sœur sait que tu l'aimes.

Des larmes ont dévalé mes joues.

– **J'ai obligé maman à me conduire à l'école.**

– Et alors ? Le fait que tu aies insisté pour y aller malgré ce qui t'est arrivé hier prouve que tu es une fille solide, bien plus que tous tes camarades. Rien que pour ça je suis fière de toi.

– **Pas de quoi.**

– Je suis sûre que ça va aller pour Penny, a-t-elle ensuite affirmé bien que sa voix suggérât tout le contraire.

De mémoire, c'était la première fois qu'elle paraissait inquiète.

– **Elle va mourir ?**

Il fallait que je sache.

– Elle était en vie quand l'ambulance l'a emmenée, donc je suis tentée de croire que c'est toujours le cas. Les tout-petits sont très solides, tu sais.

Il y avait autre chose qu'il fallait à tout prix que je sache.

– **Son cerveau ? Abîmé ?**

J'avais vu assez de reportages sur les traumatismes crâniens pour savoir que c'était une possibilité. Ma copine Jill avait bien eu un accident de voiture. Je ne supporterais pas de voir Penny dans le même état.

Mme V. m'a répondu de façon franche et objective :

– J'imagine qu'on ne peut pas l'exclure, mais j'espère de tout cœur que ce ne sera pas le cas.

– **Deux gosses détraquées.**

Rien que de l'imaginer, j'en avais presque des haut-le-cœur.

– Ça n'arrivera pas, Mélodie.

Mais la pointe d'hésitation dans sa voix ne m'a pas échappé.

Après être restée silencieuse un moment, j'ai écrit autre chose :

– **Ça aurait dû être moi.**

– Hein ? Comment ça ?

– **Je ne manquerais à personne.**

– Cesse de dire des bêtises pareilles ! Ma vie s'écroulerait s'il t'arrivait quelque chose ! Et celle de tes parents aussi, figure-toi.

Je n'étais pas tout à fait convaincue.

– **Vous croyez ?** ai-je tapé en inclinant la tête vers elle.

– J'ai déjà prévu de mettre une robe violette à ta cérémonie de remise de diplôme !

– **Pas demain la veille et pas gagné.**

– Autant que d'intégrer l'équipe du quiz ?

– **Ils m'ont lâchée.**

– Et ils ont perdu !

À travers sa grande fenêtre panoramique, j'ai contemplé les branches humides qui oscillaient. Comment formuler ça ? Reportant les yeux sur mon clavier, j'ai tapé très lentement :

– **Je voudrais être comme eux.**

– Tu veux dire, méchante, hypocrite et égoïste ?

Mme V. avait l'air furieuse. J'ai détourné les yeux.

– **Non. Je veux dire *normale*.**

– Mais c'est nul, d'être normal ! a-t-elle tempêté. Si les gens t'aiment, c'est pour celle que tu es, Mélodie, pas pour ce que tu peux ou ne peux pas faire. Fais-nous un peu confiance, à la fin !

– **Je voudrais qu'on soit hier.**

– Je te rappelle qu'hier tu as eu le cœur brisé parce qu'on t'a oubliée.

– **Toujours moins pire qu'aujourd'hui.**

– Oui, je sais. Je comprends, ma puce.

– **J'ai peur.**

– Moi aussi.

Nos pensées résonnaient dans le silence grave de la pièce.

– **Avant j'avais un poisson rouge. Un jour il a sauté de son bocal.**

Je me souviens, ta mère m'avait raconté cet épisode.

– **J'ai voulu le sauver mais pas réussi...**

La sonnerie du téléphone nous a fait sursauter. Je me suis crispée sur mon siège. Mme V. a décroché.

– Oui ?

J'ai tendu l'oreille.

– C'est pas vrai ?

Mon cœur s'est arrêté.

Elle a écouté un long moment.

– Ah ! s'est-elle finalement exclamée avant de fondre en larmes et de raccrocher.

– **Penny est morte ?**

L'univers était en train de basculer.

Mme V. s'est essuyé les yeux, puis m'a regardée en prenant une grande inspiration.

– Elle a quelques lésions internes, une grosse fracture à la jambe, mais elle a survécu à l'opération. Elle va s'en sortir !

Puis elle a recommencé à sangloter.

La normalité, c'était tout sauf nul.

CHAPITRE 32

Aujourd'hui c'est lundi, donc je dois retourner à l'école. Les températures ont chuté et dans le ciel, le soleil luit comme une sorte de pépite d'or couverte de givre. Néanmoins, j'ai l'impression que tout a changé et que rien n'est tout à fait à sa place.

Maman a passé le week-end à l'hôpital au chevet de Penny en dormant sur un lit de camp dans sa chambre. Je ne l'ai pas revue depuis que… disons, depuis ce jour où tout a basculé. Je me demande si elle est fâchée contre moi.

Mme V. passe à la maison pour m'aider à m'habiller et me donner à manger. Apparemment Penny manque même à Caramel, qui n'arrête pas de me lancer des regards tristes, la tête posée sur mes genoux. Mais je ne peux rien pour elle.

Papa est dans un état lamentable. Il n'arrête pas de faire tomber des trucs, comme sa fourchette ou ses clés. Il commence une phrase, puis il oublie ce qu'il voulait dire. Il ne se rase plus.

– Reprenez-vous en main, Chuck, a fini par lui dire Mme V. Une douche chaude et un verre de jus d'orange bien frais vous requinqueront à merveille. Vous ne voudriez tout de même pas faire peur à Penny quand vous irez la voir tout à l'heure ?

– Non, vous avez raison, a reconnu mon père. Vous vous occupez de Mélodie ?

– Jusqu'à ce qu'elle monte dans le bus ! Allez, filez !

Il part dans la salle de bains en montant l'escalier quatre à quatre.

– **Penny mieux ?** dis-je en tapant sur le clavier d'Elvira.

– Oh que oui ! Quand j'ai eu ta maman au téléphone ce matin, elle m'a informée qu'on lui avait déjà retiré la perfusion. Ta petite sœur mangeait de la compote de pommes et se plaignait de son plâtre. Ça va aller pour elle, Mélodie. Ne t'en fais pas.

J'inspire profondément. Mme V. me met une cuillerée d'œufs brouillés dans la bouche mais mon estomac encore noué d'inquiétude fait des siennes.

– **Et sa jambe ?**

– Elle est plâtrée. Un gros plâtre encombrant qui va sacrément l'agacer, mais d'après les médecins, quand elle aura repris des forces, elle pourra même marcher avec.

Je suis bien contente que Mme V. soit toujours franche avec moi.

– **Fauteuil roulant ?**

Je ne vois pas ce qui peut exister de pire qu'un tout petit fauteuil roulant pour bébé.

– Non. Ils veulent qu'elle se déplace le plus possible toute seule.

Soulagée, je pousse un soupir.

– **Et sa tête ?**

Mme V. comprend.

– Pas de lésions cérébrales, Mélodie. Aucune.

J'expire lentement.

– **SÛR ?**

– Oui. Je l'ai vue en personne hier soir. Elle s'est cogné la tête en tombant, mais c'est sa jambe que la voiture a heurtée : sa tête, pas du tout.

À cet instant, le bus scolaire a donné un coup de Klaxon, alors Mme V. m'a poussée jusqu'en bas de l'allée pour que je monte dedans.

Après avoir vérifié le contenu de mon sac et rajusté les fixations à mes pieds, elle me serre fort dans ses bras.

– Prête à affronter l'équipe du quiz, Mélodie ?

Je hoche la tête. Après ce qui avait failli arriver, je n'aurai aucun mal à affronter une bande de CM2 morveux.

Gus me regarde d'un air préoccupé, tandis qu'il abaisse la passerelle.

– Comment va ta petite sœur ? s'enquiert-il. Quelle frayeur, cette histoire !

– **Elle va s'en tirer. Merci.**

Aussitôt je prends conscience que ce genre de nouvelles circule vite. Toute l'école sera probablement déjà au courant.

Gus avance mon fauteuil sur la passerelle et appuie sur le bouton élévateur, tandis que je fais au revoir de la main à Mme V. Le trajet jusqu'à l'école est étrangement calme : contrairement à d'habitude, aucun des élèves du bus spécial ne pousse de cris stridents ni de grognements.

À notre arrivée, comme il fait frais, les assistants nous conduisent directement en H-5. Pendant qu'on nous installe, j'observe mes camarades d'un œil différent.

Freddy, qui rêve de filer comme le vent.

Ashley, notre top-modèle.

Willy, le spécialiste du base-ball.

Maria, qui n'a aucun ennemi.

Gloria, l'amatrice de musique.

Carl, notre gastronome attitré.

Et Jill, qui a peut-être un jour été comme Penny.

Pas un ne sait seulement être méchant.

Et puis il y a moi, la rêveuse qui tente de s'échapper de la H-5, une fille avec une machine baptisée Elvira. Aujourd'hui, je ne sais même plus où est ma place.

C'est alors que Catherine arrive, habillée d'une nouvelle tenue vraiment chouette et élégante : pantalon brun clair, pull noir et veston.

– **Sympa ta tenue !**

– Merci ! Et je l'ai trouvée toute seule !

– **J'ai quelque chose pour toi**, dis-je en pointant du doigt mon sac.

Elle plonge la main dedans, fouille un peu et trouve la carte qui a failli provoquer un drame. Après l'avoir lue, elle cligne des yeux pour refouler ses larmes.

– Non, Mélodie, c'est moi qui te remercie.

Elle se penche pour m'étreindre, puis recule, la mine plus sombre.

– Mme Valence m'a appelée pour m'expliquer ce qui était arrivé à ta sœur. Comment va-t-elle ?

– **Mieux.**

– Tu lui as sans doute sauvé la vie, tu sais.

– **Quoi ?!**

– Si, je t'assure. Tous ces cris que tu as poussés ont ralenti ta mère. Ça lui a laissé le temps d'essayer de comprendre pourquoi tu t'énervais comme si tu avais des patates chaudes dans ta culotte !

– **Pas pu retenir maman**, dis-je en frappant ma tablette du doigt.

– Tu as fait exactement ce qu'il fallait. Je suis très fière de toi.

– **Vraiment ?**

– Oui. Surtout après tout ce que tu avais enduré à l'aéroport. Tu as envie d'en parler ?

– **Non**, dis-je en détournant le regard.

Maria s'approche de mon fauteuil et me serre bien fort dans ses bras.

– Tu as bien fait, Mélo-Bobo, sourit-elle. Drôlement bien fait !

J'ignore si elle fait référence au concours ou à autre chose, mais mes yeux deviennent soudain tout embués et mon nez se met à couler.

Si je pouvais, moi aussi, je la serrerais contre moi pour qu'elle comprenne le bien fou qu'elle vient de me faire. À défaut, je lui dis simplement **merci**.

Comme je ne sais jamais trop si Freddy a conscience de ce qui se passe dans le monde qui l'entoure, je suis étonnée de le voir s'approcher en trombe pour me poser cette question :

– Mélo a fait vroum dans l'avion ?

Il paraît tout excité, pour ne pas dire envieux.

– **Non, Freddy. Pas d'avion, pas de vroum.**

Il grimace d'un air triste et s'éloigne.

Au tour de Mme Shannon de venir s'accroupir à côté de moi.

– Tu dois avoir la tête à deux doigts d'exploser après tout ce qui t'est arrivé ces derniers jours.

– **Boum**, dis-je via mon clavier.

Toutefois, je n'ai pas le cœur à sourire.

– On en parlera ce midi, OK, Mélodie ?

– **OK.**

– Tu iras à tes classes d'inclusion ?

– **Oui.**

Je m'étais posé la question tout le week-end, du moins quand je n'étais pas accaparée par l'état de santé de ma petite sœur. Bref, ma décision était prise, je n'allais pas me cacher.

– Sache que je suis très fière de toi.

Elle a levé les pouces en signe d'encouragement avant de s'affairer à notre routine matinale.

Il se trouve que Mlle Gordon est absente aujourd'hui, par conséquent, la première classe d'inclusion à laquelle je dois me rendre est celle de M. Dimming.

– Tu es sûre de vouloir y aller ? s'inquiète Catherine.

Plutôt que de répondre, je propulse mon fauteuil en direction de la salle. Catherine pose une main sur mon épaule tandis que je franchis la porte dans un vrombissement.

Sur le bureau du professeur trône un petit trophée en cuivre. La classe est plus calme que d'ordinaire.

M. Dimming s'éclaircit la voix. Il se balance d'un pied sur l'autre, passe la main sur le col de sa chemise blanche sans éclat : il a ressorti son vieux costume marron élimé et ses vieilles chaussures.

– Bonjour Mélodie ! lance-t-il enfin d'une voix faussement enjouée.

Je ne réponds pas.

Il se tortille tant qu'on dirait qu'il a une envie pressante. Je me contente de le regarder sans remuer les pieds, ni émettre aucun son bizarre. Je suis étonnamment calme.

Je lance un coup d'œil à Rose, mais elle regarde dans l'autre direction. Visiblement, personne ne sait quoi dire.

Finalement, c'est moi qui romps le silence. Je monte le volume de mon appareil et tape une phrase :

– **Pourquoi vous m'avez laissée ?**

Il aurait fallu que quelqu'un soit là pour filmer la scène et prouver que *si*, une classe de CM2 peut tout à fait être parfaitement silencieuse.

On se cherche du regard, chacun espérant que l'autre va parler.

En fin de compte, c'est Rose qui se lève et se tourne face à moi.

– On n'avait pas prévu de te laisser, Mélodie. Je t'assure, confesse-t-elle.

Je la regarde droit dans les yeux et j'attends sans exprimer la moindre réaction. J'attends, c'est tout.

Elle enchaîne :

– Ce matin-là, on s'est tous retrouvés de bonne heure pour le petit déjeuner…

Là, je la coupe :

– **Pourquoi personne ne m'a prévenue ?**

Personne ne répond. Leur silence parle pour eux : ils sont mieux sans moi.

Mes paupières battent très vite.

Claire finit par bafouiller :

– On… on s'est dit que tu nous retarderais, comme il faut te donner à manger et tout.

Il règne un tel silence, j'ai l'impression d'entendre mes propres battements de cœur.

– **On t'a bien attendue quand tu as vomi !**

– Han ! Cassée ! chuchote Rodney non loin.

Claire baisse les yeux vers sa table.

– **Qui m'a remplacée ?**

Claire lève légèrement la main sans oser me regarder.

Rose, elle, gratte une tache sur son manuel d'histoire.

– Comme on tenait pas en place, tout le monde a vite fini son petit déjeuner, du coup on est arrivés vachement tôt à l'aéroport.

C'est ensuite Connor qui se lève, l'air mal à l'aise.

– Quand on est arrivés à l'enregistrement, ils nous ont annoncé que le vol de midi venait d'être annulé, mais que si on se dépêchait, on pouvait encore attraper celui du matin.

Puis Molly prend la parole à son tour :

– Alors on a enregistré nos bagages et puis on a couru comme des dératés jusqu'à la porte d'embarquement pour attraper ce vol. Je te dis pas le sprint, même M. Dimming a couru.

– **Et personne n'a pensé à moi ?**

À nouveau, grand silence.

– Si, moi, admet finalement Elena. C'est moi qui ai embarqué en premier. Au moment de donner mon billet à l'agent, j'ai fait remarquer à M. Dimming que tu n'étais pas là.

Là encore, le professeur se tortille en se balançant d'un pied sur l'autre avant de se justifier.

– J'étais si occupé entre compter les têtes, vérifier les sièges qui nous étaient attribués, gérer les bagages à main de chacun… Alors j'ai demandé aux élèves de t'appeler chez toi. Je savais que Rose avait ton numéro dans son portable.

Tous les regards se tournent vers elle. Elle fixe ses pieds, puis, lentement, relève la tête vers moi, une grosse larme sur la joue.

– Tu ne serais jamais arrivée à temps. J'ai… j'ai attrapé mon portable pour t'appeler. J'ai affiché ton numéro et puis j'ai lancé un regard aux autres membres de l'équipe.

Elle s'interrompt un instant.

Je les imaginais bien faisant la queue pour embarquer et s'imaginant passer sur le plateau de *Good Morning America* avec cet énorme trophée… et moi.

Rose reprend d'une petite voix :

– On s'est regardés, et très discrètement… tout le monde a fait non de la tête.

Tout le monde ?

J'en ai des frissons.

Rose renifle et conclut dans un murmure :

– Alors j'ai rangé mon téléphone et on a embarqué. Je… je n'ai jamais passé cet appel.

Comment le silence peut-il faire autant de bruit ?

– Je suis vraiment navré, Mélodie. Sincèrement… s'est enfin excusé M. Dimming, tout doucement.

Alors Rose a éclaté en sanglots et enfoui la tête dans ses bras sur sa table.

– Juste avant le concours, explique Molly, un journaliste du *Washington Post* est venu pour interviewer l'équipe. Mais quand il s'est aperçu que tu n'étais pas là, il est reparti.

Connor s'avance jusqu'au bureau du prof pour attraper le trophée de la neuvième place et revient me l'apporter.

– Euh… l'équipe voudrait t'offrir ça, Mélodie, balbutie-t-il en s'humectant les lèvres. C'est pour se faire pardonner, en quelque sorte.

Il le pose sur ma tablette.

C'est un petit machin en plastique de mauvaise qualité, qui a été peint pour donner l'illusion du métal. Même le nom de l'école est mal orthographié sur la plaque.

Je scrute la vilaine statuette et, d'un coup, je commence à glousser. Puis j'éclate de rire. Et au final, je suis littéralement pliée. Ma main dévie brusquement et percute le trophée – hasard ou pas, je ne sais pas trop – qui tombe par terre et se fend en plusieurs morceaux.

Les autres me fixent, stupéfaits. Quand ils comprennent que je n'ai pas l'intention de leur faire un scandale, ils se mettent enfin à rire aussi, mais pas trop. Même Rose sourit en reniflant.

– **J'en veux pas, de votre truc !**

Puis je monte le volume à fond avant d'ajouter :

– **Vous le méritez plus que moi !**

Toujours hilare, j'appuie sur le bouton pour démarrer mon fauteuil et, moyennant un demi-tour en douceur, je quitte la salle.

CHAPITRE 33

Entre les devoirs, le fait qu'on doute constamment de ne pas être assez cool, les fringues, les parents, l'envie de s'amuser avec des jouets et en même temps d'être déjà grand, les odeurs de transpiration… le CM2 est une année sans doute assez difficile pour beaucoup d'enfants.

Tous ces tracas, je crois que je les vis aussi, auxquels s'ajoutent pour moi un tas d'autres trucs à gérer. Faire en sorte que les gens comprennent ce que je demande. M'inquiéter de mon apparence. M'intégrer. Est-ce qu'un jour je plairai à un garçon ? Au fond, je ne suis peut-être pas si différente des autres.

C'est comme si on m'avait donné un puzzle à construire, mais que je n'avais pas le couvercle de la boîte avec le modèle. Du coup, je ne sais pas à quoi est censé ressembler le résultat. Je ne suis même pas sûre d'avoir tous les morceaux. Ce n'est sans doute pas une bonne comparaison vu que, même si je voulais, je serais incapable d'assembler un puzzle. En général je connais la réponse à la majorité des questions posées à l'école, et pourtant, plein de choses restent une énigme pour moi.

Penny est rentrée de l'hôpital avec des bosses, des bleus, un plâtre et un nouveau chapeau rouge. Elle est pourrie gâtée par mes parents, mais ça ne me dérange pas, au contraire. Même Caramel se conduit envers elle comme si ma sœur était un chiot blessé : elle a apporté toutes ses peluches préférées dans la chambre de Penny, comme des cadeaux.

Aujourd'hui, je travaille sur le projet d'autobiographie de Mlle Gordon. Mme V. a branché Elvira à l'ordinateur de la maison. Un air de musique classique filtre doucement de son nouvel iPod. J'entends du mauve.

Ça va prendre un moment à rédiger. Ma tête est farcie de tant de choses. J'ai beaucoup à dire, et seulement mes pouces avec lesquels l'exprimer.

Je crois que je vais commencer par le tout début…

Des mots.

Des milliers de mots m'entourent. Peut-être même des millions.

Cathédrale. Mayonnaise. Grenade.

Mississippi. Napolitain. Hippopotame.

Soyeux. Terrifiant. Irisé.

Chatouiller. Éternuer. Souhaiter. S'inquiéter.

Depuis toujours, ils tourbillonnent autour de moi comme des flocons de neige et fondent, intacts, dans mes mains, tous aussi délicats et différents les uns des autres.

Ils s'amoncellent au fond de moi comme d'énormes congères. Des montagnes d'expressions, de phrases et d'associations d'idées. Des formules bien trouvées. Des blagues. Des chansons d'amour.

Toute petite déjà, quand j'avais peut-être à peine quelques mois, ils me faisaient l'effet d'un délicieux bonbon liquide que je buvais comme de la limonade. J'en percevais presque le goût. Ils donnaient de la consistance à mes pensées et mes émotions désordonnées. Mes parents m'ont toujours bercée de conversations. Ils bavardaient et babillaient. Mon père me chantait des chansons, ma mère me chuchotait tout son courage à l'oreille.

J'ai assimilé, classé et mémorisé tous les mots qu'ils ont prononcés à mon attention ou à mon sujet. Tous, sans exception.

J'ignore comment, mais très tôt et naturellement, j'ai réussi à démêler le mécanisme complexe des paroles associées aux idées.

Quand j'ai eu deux ans, tous mes souvenirs avaient des mots et tous mes mots, un sens.

Mais seulement dans ma tête.

Je n'ai jamais prononcé un seul mot. J'ai bientôt onze ans.

REMERCIEMENTS

C'est avec une profonde estime que je souhaite remercier toutes les personnes formidables qui consacrent leur vie aux enfants ayant besoin d'un encadrement spécialisé.

Je tiens en particulier à exprimer ma gratitude envers les aides-soignants patients et dévoués des établissements Echoing Lake Facilities, Renouard Home, Lucy Idol Center, Camp Cheerful, Stepping Stones, Camp Allyn, et des écoles Bobbie Fairfax et Roselawn Condon (un grand merci, en plus, à Daphne Robinson.)

Merci à mon amie Karen Brantley qui comprend vraiment tout !

Et surtout, merci à mon éditrice Caitlin Dlouhy pour son talent exceptionnel, sa clairvoyance et son fameux stylo correcteur vert !

Composition et mise en pages
Nord Compo à Villeneuve-d'Ascq

Imprimé en Espagne
Dépôt légal : janvier 2017
ISBN : 979-10-224-0174-6
POC 0080